AF669052

शरतचंद्र की लोकप्रिय कहानियाँ

शरतचंद्र की लोकप्रिय कहानियाँ

शरतचंद्र

प्रभात पेपरबैक्स
www.prabhatbooks.com

प्रकाशक

प्रभात पेपरबैक्स

4/19 आसफ अली रोड, नई दिल्ली-110002

फोन : 23289555 • 23289666 • 23289777 ❖ फैक्स : 23253233

इ-मेल : prabhatbooks@gmail.com ❖ वेब ठिकाना : www.prabhatbooks.com

संस्करण

2018

सर्वाधिकार

सुरक्षित

मूल्य

एक सौ पचास रुपए

अ.मा.पु.स. 978-93-5048-090-8

मुद्रक

नरुला प्रिंटर्स, दिल्ली

★

SARAT CHANDRA KI LOKPRIYA KAHANIYAN
by Sarat Chandra

Published by **PRABHAT PAPERBACKS**
4/19 Asaf Ali Road, New Delhi-110002

ISBN 978-93-5048-090-8

₹ 150.00

संपादकीय

भारतीय भाषाओं के साहित्य में बँगला साहित्य की अपनी अलग ही पहचान है। इस भाषा के अनेक रचनाकारों ने विश्व साहित्य पर अपनी लेखनी के दम से प्रभुत्व स्थापित किया। ऐसे ही रचनाकारों में बाबू शरतचंद्र चटर्जी का नाम अजर-अमर है। इनका संपूर्ण साहित्य विश्व की अनेक भाषाओं में अनुवादित होकर जन-जन में प्रचारित व प्रसारित हुआ। 'देवदास', 'चरित्रहीन', 'श्रीकांत', 'काशीनाथ' जैसी रचनाओं का नाम सामने आते ही शरतचंद्र का संपूर्ण व्यक्तित्व मानो उभरकर आ जाता है। इनका जन्म 15 सितंबर, 1879 को हुगली जिले के एक गाँव देवानंदपुर में हुआ। महाकवि भारतचंद ने भी अपनी युवावस्था इसी गाँव में बिताई थी। इन्हीं दो महान् विभूतियों के कारण यह गाँव प्रसिद्ध हुआ। इनके पिता का नाम मोतीलाल तथा माता का नाम भुवनेश्वरी देवी था।

शरतचंद्र ने अपने साहित्य में भारतीय समाज की मान्यताओं व परंपराओं को उनके आदर्शों सहित यथार्थ रूप में चित्रित किया है, साथ ही समाज के सत्य का यथार्थ चित्रण भी किया है। इन्होंने अपने साहित्य में सामाजिक व राजनैतिक समस्याओं के बीच अपनी रोमांटिक प्रवृत्ति की छाप अवश्य छोड़ी है, समाज की कुरीतियों व कुचेष्टाओं पर प्रबल प्रहार किए हैं, साथ ही नारी-मन के अंतर्द्वंद्व व पीड़ा का आर्मिक चित्रण किया है।

शरतचंद्र के विश्वप्रसिद्ध उपन्यासों के साथ-साथ उनकी कहानियों का महत्त्व भी कम नहीं है। इनकी प्रत्येक कहानी में कोई-न-कोई सीख अवश्य ही छिपी रहती है, इनकी कहानियाँ भारतीय नैतिक मूल्यों के मानदंडों पर खरी उतरती हैं। क्योंकि इन कहानियों का ताना-बाना पवित्रता, सत्कर्म, संयम, सच्चरित्रता जैसे अनेक नैतिक मूल्यों को

आधार बनाकर बुना गया है। साथ ही समाज में व्याप्त बुराइयों, समस्याओं, पारिवारिक उलझनों को कहानियों में अलग-अलग प्रकार से चित्रित किया गया है।

शरतचंद्र के द्वारा लिखित समस्त कहानियों का मंथन करके उनमें से अति विशिष्ट एवं शिक्षाप्रद कहानियों का चयन करके उन्हें इस संकलन में प्रस्तुत किया गया है। इनमें से अनेक कहानियाँ ऐसी हैं, जो वर्षों तक भुलाई नहीं जा सकेंगी।

हमें पूर्ण विश्वास है कि प्रस्तुत संकलन हिंदी के प्रत्येक वर्ग के पाठकों के लिए एक अनमोल धरोहर सिद्ध होगा।

–मुकेश 'नादान'

अनुक्रमणिका

	संपादकीय	5
1.	देवधर की स्मृतियाँ	9
2.	भला-बुरा	15
3.	बिलासी	22
4.	गुरुजी	39
5.	अनुराधा	46
6.	हरिचरण	83
7.	राजू का साहस	87
8.	लालू की शैतानी	92
9.	बाल्य-स्मृति	98
10.	राम की सुमति	110
11.	बलि का बकरा	150
12.	लकड़सुँघवा	155

देवधर की स्मृतियाँ

डॉक्टरों के आदेशानुसार दवा के बदलाव के लिए देवधर को जाना पड़ा। चलते वक्त कविगुरु की एक कविता बार-बार स्मरण होने लगी—

"औषुधे डाक्टरे
व्याधिर चेये आधि हल बड़
करले जखन अस्थी जर जर
तखन बलले हावा बदल करो।"

हवा बदलने से क्या फायदा होता है, यह सभी जानते हैं, फिर भी लोग जाते ही हैं और मुझे भी जाना पड़ा। मैं चारदीवारियों से घिरे हुए एक मकान में रहता हूँ। पास के किसी एक मकान से एक महाशय रात के तीन बजे से फटे बाँस की आवाज की तरह बेसुरे राग में भजन गाना आरंभ कर देते हैं, नींद उचट जाती है और मैं खीझकर बाहर बरामदे में आकर बैठ जाता हूँ। धीरे-धीरे सुबह हो जाती है, पक्षियों का कलरव शुरू हो जाता है। सबसे पहले कोयल की आवाज सुनाई पड़ती है। सुबह होने के पहले ही सब पक्षी शोर मचाने लगते हैं और फिर धीरे-धीरे बुलबुल, श्यामा गौरैया और कोयल आदि भी जंगल के आम के पेड़ों, मेरे मकान के नीबू के पेड़ पर, सड़क पर स्थित पीपल के पेड़ पर शोर मचाने लगतीं। यद्यपि किसी को देख नहीं पाता था, फिर भी लगता था, जैसे इन सबको पहचानता हूँ। पीले रंग के दो पक्षी रोजाना देर से आते थे और दीवार के पास वाले चीड़ के पेड़ की सबसे ऊँची डाल पर आकर हाजिरी दे जाते थे। अचानक दो दिन तक वे दोनों नहीं आए। मन में यह डर उत्पन्न हुआ कि कहीं किसी ने उन दोनों को पकड़ तो नहीं लिया। इधर शिकारी भी काफी हैं, पक्षियों का ही रोजगार करते हैं, लेकिन तीसरे दिन उन्हें यथास्थान देखकर संतोष हो गया।

इस तरह सुबह समाप्त हो जाती है। शाम के समय गेट के बाहर सड़क के एक ओर आकर बैठ जाता हूँ। टहलने की शक्ति मुझमें नहीं है, इसलिए जो लोग टहलते रहते हैं, उनकी ओर भरी दृष्टि से देखता रहता हूँ। टहलने वालों में अधिकतर मध्यम वर्ग के पुरुष और नारी ही थे। उनमें कुछ के पैर फूले रहते थे, जिसे देखते ही समझ जाता था कि बेरी-बेरी के रोगी हैं। अपनी इस कमजोरी को छिपाने के लिए उन्हें कष्ट सहन करना पड़ता है। जबकि सर्दी का मौसम नहीं है, फिर भी अपने फूले हुए पाँव को ढकने के लिए ये मौजा पहनते हैं, किसी की धोती जमीन लथेड़ती है, इससे उन्हें चलने में कष्ट हो रहा है, फिर भी लोगों की दृष्टि से वे अपने आपको बचाना चाहते हैं। मुझे सबसे अधिक दुःख होता था एक दरिद्र लड़की को देखकर। रोगमुक्त होकर पैदल चलकर पुनः खोई हुई ताक़त को प्राप्त कर लेगी और तब पति, पुत्र, गृहस्थी में जाकर अपने नारी जीवन को सार्थक करेगी। मैं अपने स्थान पर बैठा यही सब सोचा करता था। एक बंग़ाली लड़की इससे ज्यादा क्या कामना कर सकती है। मैं मन-ही-मन आशीर्वाद देते हुए कामना करता कि वह स्वस्थ होकर अपने घर वापस चली जाए। जिन तीन लड़कों ने उसकी जीवन-शक्ति का शोषण कर लिया है, उन्हें जिंदा रखने के लिए उसमें आत्मबल और शक्ति पैदा हो जाए। यह किसकी लड़की है, किसकी बहू है, यह मैं नहीं जानता; लेकिन यह लड़की हमारे देश की उन अनगिनत लड़कियों का प्रतीक बनकर मेरे मन में जो एक लकीर खींच गई, वह कभी न मिट सकेगी।

मेरे साथ एक जवान मित्र निस्स्वार्थ सेवा करने के लिए आए हुए थे। कलकत्ता में बीमारी के समय जैसा देखा था, ठीक वैसा ही यहाँ भी पाया। प्रायः वह कह उठता, 'चलिए भाईसाहब, कहीं टहल आया जाए।' मैं कहता, 'तुम टहल आओ। मैं यहीं बैठा रहूँगा।' वह असहिष्णु होकर कहता, 'आपसे अधिक आयु के व्यक्ति चहलकदमी कर रहे हैं। अगर आप टहलेंगे नहीं तो भूख कम लगेगी।'

मैं कहता, 'पर बेकार घूमना मुझे पसंद नहीं, भाई।'

वे नाराज होकर अकेले ही चले जाते, लेकिन जाते समय मुझे सावधान कर दिया करते, 'अँधियारा होने के पहले वापस आ जाइएगा। नौकरों से लालटेन मँगवा लीजिएगा। इधर 'करइत' साँप अधिक हैं। कहीं बदन पर पैर पड़ गया तो खैर नहीं।'

उस दिन मित्र साहब कहीं गए हुए थे। शाम का समय था। कुछ लोग, भोजन का समय हो गया है, यह समझकर तेजी से अपने घर की ओर जा रहे थे। संभवत: ये सभी लोग मुसीबत से घिरे हैं और शाम होने के पहले ही अपने दड़बे में प्रवेश कर जाते हैं। उन लोगों के चलने की गति देखकर मुझे भी जोश आ गया। सोचा, 'चलूँ, कुछ दूर टहल आऊँ।' उस दिन काफी देर तक टहलता रहा। अंधकार करीब होने के कारण घर की ओर ज्यों ही रवाना हुआ तो देखा, पीछे–पीछे एक कुत्ता भी चला आ रहा है।

मैंने उससे कहा, "क्या है रे? मेरे साथ चलेगा? अँधियारे रास्ते का तू ही साथी बन जा।" वह दूर खड़ा अपनी पूँछ हिलाता रहा। मैं समझ गया, उसे मेरा प्रस्ताव स्वीकार है। फिर मैंने कहा, "अच्छा, आ मेरे साथ।"

कुछ दूर आगे बढ़कर रोशनी के सामने देखा, वह दुबला–पतला वृद्ध सा है, बदन पर अधिकांश जगहों पर बाल नहीं हैं, वह कुछ लँगड़ाकर चल रहा था। अपनी जवानी के समय शक्तिवान होगा, इसमें कोई शक नहीं। उसी कुत्ते से बातचीत करता हुआ मैं घर के सामने आ गया।

दरवाजा खोलकर मैंने कहा, "आओ, अंदर आओ, आज तुम मेरे मेहमान हो।"

वह बाहर खड़ा अपनी पूँछ हिलाता रहा। भीतर आने का साहस नहीं हुआ। तभी नौकर लालटेन लेकर आया। दरवाजा बंद करते देख मैंने कहा, "आज दरवाजा बंद करने की जरूरत नहीं है। अगर वह कुत्ता आए तो उसे कुछ खाने को दे देना।" एक घंटे बाद जब पता लगाया तो मालूम हुआ कि कुत्ता भीतर नहीं आया, न जाने कहाँ चला गया।

दूसरे दिन सवेरे बाहर आकर देखा, दरवाजे के पास ही मेहमान साहब खड़े हैं। प्रत्युत्तर में मेरी ओर देखते हुए पूँछ हिलाने लगे। मैंने कहा, "आज जरूर भोजन करना। बिना खाए मत जाना। समझे!" इस प्रश्न के उत्तर में वह बराबर पूँछ हिलाने लगा। मैं समझ गया, वह राजी है।

रात के समय नौकर ने आकर सूचना दी कि कल वाला कुत्ता बाहर बरामदे में आकर बैठा है। रसोइए को बुलाकर मैंने कहा, "आज वह मेरा मेहमान है, उसे भरपेट भोजन दिया जाए।"

मुझे यह मालूम था कि नित्य काफी भोजन फेंक दिया जाता है। इससे किसी को आपत्ति नहीं होगी, लेकिन आपत्ति थी और वह भी भयंकर मुसीबत। हम लोगों के बचे भोजन की हकदार थी बगीचे की मालिन।

मुझे यह बात नहीं मालूम थी। मालिन देखने में जवान है, खूबसूरत है और भोजन के संबंध में संत है। नौकरों का झुकाव उस पर अधिक है। फलस्वरूप मेरा मेहमान उपवास करता है। शाम के समय जब टहलने निकलता हूँ तो नित्य उसे सड़क पर पहले से ही स्वागत में खड़ा देखता हूँ। चलते-चलते पूछता हूँ, "क्यों भाई, आज गोश्त कैसा बना था? उसकी हड्डियों में तुम्हें स्वाद मिला या नहीं?" उत्तर में उसे पूँछ हिलाते देख मैं समझ गया, गोश्त उसे पसंद आया था। मुझे यह नहीं मालूम था कि मालिन ने उसे बगीचे से खदेड़ दिया है। अब वह उसे बाग में घुसने नहीं देती। फलस्वरूप बेचारा सड़क पर मेरे इंतजार में खड़ा रहता है। इस कार्य में नौकरों का भी हाथ था।

अचानक दरवाजे पर छाया देखकर मैं चौंक उठा। देखा, मेरे मेहमान सामने खड़े होकर पूँछ हिला रहे हैं। दोपहर होने के कारण सभी नौकर सो गए हैं, इसलिए हजरत चुपचाप कैसे ऊपर तक चले आए हैं! सोचा, संभवतः दो दिन से दिखाई न पड़ने के कारण मुझे देखने के लिए चला आया है। कहा, "आओ दोस्त, चले आओ।" लेकिन वह आगे तक नहीं आया। पूछा, "खा-पी चुके? क्या-क्या खाया?" अचानक उसकी आँखों के छोर पर पानी दिखाई पड़ा। लगा जैसे वह मेरे पास फरियाद लेकर आया है। चिढ़कर मैंने नौकर को आवाज दी। दरवाजा खुलने की आवाज से मेरा दोस्त जाग गया। नौकर के आने पर पूछा, "आज कुत्ते को खिलाया गया था?"

"जी नहीं, मालिन ने उसे भगा दिया।"

"खाना जो बचा था, उसका क्या हुआ?"

"मालिन सब उठा ले गई है।"

चिल्लाहट सुनकर मेरे मित्र महोदय आँखें बंद करते हुए ऊपर आए। कहा, "भाई साहब, आप भी अजीब तमाशा करते हैं, इनसान को तो भरपेट भोजन मिल नहीं रहा है और आप कुत्ते के लिए परेशान हो रहे हैं।"

मित्र महोदय जानते हैं कि इस अकाट्य युक्ति का कोई जवाब नहीं

है। मैं चुप रह गया। किसकी फरियाद किसके द्वारा वहाँ पहुँचती है, उन्हें कैसे समझाऊँ? समझाना मेरे बूते का कार्य नहीं है। खैर, जो भी हो, मेरे मेहमान को बुलाया गया है और उसे बरामदे के कोने में जगह दे दी गई है। आज सुबह से सामान वगैरह बाँधा जा रहा था। दोपहर को गाड़ी जाती है। गेट के सामने बैलगाड़ी आई, उस पर सभी सामान लाद दिया गया। मेरे मेहमान महोदय आज बहुत व्यस्त रहे। कुलियों के साथ दौड़-दौड़कर खबरदारी कर रहे थे कि वहाँ कोई सामान छूट न जाए। उसका उत्साह सबसे ज्यादा था।

टिकट खरीद लिया। माल-असबाब गाड़ी पर चढ़ा दिया गया, तभी मेरे मित्र ने आकर खबर दी कि गाड़ी छूटने वाली है। जो लोग मुझे पहुँचाने आए थे, सभी को इनाम दिया गया, सिर्फ मेरे मेहमान को नहीं दिया गया। गरम हवा के झोंके से आँखों में अँधेरा छा गया। उस अंधकार में मैंने देखा, स्टेशन के बाहर फाटक के पास मेहमान महोदय खड़े एकटक देख रहे हैं। गाड़ी चल पड़ी। वापस लौटने के लिए मेरा मन बेचैन नहीं था। सिर्फ रह-रहकर यही याद आ रही थी कि आज जब मेरा मेहमान वापस जाएगा तो देखेगा कि लोहे के फाटक वाला दरवाजा बंद है। अब उसके भीतर प्रवेश करना कठिन है। दो दिन तक इधर-उधर टहलता रहेगा। शायद सुनसान दोपहर में दीवार फाँदकर भीतर आकर मेरी तलाश करे। फिर जहाँ से आया था, वहीं वापस चला जाएगा।

शायद उससे छोटा जीव शहर में और कोई नहीं है, फिर भी देवधर की स्मृति में उसे स्मरणीय बनाने की इच्छा से यह कहानी लिख दी।

□

भला-बुरा

अविनाश घोषाल कुछ वर्ष और नौकरी कर सकते थे, लेकिन संभव नहीं हुआ। खबर आई कि इस बार भी उन्हें धत्ता बतलाकर कोई जूनियर मुंसिफ सब-जज बन गया। दूसरी बार की तरह इस बार भी अविनाश खामोश रहे। फर्क केवल इतना ही था कि इस बार उन्होंने डॉक्टर के सर्टिफिकेट के साथ जल्द-से-जल्द मौका लेने के लिए दरख्वास्त भेज दी। दरख्वास्त मंजूर होगी ही, इसमें उन्हें कोई शक नहीं था।

अविनाश के काम करने की फुरती से सभी खुश थे, भद्र आचरण की प्रशंसा सभी करते हैं, फिर भी उनकी यह दुर्गति हुई। इसके पीछे के गुप्त इतिहास को बहुत कम लोग जानते हैं, उसे बतला दूँ। उनकी नौकरी की शुरुआत में एक बार एक नौजवान आई.सी.एस. जिले का जज होकर दफ्तर का इंस्पेक्शन करने आया। छोटी सी बात को लेकर दोनों में पहले मतभेद हुआ और बाद में इसी ने बड़े झगड़े का रूप ले लिया। लौटकर जज लगातार उसके काम के छिद्रान्वेषण में लगे रहे, लेकिन छिद्र का पाना सहज नहीं था। जज साहब इससे तनिक प्रसन्न नहीं हुए। उनके फैसले को काटकर देखा कि हाईकोर्ट में वह नहीं टिकता, खुद ही अधिक शर्मिंदा होना पड़ता है। तबादले का समय हो गया था, अविनाश दूसरे जिले में चले गए, लेकिन जज से मुलाकात करके नहीं गए। श्रद्धा निवेदन की प्रचलित रीति में उनसे बहुत बड़ी त्रुटि हुई। इसके बाद कितने ही वर्ष बीत गए। बात को अविनाश भूल गए थे, मगर वह नहीं भूले थे। इसका प्रमाण मिला कुछ दिन पहले। वह नौजवान जज अब हाईकोर्ट में आए हैं मुंसिफ वगैरह के विधाता बनकर। अविनाश सीनियर आदमी था, काम के लिए काफी मशहूर था, उसकी उन्नति का पथ संपूर्ण रूप से बाधाहीन था। अचानक देखा गया कि उसकी जगह नीचे का आदमी

सब-जज हो गया और मामला यहीं समाप्त नहीं हुआ। एक-एक करके और भी तीन व्यक्ति उसे पीछे छोड़कर आगे बढ़ गए। जो लोग नहीं जानते, वे कहेंगे कि कहीं ऐसा भी होता है? यह तो सरकारी नौकरी है और उस पर इतनी बड़ी नौकरी है! यह क्या काजियों का जमाना है? लेकिन अनुभवी कहेंगे, उससे भी अधिक ज्यादतियाँ होती हैं। अतएव अविनाश मन-ही-मन समझ गया कि अब इससे छुटकारा नहीं। आत्मसम्मान और नौकरी इन दो नावों पर पैर नहीं रखा जा सकता, दोनों में से एक को चुनना होगा। उसी बात को इस बार उन्होंने पूरा किया। परिवार में अविनाश की भार्या आलोकलता, आई.ए. फेल पुत्र हिमांशु और कन्या शाश्वती—यही तीन प्राणी। नौकर, नौकरानियों की संख्या इतनी थी कि अनगिनत कहा जाए तो अतिशयोक्ति नहीं होगी।

उस दिन अविनाश अदालत से प्रसन्नचित्त लौटे, यथानियम कपड़े बदले, हाथ-मुँह धो, जलपान करने के लिए बैठते हुए बोले, "जाने दो, इतने दिनों के बाद आजादी मिली छोटी बहू। सरकारी समाचार न आने पर भी हाईकोर्ट के एक मित्र का तार मिला है कि मेरी जेल की मियाद समाप्त हो चली। अधिक देर करना ठीक नहीं होगा। विलंब नहीं होगा, इस बात को खुद ही जानता था।"

आलोकलता निकट ही एक कुरसी पर बैठी सिलाई कर रही थी और कन्या शाश्वती पिता के बगल में बैठी उन्हें पंखा झल रही थी। सुनकर दोनों चौंक उठीं।

स्त्री ने प्रश्न किया, "इसका मतलब?"

अविनाश ने कहा, "संभवतः सुना होगा कि कोई गोविंदपद बाबू इस बार भी मुझे पीछे छोड़कर छह महीने के लिए छोटे जज हो गए। साहब के हाईकोर्ट में आने के बाद से पिछले तीन वर्षों से यही होता आ रहा है। मैंने एक शब्द भी नहीं कहा। सोचा था कि अपने अन्याय को किसी दिन वह खुद समझेंगे; लेकिन देखा, यह नहीं होने का। कम-से-कम उस आदमी के रहते तक तो नहीं। अविचार को इतने दिनों तक सहता रहा, लेकिन सहन करने से मनुष्यत्व नहीं रहेगा।"

कल शाम को सदराला के यहाँ घूमने जाकर आलोकलता इसी तरह की बात का आभास इशारे से सुन आई थी, लेकिन उसका मतलब समझ में नहीं आया था और इस समय भी नहीं समझ पाई। बोली, "तदबीर-तगादे के बगैर आज के जमाने में कौन सी बात होती है? मनुष्यत्व कायम रखने

के लिए क्या किया है, सुनूँ तो जरा?"

अविनाश ने कहा, "तदबीर-तगादा नहीं किया जाता, मगर जो कर सकता था, उसे जरूर ही किया है।"

आलोकलता पति के मुँह की ओर देखती रहीं, अभी तक तात्पर्य उनकी समझ में नहीं आया। वह डर गईं और बोलीं, "सुनूँ भी, क्या किया है, बतलाओ भी तो सही?"

अविनाश ने कहा, "वह है काम से इस्तीफा देना, और इस्तीफा भी दे दिया है।"

आलोकलता के हाथ से सिलाई का सामान जमीन पर गिर पड़ा। वज्राहत की भाँति कुछ देर तक खामोश रहकर बोली, "यह क्या कह रहे हो! इतने प्राणियों को भूखों मारने का संकल्प किया है क्या? काम छोड़ा तो तुम्हारी कसम खाकर कहती हूँ, मैं उसी दिन आत्महत्या कर लूँगी।"

अविनाश चुप बैठे रहे, कोई जवाब नहीं दिया।

"दरख्वास्त अगर दे ही दी है, तो वचन दो कि कल ही वापिस लोगे!"

"नहीं।"

"तो तुम चाहते हो कि मैं मर जाऊँ?"

"तुम तो जानती हो छोटी बहू कि मैं इसकी कामना नहीं करता। तुम पत्नी होकर अगर पति की मर्यादा को इस तरह से समाप्त करती हो कि लोगों के सामने मस्तक ऊँचा करके खड़ा भी न हो सकूँ तो···।"

बात अविनाश के मुँह में अचानक रुद्ध हो गई, पर खत्म नहीं हुई।

आलोकलता ने कहा, "तो क्या कहते हो?"

जवाब में एक कठोर बात उनकी जबान पर आई थी, मगर इस बार भी वह उसे नहीं बोल पाए, लड़की ने बाधा डाल दी। अब तक वह सबकुछ चुपचाप सुन रही थी, लेकिन अब उससे नहीं रहा गया। बोली, "नहीं पिताजी, इस समय माँ में सोचने-विचारने की ताकत नहीं है। तुम उन्हें कोई जवाब नहीं दे सकते।"

लड़की की हिमाकत देखकर माँ कुछ पहले हतबुद्धि सी हो गई। दूसरे ही पल बड़े जोरों की फटकार लगाकर बोल उठी, "शाश्वती, जा यहाँ से, चली जा, कहती हूँ।"

लड़की बोली, "अगर चला ही जाना पड़ता है तो पिताजी को साथ ले जाऊँगी माँ। तुम्हारे पास छोड़कर नहीं जाऊँगी।"

"क्या कहा?"

"कहा कि तुम्हारे पास उन्हें अकेला छोड़कर मैं नहीं जाऊँगी, कभी नहीं जाऊँगी। चलो पिताजी, हम जरा नदी के किनारे घूम आएँ। शाम के पश्चात् मैं खुद तुम्हारा खाना बना दूँगी। इस समय खाना रहने दो। उठो, चलो पिताजी।" यह कहकर उसने उनका हाथ पकड़कर खड़ा कर दिया।

दोनों सचमुच ही चले जा रहे हैं, देखकर आलोकलता ने अपने को कुछ सँभालकर कहा, "जरा रुको। सचमुच ही क्या एक बार भी नहीं सोचा कि नौकरी छोड़ देने पर तुम्हारे परिवार के इतने प्राणी क्या खाएँगे?"

अविनाश ने जवाब देना चाहा, मगर इस बार भी लड़की ने रुकावट डाल दी। वह बोली, "खाने की क्या सचमुच ही तुम्हें फिक्र हो गई है माँ? लेकिन रोना तो नहीं चाहिए। नौकरी छोड़ने पर भी पिताजी को पेंशन मिलेगी और वह भी तीन सौ से कम क्या होगी। बगल वाले मकान के संजीव बाबू साठ रुपए तनख्वाह पाते हैं, खाने वाले उनके यहाँ भी नौ-दस हैं। कितनी बार देख आई हूँ, उनके यहाँ का खाना हमारे यहाँ से बुरा नहीं होता। उनका चल रहा है, तो हम तीन-चार जनों का खाना-पहनना नहीं चलेगा?"

माँ के धीरज का बाँध टूट गया। कटु व्यंग्य के स्वर में चिल्ला उठी, "जा भाग मेरी नजरों के सामने से। जब अपना परिवार बसाना, तब गृहस्थीपना दिखाना। मेरी गृहस्थी में दखल दिया तो तुझे घर से निकाल बाहर खड़ा कर दूँगी।"

लड़की ने जरा हँसकर कहा, "अच्छी बात है माँ, वही करो। पिताजी का हाथ पकड़कर मैं चली जाऊँगी। तुम और भैया पिताजी की पेंशन के सारे रुपए लेकर जो चाहो करो, हम कुछ भी नहीं कहेंगे। मैं लड़कियों के किसी स्कूल में नौकरी करके वृद्ध पिताजी का खर्च चला लूँगी।"

माँ आगे कुछ नहीं बोली। देखते-देखते उनकी दोनों आँखों से आँसुओं की धारा बह चली।

लड़की ने पिता का हाथ किंचित् दबाकर कहा, "चलो पिताजी, चलें। सायं का समय हो जाएगा।"

अविनाश के पग बढ़ाते ही आलोकलता आँचल से आँखें पोंछकर, रुँधे गले से बोलीं, "जरा और रुको। यह तुम्हारी कैसी भीष्म प्रतिज्ञा है? क्या इसमें फेरबदल नहीं होने का?"

अविनाश ने गरदन हिलाकर कहा, "नहीं! ऐसा नहीं होने का।"

"देखो, मैं तुम्हारी स्त्री हूँ, तुम्हारे सुख-दुख की साथिन हूँ।"

अविनाश बाधा देकर बोले, "अगर यह सच है तो इतने दिनों तक मेरे सुखों का हिस्सा मिला है, अब मेरे दुःखों का हिस्सा लो।"

आलोकलता ने कहा, "तैयार हूँ, मगर सारी इज्जत-आबरू कायम रखने के लिए इतने रुपए काफी नहीं हैं तो पेंशन के थोड़े से रुपयों से काम कैसे चलेगा?"

अविनाश बोले, "इज्जत-आबरू का मतलब अगर अमीरी-ठाट समझ रखा है तो वह नहीं होने का, मैं इसे मानता हूँ। नहीं तो यों संजीव बाबू का भी चल जाता है।"

"लेकिन तुम्हारी लड़की उन्नीस-बीस की हो गई, उसकी शादी कब करोगे?"

माँ की समस्या का समाधान किया शाश्वती ने, बोली, "माँ! मेरी शादी के लिए तुम चिंता न करो। अगर सोचना ही चाहती हो तो यह सोचो कि संजीव बाबू ने दो बेटियों का ब्याह कैसे किया?"

जवाब सुनकर माँ का धीरज फिर टूटा। सजल आँखें दृप्त हो उठीं, रुँधे गले का स्वर पंचम पर पहुँच गया और बोली, "शाश्वती, मुँहजली! मेरी नजरों के सामने से अब क्यों नहीं हटती? जा हट जा, मैं कहे देती हूँ।"

"जाती हूँ माँ! चलो न पिताजी।"

बगल वाले कमरे में हिमांशु कविता करने में लगा हुआ था। आई. ए. परीक्षा के तीसरे प्रयास में अब भी कुछ देर है। उसकी कविताएँ 'वातायन' पत्रिका में छपती हैं। दूसरी कोई पत्रिका नहीं लेती है, वातायन संपादक उत्साहित करते हुए चिट्ठी लिखते हैं, 'हिमांशु, आपकी कविता अच्छी बन पड़ी है। अगली बार एक कविता और भेजें, कुछ छोटी और साथ ही शाश्वती देवी की एक रचना अवश्य ही भेजें।' नहीं जानता, वातायन संपादक सच लिखते हैं या मजाक करते हैं, या उनके मन में कोई दूसरी बात है।

शाश्वती देखकर हँसती हुई कहती है, "भैया, यह चिट्ठी दोस्तों को दिखाते न फिरना।"

"क्यों, बतला तो?"

"नहीं, यों ही कह रही हूँ। अपने मुँह मियाँ मिट्ठू बनते फिरना क्या अच्छा लगता है?"

कविता भेजने के पहले बहिन को पढ़ाने के बहाने अपनी गलतियों को वह सुधार लेता है। संशोधन की मात्रा कुछ अधिक हो जाने पर शरमाकर कहता है, "तेरी तरह मैंने तो पिताजी से संस्कृत, व्याकरण, काव्य, साहित्य नहीं पढ़ा है। मेरा क्या दोष है! लेकिन शाश्वती, तू जान ले, यह कुछ भी नहीं है, दस रुपए महीना पर एक पंडित रख लेने से सबकुछ बन जाता है। कविता का यथार्थ जीवन है कल्पना में, भाव में, उसकी अभिव्यंजना में। वहाँ तेरे मुग्धबोध के बाप की क्या मजाल कि बाधा पहुँचाए!"

"यह बिलकुल सच बात है, भैया।"

हिमांशु की कलम की नोक पर एक अच्छी तुक आ गई थी, लेकिन माँ की कठोर आवाज ने सबकुछ छितरा दिया। कलम रख बगल वाले दरवाजे को ठेलकर इस कमरे में पैर रखते ही माँ चिल्ला उठी, "जानता है हिमांशु, हमारा कितना बड़ा सत्यानाश हो गया! उन्होंने नौकरी छोड़ दी, नहीं तो उनका मनुष्यत्व खत्म हो रहा था। जानता है क्यों? इसलिए कि उनकी जगह कोई दूसरा आदमी सब-जज बन गया है, वे नहीं हो सके। मैं साफ कहे देती हूँ, यह डाह के अलावा और कुछ भी नहीं है, निरी डाह।"

हिमांशु ने अचरज से आँखें फाड़कर कहा, "तुम यह क्या कह रही हो माँ! नौकरी छोड़ दी, व्हाट नॉनसेंस!"

अविनाश का मुँह पीला जर्द पड़ गया। दाँतों तले होंठ चबाकर वह चुप खड़े रहे। आसन्न संध्या की मलिन छाया में उनका चेहरा अनोखा लग रहा था।

शाश्वती पागलों की तरह चिल्ला उठी, "ओफ! संसार में धृष्टता की कोई सीमा भी है! तुम चलो, जल्दी चलो, नहीं तो मैं सिर पीटकर मर जाऊँगी।" कहकर अर्द्ध-अचेत पिता को लेकर वह घर से बाहर चली गई।

□

बिलासी

पक्का दो कोस का रास्ता चलकर स्कूल में मैं विद्या ग्रहण करने जाता हूँ। अकेला ही नहीं, और भी दस-बारह हैं। जिनके घर गाँवों में हैं, उनके लड़कों को अस्सी फीसदी इसी प्रकार विद्या-लाभ करना पड़ता है। इससे लाभ के अंकों में आखिर तक बिलकुल शून्य न पड़ने पर भी जो पड़ता है, उसका हिसाब लगाने के लिए इन बातों पर विचार कर लेना काफी होगा कि जिन लड़कों को सवेरे आठ बजे के भीतर खा-पीकर, घर से निकलकर दो कोस जाना और आना अर्थात् चार कोस रास्ता तय करना पड़ता है, चार कोस के माने आठ मील ही नहीं, उससे भी बहुत अधिक, वर्षा के दिनों में सिर पर बादलों का पानी और पैरों के नीचे घुटनों तक कीचड़ तथा गरमियों में पानी के बदले कड़ी धूप और कीचड़ के बदले धूल के समुद्र में तैरते हुए स्कूल और घर आना-जाना पड़ता है, उन अभागे बालकों पर माता सरस्वती खुश होकर वर दें या उनकी मुसीबत देखकर कहीं अपना मुँह छिपा लें, यह वे खुद भी नहीं सोच सकतीं।

इसके बाद यह कृतविद्य शिशु-दल बड़ा होकर किसी गाँव में ही बसे या भूख की आग बुझाने और कहीं जाए, उसकी चार कोस पैदल चली विद्या का तेज आत्म-प्रकाश किए बिना न रहेगा, करेगा ही। सुना है कि अच्छा, जिनके भूख की आग है, उनकी बात भले ही छोड़ दी जाए, मगर जिनमें वह आग नहीं, वे सब भले आदमी किस सुख की खोज में गाँव छोड़कर भागते हैं? उनके वहीं बने रहने से तो गाँवों की ऐसी हालत न होती!

मलेरिया की बात नहीं छेड़ता, उसे रहने दो। मगर इस चार कोस पैदल चलने की आफत के मारे कितने भाई-परिवार बाल-बच्चों को

लेकर गाँव छोड़कर शहर भाग जाते हैं, इसकी भी कोई गिनती है? इसके बाद एक दिन लड़कों का पढ़ना-लिखना तो खत्म हो जाता है, तब फिर शहर की सुख-सुविधा में रहने पर उनका गाँव में वापस आना नहीं हो सकता।

मगर रहने दो इन फिजूल बातों को। मैं स्कूल जाता हूँ, दो कोस के बीच में ऐसे और भी दो-तीन गाँव पार करने पड़ते हैं। किसके बाग में आम पकने आरंभ हो गए हैं, किस जंगल में करौंदे काफी लगे हैं, किसके पेड़ पर कटहल पकने को हैं, किसके अमृतवान केले की घौंद कटने वाली है, किसके घर के सामने वाली झाड़ी में अनन्नास का रस बदल गया है, किसके तालाब के किनारे वाले खजूर के पेड़ से खजूर तोड़कर खाने से पकड़े जाने की आशा कम है, इन सब बातों की खबर लगाने में ही उनका समय चला जाता है, परंतु असली जो विद्या है, कमस्कट्का की राजधानी का नाम क्या है और साइबेरिया की खान में चाँदी मिलती है या सोना, इन सब जरूरी विषयों को जीतने की उन्हें फुरसत ही नहीं मिलती!

यही वजह है कि इम्तिहान के वक्त 'अदन क्या है?' पूछने पर जवाब देता 'फारस का बंदरगाह' और हुमायूँ के बाप का नाम पूछने पर लिख जाता 'तुगलक खाँ' और आज चालीस का कोठा पार हो जाने पर भी देखता हूँ कि उन सब विषयों की धारणा अकसर वैसी ही बनी हुई है। उसके बाद प्रमोशन के दिन मुँह फुलाकर घर वापस लौट आता। कभी दल बाँधकर मास्टर को ठीक करने की सोचता और कभी निश्चित करता कि ऐसे वाहियात स्कूल को छोड़ देना ही ठीक है!

हमारे गाँव के एक लड़के से बीच-बीच में स्कूल के रास्ते में भेंट हो जाया करती। उसका नाम था मृत्युंजय। हम लोगों से वह आयु में बहुत बड़ा था। थर्ड क्लास में पड़ता था। कब वह पहले-पहल थर्ड क्लास में चढ़ा था, इसकी खबर हममें से किसी को भी नहीं थी, शायद यह पुरातत्त्वविदों की गवेषणा का विषय होगा, मगर हम लोग उसे हमेशा से तीसरी में ही देखते आए हैं। उसके चौथी कक्षा में पढ़ने का इतिहास भी कभी नहीं सुना और दूसरी कक्षा में चढ़ने की खबर भी नहीं मिली। मृत्युंजय के माँ-बाप, भाई-बहिन कोई भी न था, सिर्फ गाँव के एक छोर पर एक बड़ा भारी आम-कटहल का बाग और उसमें खँडहर सा घर था, और थे एक दूर के रिश्ते के चाचा। चाचा का बस एक ही काम

था–भतीजे की तरह-तरह से बदनामी करना। वह गाँजा पीता है, चरस पीता है और भी न जाने क्या-क्या करता है। उनका एक और काम था, यह कहते फिरना कि उस बाग का आधा हिस्सा उनका अपना है, नालिश करके दखल करने भर की देर है। हाँ, दखल उन्होंने एक दिन अवश्य किया, पर वह जिले की अदालत में नालिश करके नहीं, ऊपर की अदालत के हुक्म से, लेकिन यह बात पीछे होगी।

मृत्युंजय खुद अपने हाथ से बनाकर खाता है और आम की फसल आने पर उस बाग को किसी के हाथ उठा देता है, जिससे साल भर का उसके खाने-पहनने का व्यय अच्छी तरह चल जाता है। जिस दिन उससे मुलाकात होती, उस दिन देखता कि वह फटी-पुरानी, मैली किताबें बगल में लिये रास्ते के एक किनारे से चुपचाप चला जा रहा है। उसे कभी किसी के साथ अपनी तरफ से बातचीत करते नहीं देखा, बल्कि हम ही लोग उपयाचक होकर उसके साथ बातचीत करते थे। इसकी खास वजह थी कि दुकान से मिठाई आदि खरीदकर खिलाने वाले गाँव भर में उसकी जोड़ का दूसरा न था। सिर्फ लड़के ही नहीं, बल्कि कितने ही लड़कों के बाप भी कितनी ही बार छिपे रूप से अपने लड़कों को भेजकर उससे 'स्कूल की फीस खो गई है', 'किताब चोरी हो गई है' आदि कहलाकर रुपया हासिल कर लिया करते; परंतु इसके लिए कृतज्ञ होना तो दूर रहा, भद्र समाज में कोई इतना भी कबूल करना नहीं चाहता कि उनके लड़के ने उससे बात भी की है। गाँव में मृत्युंजय का ऐसा ही सुनाम था।

काफी दिन तक मृत्युंजय से मुलाकात नहीं हुई। एक दिन सुना कि वह मरणासन्न है। फिर एक दिन सुना कि मालपाड़े के एक बूढ़े ओझा ने उसका इलाज करके और उसकी लड़की बिलासी ने सेवा करके, मृत्युंजय को यमराज के मुँह से बचा लिया है।

काफी दिनों तक मैंने उसकी बहुत सी मिठाई का सदुपयोग किया था। मेरा मन उसके लिए न जाने कैसा बेचैन होने लगा! एक दिन शाम के अँधेरे में छिपकर मैं उसे देखने चला गया। उसके टूटे-फूटे घर में दीवारों की बला नहीं है। स्वच्छंदतापूर्वक भीतर जाकर देखा कि दरवाजा खुला है, खूब उजला एक दीया जल रहा है और ठीक सामने ही तख्तपोश पर दूध से साफ-सुथरे बिस्तर पर मृत्युंजय लेटा हुआ है। उसके कंकालसार शरीर की ओर देखते ही ज्ञात हुआ कि वास्तव में यमराज ने अपनी कोशिश में कोई कसर नहीं रखी थी, पर आखिर वह सफल न

हो सका और यह सब सिर्फ उस लड़की के जोर से हुआ, जो सिरहाने बैठी हुई पंखे से हवा कर रही है। अचानक आदमी आते देख वह चौंककर उठ खड़ी हुई। यह उसी बूढ़े सपेरे की लड़की थी–बिलासी। उसकी आयु अठारह की थी या अट्ठाईस की, अंदाज नहीं लगा सका, परंतु चेहरे की तरफ देखते ही मालूम हो गया कि उमर चाहे जितनी भी हो, मेहनत और रात के जागने के कारण उसके शरीर में अब कुछ रहा नहीं है, ठीक जैसे फूलदानी में पानी दे-देकर जिलाए रखा हुआ बासी फूल हो, हाथ में जरा सा हिलाते ही गिर पड़ेगा।

मृत्युंजय ने मुझे पहचान लिया, बोला, "कौन न्याडा?"

लड़की गरदन झुकाए खड़ी रही। मृत्युंजय ने दो-चार बातों में जो कुछ कहा, उसका मतलब यह था कि 'लगभग डेढ़ महीना होने को आया, वह खाट पर पड़ा है। बीच में दस-पंद्रह दिन बेहोशी की हालत में रहा था, अभी कुछ ही दिन हुए वह आदमी पहचानने लगा है। यद्यपि अभी तक वह बिस्तर छोड़कर उठ नहीं सकता, फिर भी अब किसी बात का डर नहीं है।

डर की कोई बात न सही, पर कम उम्र होने पर भी मैं इतना समझ गया कि आज भी जिसमें बिस्तर छोड़कर उठने की शक्ति नहीं, उस रोगी को इस जंगल में अकेली रहकर इस लड़की ने जिला लेने का जो भार लिया है, वह कितना बड़ा गुरुभार है! दिन-पर-दिन, रात-पर-रात, कितनी सेवा, कितनी शुश्रूषा, कितना धैर्य, कितना रात्रि जागरण, कोई ठीक है! यह कितने बड़े साहस का काम है!

परंतु जिस चीज ने इस असाध्य साधन को संभव कर डाला, उसका परिचय यद्यपि उस दिन नहीं मिला, किंतु एक दिन मिल गया।

लौटते समय वह लड़की एक और दीया लेकर मेरे आगे-आगे टूटी दीवार के आखिर तक आई। अब तक उसने एक बात भी नहीं कही थी, वह धीरे से बोली, "सड़क तक तुम्हें पहुँचा आऊँ क्या?"

बड़े-बड़े आम के पेड़ों के कारण सारा बाग मानो एक इकट्ठा हुआ अंधकार सा प्रतीत हो रहा था, रास्ता दिखना तो दरकिनार, अपना हाथ तक न दिखता था। मैंने कहा, "पहुँचाने की आवश्यकता नहीं, सिर्फ दीया मुझे दे दो।"

दीया मेरे हाथ में देते ही उसके उत्कंठित चेहरे पर मेरी निगाह पड़ गई। आहिस्ते से वह बोली, "अकेले जाने में डर तो न मालूम होगा? जरा

आगे तक न पहुँचा आऊँ?"

एक स्त्री पूछ रही है, डर तो नहीं मालूम होगा! लिहाजा मालूम चाहे कुछ भी हो, उत्तर में 'नहीं' कहकर ही आगे बढ़ गया।

मेरे रोंगटे खड़े हो गए, परंतु इतनी देर बाद समझा कि उद्वेग उसे किसलिए था और क्यों वह दीया दिखाकर उस जंगल के रास्ते को पार करा देना चाहती थी। संभव है, वह मेरी मनाही तो नहीं सुनती और साथ ही आती, परंतु बीमार मृत्युंजय को अकेला छोड़ जाने के लिए ही शायद आखिर तो उसका मन तैयार नहीं हुआ था।

बीस-पच्चीस बीघे का बाग था, इसलिए रास्ता कम लंबा न था। उस भयानक घोर अंधकार में हर कदम डरते-डरते रखना पड़ता था, किंतु दूसरे ही पल उस लड़की की बात से सारा मन इस तरह आच्छन्न हो गया कि डरने के लिए फिर समय ही नहीं मिला। बराबर यही खयाल आने लगा, "यहाँ किसी मृतप्राय रोगी को लेकर रहना कितना कठिन है? मृत्युंजय तो किसी भी पल मर सकता है, तब सारी रात इस जंगल में यह लड़की क्या करेगी? कैसे यह अपनी रात काटेगी?

इसी सिलसिले में बहुत दिन बाद की एक बात मुझे याद आती है। अपने एक रिश्तेदार के मरते समय मैं उपस्थित था। अँधेरी रात थी, घर में बाल-बच्चे, नौकर-चाकर कोई नहीं थे। सिर्फ थी उसकी सद्य:विधवा स्त्री और मैं। उनकी स्त्री ने शोक के आवेग में छाती और सिर धुन-धुनकर अपना ऐसा बुरा हाल बना लिया कि डर होने लगा कि कहीं उसके भी प्राण न निकल जाएँ। वे रो-रोकर बार-बार मुझसे पूछने लगीं कि जब मैं अपनी इच्छा से सह-मरण करना चाहती हूँ तो इसमें सरकार का क्या? मेरी तो अब रंचमात्र भी जीने की इच्छा नहीं। इस बात को क्या सरकारी आदमी नहीं समझ सकते? उनके घर में क्या स्त्रियाँ नहीं हैं? वे क्या पत्थर के हैं? और इस रात में ही अगर गाँव के पाँच जने मिलकर नदी किनारे मेरे सह-मरण की तैयारियाँ कर दें तो थाने के लोगों को मालूम ही कैसे होगा? इस तरह की न जाने कितनी बातें वे कहने लगीं। मगर बैठे-बैठे केवल उनका रोना सुनने से ही तो मेरा काम नहीं चल सकता था, मुहल्ले में समाचार देना आवश्यक था। बहुत सी चीजें इकट्ठी करनी थीं, परंतु मेरे बाहर जाने का मशवरा सुनते ही प्रकृतिस्थ हो गईं। आँखें पोंछकर बोलीं, "भैया, जो होना था, सो तो हो चुका, अब बाहर जाकर क्या होगा, परंतु रात व्यतीत हो जाने दो न!"

मैंने कहा, "बहुत से काम हैं, बिना गए नहीं चलेगा।"

उन्होंने कहा, "रहने दो काम, तुम बैठो।"

मैंने कहा, "बैठने से नहीं चलेगा, एक बार खबर तो देनी ही पड़ेगी।"

इतना कहकर मैंने पैर बढ़ाया ही था कि वे एकाएक चिल्ला उठीं, "अरे बाप रे! मैं अकेली नहीं रह सकूँगी।"

परिणामस्वरूप फिर बैठ जाना पड़ा। कारण तब यह समझ में आया कि जिस पति की जीवित हालत में उन्होंने बिना किसी भय के पच्चीस वर्ष तक अकेले घर-गृहस्थी की है, उसकी मृत्यु तो किसी तरह सही जा सकती है, पर उसका मृत शरीर इस अंधकारपूर्ण रात्रि में पाँच मिनट के लिए भी उनसे बरदाश्त नहीं होगा। छाती अगर किसी बात से फटती है तो वह अपने मृत पति के पास अकेले बैठे रहने से!

किंतु मेरा उद्‌देश्य उनके दुःखों को तुच्छ करके दिखाना नहीं है। वह असली नहीं, यह कहने का भी मेरा अभिप्राय नहीं, अथवा एक आदमी के बरताव से ही उसकी अंतिम मीमांसा हो गई, सो भी नहीं, परंतु ऐसी और भी एक घटना मुझे मालूम है, जिसका उल्लेख किए बिना ही मैं यह बात कहना चाहता हूँ कि सिर्फ कर्तव्य ज्ञान से या बहुत समय तक एक-साथ घर-गृहस्थी करने के अधिकार से ही कोई स्त्री डर को पार नहीं कर सकती। वह और कोई शक्ति है, जिसका बहुत से स्त्री-पुरुष सौ वर्ष तक एक-साथ घर-गृहस्थी चलाते रहने पर भी संभव है, कुछ पता नहीं कर पाते।

परंतु अचानक उस शक्ति का परिचय जब किसी नर-नारी के निकट प्राप्त हो जाता है, तब समाज की अदालत में आसामी बनाकर उसे दंड देने की आवश्यकता हो तो हो, किंतु मनुष्य की जो वस्तु सामाजिक नहीं है, वह स्वयं तो उसके दुःख से चुपचाप आँसू बहाए बगैर किसी प्रकार रह नहीं सकती।

करीब दो महीने तक मृत्युंजय की खोज-खबर नहीं ली। जिन लोगों ने गँवई गाँव देखा नहीं है, अथवा सिर्फ रेल के डिब्बे में से मुँह निकालकर देखा है, वे संभवतः आश्चर्य के साथ कहेंगे, यह कैसी बात? यह भी क्या संभव हो सकता है कि स्वयं अपनी आँखों से इतनी खराब हालत देख आने पर भी दो महीने तक फिर कुछ खबर ही नहीं ली जाए? उनकी जानकारी के लिए यह कहना जरूरी है कि यह सिर्फ संभव

ही नहीं, बल्कि ऐसा ही हुआ करता है। किसी एक पर मुसीबत आ पड़ने पर मुहल्ले भर के लोग दल बाँधकर उलट पड़ते हैं, ऐसी एक किंवदंती जरूर है। मालूम नहीं, ऐसी दशा कभी सतयुग के गाँवों में थी या नहीं, परंतु इस जमाने में कहीं देखी हो, ऐसा तो याद नहीं पड़ता। मगर हाँ, जबकि उसके मरने की खबर नहीं मिली है तो वह जिंदा जरूर होगा, इसमें कोई संदेह नहीं।

इन्हीं दिनों अचानक एक दिन कान में भनक पड़ी कि मृत्युंजय के उस बाग के हिस्सेदार चाचा शोर मचाते फिर रहे हैं, "गया, गया। गाँव बिलकुल रसातल में चला गया। समाज में अब मेरा नाल्ते के मित्तिर कहलाने योग्य मुँह नहीं रहा। नालायक एक सपेरे की लड़की को निकाह करके घर ले आया है और सिर्फ निकाह ही नहीं, वह भी न हो, चूल्हे में गया, पर उसके हाथ का भात तक खा रखा है। गाँव में यदि इसका कोई शासन न रहा तो फिर सब जंगल में जाकर क्यों नहीं बस जाते? कोड़ोला और हीरपुर का समाज इस बात को सुनेगा तो··· इत्यादि-इत्यादि।" बस फिर क्या था, लड़के, बूढ़े सभी के मुँह पर यही बात, "ऐं, यह क्या हुआ? कलिकाल क्या सचमुच ही उलटना चाहता है।"

चचा कहते फिरते हैं, "ऐसा होगा, यह तो मैं पहले से ही जानता था। सिर्फ तमाशा देख रहा था कि कहाँ का पानी कहाँ जाकर मरता है? नहीं तो वह कोई गैर नहीं, पड़ोसी नहीं, अपना खास भतीजा था। क्या मैं उसे घर नहीं ले जा सकता था? डॉक्टर-हकीमों से इलाज कराने की मेरी ताकत नहीं थी? तो फिर क्यों नहीं, यह अब देखें सब लोग, मगर अब तो चुप नहीं रहा जा सकता! यह तो मित्तिर वंश का नाम ही डूबा जाता है, गाँव के मुँह पर कालिख लगी जाती है।"

तब हम सब गाँव के लोगों ने मिलकर जो काम किया, उसका स्मरण आते ही मैं आज भी शरम से मर जाता हूँ। चचा चले नाल्ते के मित्तिर वंश के अभिभावक बनकर और हम दस-बारह लोग उनके साथ चले, इसलिए कि गाँव पर कोई इलजाम न लगने पाए।

मृत्युंजय के खँडहर वाले घर पहुँचे तो उस समय शाम हो चुकी थी। बिलासी टूटे-फूटे बरामदे के एक तरफ बैठी रोटी बना रही थी। अचानक इतने आदमियों को लाठी-सोटा लिये हुए आँगन में आते देख मारे भय के नीली पड़ गई।

चचा ने कोठरी के अंदर झाँककर देखा, मृत्युंजय लेटा हुआ है। बस

झट से दरवाजे की साँकल चढ़ाकर, डर के मारे अधमरी उस लड़की के साथ बातचीत करना शुरू कर दिया। यह तो कहना फिजूल है कि दुनिया में किसी भी चचा ने किसी भी जमाने में भतीजे की औरत से शायद ही कभी वैसा संभाषण किया हो। वह ऐसा था कि लड़की हीन सपेरों की जात की होने पर भी उसे बरदाश्त न कर सकी, आँखें उठाकर बोली, "मेरे बाप ने बाबू के साथ निकाह कर दिया है, जानते हो!"

चचा ने कहा, "अच्छा जी!" इत्यादि-इत्यादि और साथ-ही-साथ दस-बारह व्यक्ति वीर-दर्प से हुंकारते हुए उसकी गरदन पर टूट पड़े। किसी ने उसके बालों को पकड़ा, किसी ने कान पकड़े और किसी ने हाथ थाम लिये और जिन्हें संयोग न मिला, वे भी निश्चेष्ट न रहे।

कारण, संग्राम-क्षेत्र में हम कापुरुषों की तरह चुपचाप खड़े रह सकते हैं, पर हमारे खिलाफ इतनी बड़ी बदनामी करते फिरने में संभवतः नारायण के कारिंदों को भी आँख की शरम मालूम हो! यहाँ पर एक अप्रासंगिक बात कहना चाहता हूँ। सुना है कि विलायत आदि म्लेच्छ देशों में पुरुषों के मन में एक कुसंस्कार बैठा हुआ है कि औरतें कमजोर और निरुपाय हैं, इसलिए उन पर हाथ उठाया जा सकता है। फिर चाहे वह नर-नारी कोई भी क्यों न हो।

लड़की पहले ही जो एक बार कराह उठी थी, उसके बाद फिर एकदम खामोश हो गई, परंतु हम लोग जब उसे गाँव के बाहर छोड़ आने के लिए घसीटकर ले चले तब वह प्रार्थना करती हुई कहने लगी, "बाबू, मुझे जरा-सी देर के लिए छोड़ दो, मैं रोटियाँ घर में रख आऊँ। बाहर सियार-कुत्ते खा जाएँगे, कमजोर आदमी ठहरे, उन्हें रात भर भूखे रहना पड़ेगा।"

मृत्युंजय बंद कोठरी में पागलों की भाँति सिर धुनने लगा, दरवाजे पर लातें मारने लगा और श्राव्य-अश्राव्य भाषा का प्रयोग करने लगा, परंतु हम लोग उससे तनिक भी विचलित नहीं हुए, अपने देश के कल्याण के लिए सबकुछ अकातर भाव से सहकर उसे घसीटते हुए ले चले।

'ले चले' इसलिए कह रहा हूँ कि मैं बराबर उनके साथ चल रहा था, परंतु मालूम नहीं मुझमें कहाँ कमजोरी छुपी हुई थी, जिससे मैं उस पर हाथ न उठा सका, बल्कि मैं तो भीतर से रोने सा लगा। उसने अत्यंत गलत काम किया है और उसे गाँव के बाहर निकाल देना ही ठीक है; परंतु फिर भी हम यह कोई अच्छा काम कर रहे हैं, यह मेरी बुद्धि में न

आ सका, पर यह मेरी अपनी बात है, इसे छोड़ दो।

आप यह न समझ लें कि गाँवों में उदारता का बिलकुल ही अभाव है। हरगिज नहीं, बल्कि बड़े आदमी होने पर हम ऐसी उदारताएँ प्रकट करते हैं कि सुनकर आप दंग रह जाएँगे। यही मृत्युंजय अगर उसके हाथ का भात खाने का अक्षम्य अपराध न करता तो हम लोगों को इतना क्रोध न आता और कायस्थ के लड़के के साथ सपेरे की लड़की का निकाह—यह तो हँसी में उड़ा देने की बात है, लेकिन भात खाकर तो उसने अपना काल ही बुला लिया। वह अढ़ाई महीने से बीमार है तो हुआ करे, खाट पर पड़ा है तो पड़ा रहे, पर इससे क्या भात खा लेगा? पूड़ी नहीं, संदेस नहीं, बकरे का मांस नहीं! अरे, भात खाना तो अन्न पाप है, उसे तो सचमुच ही क्षमा नहीं किया जा सकता। इसलिए गाँव के लोग संकीर्ण-चित्त नहीं हैं। 'चार कोस पैदल चलने की' विद्या जिनके पेट में है, वे ही किसी दिन बड़े होकर समाज के शिरोमणि होते हैं। देवी वीणापाणि के वर से संकीर्णता उनमें आ कैसे सकती है?

इस घटना के कुछ दिन के पश्चात् सुबह स्मरणीय स्वर्गीय मुखोपाध्याय महाशय की विधवा पुत्रवधू मानसिक वैराग्य से दो वर्ष तक काशीवास करके जब गाँव को वापस लौटी तब निंदक लोग कानाफूसी करने लगे कि आधी संपत्ति उस विधवा की ठहरी न, इसलिए इस डर से कि कहीं वह संपत्ति बेहाथ न हो जाए, छोटे बाबू बहुत प्रयास और बड़े परिश्रम से बहूजी को जहाँ से लिवा लाए हैं, वह जगह जरूर काशी ही होगी। जो भी हो, छोटे बाबू ने अपनी स्वाभाविक उदारता से जब गाँव की पंचायती पूजा में दो सौ रुपए दान देकर गाँव के ब्राह्मणों को सदक्षिणा दी, सबको उत्तम फलाहार कराया और फिर प्रत्येक सदब्राह्मण को हाथ में एक-एक काँसे का गिलास देकर विदा किया, तब चारों तरफ 'धन्य-धन्य' की धूम मच गई। यहाँ तक कि घर आते-आते रास्ते में ही बहुत से लोग देश की भलाई के लिए कामना करने लगे कि ऐसे जो सब बड़े आदमी हैं, उन सभी के घर महीने-महीने ऐसे सदनुष्ठान क्यों नहीं हुआ करते।

परंतु जाने दो, ऐसी महत्त्व की कहानियाँ बहुत सी हैं। युग-युग में इकट्ठा होकर लगभग प्रत्येक ग्रामवासी के दरवाजे पर उनका स्तूप लग गया है, इस दक्षिण बंगाल के ही बहुत से गाँवों में घूम-घूमकर गौरव करने जैसी बहुत सी बड़ी-बड़ी घटनाएँ मैंने प्रत्यक्ष रूप से देखी हैं। चाहे

चरित्र में कहा और चाहे धर्म में, समाज में कहा और चाहे विद्या में, शिक्षा बिलकुल पूरी हो गई है, अब सिर्फ अंग्रेजों को कसकर गाली-गलौज कर के तो बस देश का उद्धार हो जाए!

इसके बाद लगभग एक वर्ष बीत गया है। मच्छरों का काटना जब और नहीं सहा गया तब संन्यासगिरी से इस्तीफा देकर मैं घर लौट आया हूँ। एक दिन मैं दोपहर के समय गाँव से दो कोस दूर मालपाड़े में से होकर जा रहा था, अचानक देखा कि एक कुटिया के द्वार पर मृत्युंजय बैठा है। उसके सिर पर गेरुआ रंग की पगड़ी, बड़े-बड़े बाल और दाढ़ी-मूँछें, गले में रुद्राक्ष और काँच की मालाएँ, कौन कह सकता था कि वह मृत्युंजय है? कायस्थ का लड़का, एक ही वर्ष में अपनी जात खोकर बिलकुल सपेरा हो गया? मनुष्य कितनी जल्दी अपनी चौदह पीढ़ियों की जात को तिलांजलि देकर दूसरी जाति को अपना लेता है। यह एक बड़े भारी आश्चर्य की बात है। ब्राह्मण का लड़का भंगिन की लड़की से ब्याह करके भंगी हो गया और उसी का रोजगार करने लगा, यह तो शायद आप सभी लोगों ने सुना होगा। मैंने सद्ब्राह्मण के एक लड़के को एंट्रेंस पास करने के बाद भी डोम की लड़की से शादी करके डोम होते देखा है। अब वह सूप-डलिया आदि बनाकर बेचता और सुअर चराया करता है। एक अच्छे घराने के कायस्थ-पुत्र को कसाई की लड़की के साथ ब्याह करके कसाई होते भी मैंने देखा है। आज वह अपने हाथ से गायें काटकर बेचता है, उसे देखकर किसकी मजाल है जो कहे कि वह किसी समय कसाई के सिवा और कुछ भी था! किंतु सबका एक ही कारण है। इसी से मैं सोचता हूँ कि जो नारियाँ इस तरह इतनी आसानी से व्यक्ति को खींचकर नीचे उतार सकती हैं, वे क्या उसी प्रकार हँसते-खेलते उन्हें जोर देकर ऊपर नहीं चढ़ा सकतीं? जिन ग्रामवासी पुरुषों की सुख्याति प्राप्त करने के लिए आज मैं पंचमुख हो उठा हूँ, यह गौरव क्या सिर्फ अकेले उन्हीं को मिलना चाहिए? क्या सिर्फ अपने ही बल पर वे इतनी जल्दी नीचे की तरफ उतरे चले जा रहे हैं? अंदर की ओर से क्या उनके लिए जरा सा उत्साह, जरा भी मदद नहीं आती?

शायद मैं झोंक में आकर अनधिकार चर्चा कर बैठा, परंतु मेरे लिए कठिन तो यह है कि मैं किसी भी तरह नहीं भूल सकता कि देश में नब्बे फीसदी नर और नारी गाँवों में ही रहकर आदमी होते हैं और इसलिए कुछ-न-कुछ हमें करना ही चाहिए। खैर, अभी मैं कह रहा था, देखकर

कौन कहेगा कि यह वही मृत्युंजय है? परंतु मुझे देखकर वह भी बहुत खुश हुई और बार-बार कहने लगी, "तुम न बचाते तो उस रात को वे मुझे मार ही डालते। मेरे लिए तुमने भी न जाने कितनी मार खाई होगी?"

बातों ही बातों में सुना कि उसके दूसरे ही दिन वे यहाँ आ गए और तब से घर बनाकर यहीं सुख से रह रहे हैं। सुख से हैं–यह बात मुझे कहने की आवश्यकता नहीं हुई, सिर्फ उनके चेहरे की ओर देखने से ही मैं समझ गया।

सुना कि आज उन लोगों को कहीं साँप पकड़ने जाना है, बयाना ले चुके हैं। वे तैयार हुए तो मैं भी साथ जाने के लिए उछल पड़ा। बचपन में ही दो बातों पर मुझे काफी अभिरुचि रही है, एक तो गोखुरा काला साँप पकड़कर पालना और दूसरा मंत्र सिद्ध करना।

मंत्रसिद्ध होने का उपाय अब तक मुझे ढूँढ़े नहीं मिला था, इसलिए मृत्युंजय को उस्ताद के रूप में पा लेने की उम्मीद से मारे आनंद के मैं फूला न समाया। वह अपने नामी ससुर का शिष्य ठहरा, इसलिए बड़ा भारी आदमी है। मेरा भाग्य अकस्मात् ऐसा चमक उठेगा, इसे कौन सोच सकता था?

लेकिन काम बहुत मुश्किल है और खतरा भी है, इसलिए पहले तो उन लोगों ने आपत्ति की, परंतु मैंने ऐसी जिद पकड़ी कि उसे एक ही महीने के भीतर मुझे शागिर्द बना लेने के अलावा कोई दूसरा रास्ता ही न सूझा। मृत्युंजय ने मुझे साँप पकड़ने का मंत्र और तरकीब सिखा दी और कलाई में दवा वाला एक ताबीज बाँधकर बाकायदा सपेरा बना दिया।

मंत्र क्या था, जानते हैं? उसका आखिरी हिस्सा मुझे याद है–

"अरे केउटे तुई मनसार बाहन
मनसा देवी तेरी माँ,
उलट पलट पाताल फोड़,
ढोंड़ार विष तुई ने, तोर विष ढोंड़ार दे
दुधराज मणिराज।
कार आज्ञे, विष हरिर आज्ञे।"

इसका अर्थ क्या है, मैं नहीं जानता। कारण, जो मंत्र के रचने वाले ऋषि थे, यह भी आवश्यक है कि कोई-न-कोई होंगे ही, उनके दर्शन कभी नहीं हुए।

आखिर में एक दिन इस मंत्र के सत्य, मिथ्या की चरम मीमांसा हो

गई, किंतु जब तक न हुई तब तक मैं साँप पकड़ने में चारों ओर प्रसिद्ध हो गया। सभी लोग कहने लगे, "हाँ, न्याड़ा है तो गुणी आदमी! संन्यासी हालत में कामाख्या जाकर सिद्ध हो आया है! इतनी सी उमर में इतना बड़ा उस्ताद हो जाने से ऐसी हालत हो गई कि मेरे पैर जमीन पर ही न पड़ते थे।

भरोसा नहीं किया सिर्फ दो आदमियों ने। मेरा जो गुरु था, वह तो भली-बुरी कोई बात ही नहीं कहता था, परंतु बिलासी बीच-बीच में मुसकराती हुई कहती, "महाराज! ये सब भयंकर जानवर ठहरे, इन्हें जरा सावधानी से हिलाया-डुलाया करो।" सचमुच विष-दाँत तोड़े हुए साँपों के मुँह से जहर निकालना आदि काम मैं ऐसी लापरवाही के साथ करने लगा कि उसकी याद आते ही आज भी मेरा बदन काँप उठता है।

असल बात यह है कि साँप पकड़ना बड़ा मुश्किल काम है और पकड़े हुए साँप को दो-चार दिन हँड़िया में बंद रखने के बाद चाहे उसके विष-दाँत तोड़े जाएँ या न तोड़े जाएँ, वह किसी तरह काटना ही नहीं चाहता। फन उठाकर काटने का बहाना करेगा तो जरूर, डराएगा पर काटेगा नहीं।

कभी-कभी हम दोनों गुरु-शिष्यों के साथ बिलासी चर्चा किया करती थी। सपेरों के लिए सबसे बढ़कर लाभ का रोजगार है जड़ी बेचना, जिसे देखकर साँप को भागते ही बने। परंतु उससे पहले मामूली सा एक काम करना पड़ता है। जिस साँप को जड़ी दिखाकर भगाना हो, पहले उसका मुँह गरम लोहे की सींक से कई बार दबा दो, फिर चाहे जड़ी दिखाई जाए और कोई मामूली सींक, उसे भागकर जान बचाने की ही सूझेगी। इस काम के खिलाफ बिलासी की बड़ी जबरदस्त अड़चन थी। वह मृत्युंजय से कहती, "देखो, इस तरह से आदमी को नहीं ठगना चाहिए?"

मृत्युंजय कहता, "सभी तो ऐसा करते हैं, इसमें हमारा दोष क्या है?"

बिलासी कहती, "करने दो सबको। हम लोगों को तो खाने-पीने की चिंता नहीं है, फिर हम क्यों लोगों को झूठ-मूठ धोखा दें?"

एक बात पर मैंने बराबर लक्ष्य किया था, साँप पकड़ने के लिए बयाना आते ही बिलासी उसमें तरह-तरह से रुकावट डालने की कोशिश किया करती, "आज शनिवार है या आज मंगलवार है।" इसी तरह से न

जाने क्या कह दिया करती। मृत्युंजय घर पर न रहता तब तो वह बयाने वाले को स्पष्ट ही भगा दिया करती, परंतु मौजूद रहने पर मृत्युंजय रुपए का लोभ न सँभाल सकता और मुझे तो एक तरह कान शा सा हो गया था। नाना प्रकार से उसे उत्तेजित करने में कुछ कसर बाकी नहीं उठा रखता था। वास्तव में इस मजे के अलावा डर भी कहीं है, यह बात हमारे मन में कभी आती ही न थी, परंतु इस पाप का दंड एक दिन मुझे अच्छी तरह भुगतना पड़ा।

उस दिन गाँव से डेढ़ कोस दूर एक ग्वाले के घर में साँप पकड़ने गया था। बिलासी बराबर साथ रहती थी, आज भी थी। मिट्टी की मढ़ैया में ढूँढ़ते-ढूँढ़ते धरती में एक जगह बलि का चिह्न पाया गया। हममें से किसी ने लक्ष्य नहीं किया, परंतु बिलासी ठहरी सपेरे की लड़की, उसने झुककर कागज के कुछ टुकड़े उठाते हुए मुझसे कहा, "महाराज! जरा होशियारी से खोदना। साँप एक ही नहीं है, जोड़ा है, शायद और भी अधिक हों।"

मृत्युंजय ने कहा, "ये लोग कहते हैं, एक ही आकर घुसा है। एक ही दिखाई दिया है।"

बिलासी ने कागज दिखाते हुए कहा, "देखते नहीं, उन्होंने यहाँ रहने की जगह बनाई है?"

मृत्युंजय ने कहा, "कागज तो चूहे भी ला सकते हैं?"

बिलासी ने कहा, "दोनों ही बातें हो सकती हैं, मगर दो तो जरूर हैं, मैं कहती हूँ।"

वास्तव में बिलासी की बात ठीक निकली। दस मिनट के भीतर ही एक बड़ा जबरदस्त 'खरिश गोखुरा' काला साँप पकड़कर मृत्युंजय ने मेरे हाथ में दे दिया, परंतु मैं उसे अपनी पेटी में बंद करके लौटा भी न था कि मृत्युंजय 'उइ:' करके साँस छोड़कर बाहर आकर खड़ा हुआ। उसकी हथेली की पीठ से झर-झर खून निकल रहा था।

पहले तो सभी किंकर्तव्यविमूढ़ से हो गए। कारण, साँप को पकड़ने जाओ और वह भागने के लिए बेचैन होकर बिल में से मुँह निकालकर काट खाए, ऐसी कल्पनातीत घटना तो जीवन में यही पहले-पहल देखी। दूसरे ही क्षण बिलासी चिल्लाती हुई दौड़ी, अपने आँचल से उसका हाथ बाँध दिया और जितनी भी तरह की जड़ी-बूटियाँ वह साथ में लाई थी, उसे चबाने को दे दीं। मृत्युंजय का अपना ताबीज तो था ही, उस पर मैंने

अपना ताबीज उतारकर पहना दिया। आशा थी कि जहर उसके ऊपर अब नहीं चढ़ेगा, और मैं अपने उस 'विपहरी की आज्ञा' वाले मंत्र को बार-बार जोर-जोर से पढ़ने लगा। चारों तरफ भीड़ जम गई और आस-पास जितने भी गुणी लोग थे, सबको खबर देने के लिए चारों ओर आदमी दौड़ाए। बिलासी के बाप को भी खबर देने के लिए आदमी भेजा गया।

मैं अविराम गति से बिना रुके मंत्र पढ़ता रहा, परंतु पंद्रह-बीस मिनट बाद जब मृत्युंजय एक बार वमन करके नाक के स्वर में बातें करने लगा, तब तो बिलासी एकदम पछाड़ खाकर जमीन पर गिर पड़ी। मैं भी समझ गया, मेरी विपहरी की दुहाई अब काम नहीं आने वाली।

आस-पास के और भी दो-चार उस्ताद आ पहुँचे। हम लोग कभी तो एक-साथ और कभी अलग-अलग तैंतीस करोड़ देव-देवियों की दुहाई देने लगे; परंतु विष ने एक भी दुहाई नहीं मानी, रोगी की हालत बराबर खराब होती चली गई। जब देखा गया कि अच्छी बातों से काम नहीं चलेगा तब तीन-चार ओझों ने मिलकर विष को एक ऐसी अकथ्य और अश्राव्य भाषा में गाली-गलौज करना आरंभ किया कि अगर विष के कान होते तो मृत्युंजय को छोड़ने की तो बात कौन कहे, वह देश को ही छोड़कर भाग जाता, मगर किसी से भी कुछ न बना। आधे घंटे जूझने के बाद रोगी ने अपने माता-पिता के दिए मृत्युंजय नाम और ससुर के दिए मंत्र, औषधि आदि सबको झूठा प्रमाणित करके इहलोक की लीला खत्म की। बिलासी अपने पति का सिर गोद में रखे बैठी थी, वह मानो बिलकुल पत्थर सी हो गई।

जाने दो, उसके दुख की कहानी अब बढ़ाना नहीं चाहता। सिर्फ इतना ही कहकर खत्म कर दूँगा कि वह सात दिन से अधिक अपना जिंदा रहना न सह सकी। मुझसे एक दिन उसने सिर्फ यह कहा, "महाराज! मेरे सिर की कसम, इस काम को तुम अब कभी न करना।"

मैं अपना ताबीज और कवच तो मृत्युंजय के साथ ही कब्र में दफना चुका था, चल रही थी सिर्फ विपहरी की आज्ञा, परंतु वह आज्ञा कोई मजिस्ट्रेट का आदेश नहीं और साँप का विष हिंदुस्तानियों का विष नहीं, इस बात को भी मैं समझ गया था।

एक दिन जाकर सुना, घर में जहर की तो कमी थी नहीं, बिलासी ने आत्महत्या कर ली है और शास्त्रों के अनुसार अवश्य ही वह नरक

गई, परंतु वह कहीं भी जाए, जब मेरा अपना जाने का समय आएगा, तब इतना तो मैं कह सकता हूँ कि वैसे ही किसी एक नगर में जाने के प्रस्ताव से मैं पीछे नहीं हटूँगा।

चचा साहब बगीचे पर सोलहों आने दखल जमाकर, अत्यंत विज्ञ की तरह चारों ओर कहते फिरने लगे, "इसकी अपघात मृत्यु न होती तो और किसकी होती? मर्द वैसी एक छोड़ दे, करे न, उससे कुछ बनता-बिगड़ता नहीं। बहुत होगा तो जरा निंदा हो जाएगी, मगर उसके हाथ का भात खाकर मौत क्यों बुलाई भला? खुद मरा और मेरा भी सिर नीचा कर गया। न कोई आग देने वाला रहा और न कोई पिंड-पानी देने वाला। श्राद्ध-शांति कुछ भी नहीं हुई।"

गाँव के लोग एक स्वर में कहने लगे, "इसमें क्या संदेह है! अन्न पाप महापाप है! बाप रे, इसका क्या कोई प्रायश्चित्त है!"

बिलासी की आत्महत्या की घटना भी बहुतों के लिए मजाक का विषय हो गई। मैं प्राय: सोचा करता हूँ, यह अपराध शायद उन दोनों ने ही किया था, परंतु मृत्युंजय तो एक गाँव का लड़का था, देहात के तेल-पानी से ही इतना बड़ा हुआ था, फिर भी उसे इतने दुस्साहस के काम में जिस वस्तु ने प्रवृत्त कर दिया था, उसे किसी ने आँखें खोलकर देखा तक नहीं!

मुझे मालूम होता है, जिस देश के नर-नारियों में परस्पर हृदय-जय करके शादी करने की रीति नहीं है बल्कि वह निंदा की चीज है, जिस देश के स्त्री-पुरुष उम्मीद करने के सौभाग्य और आकांक्षा करने के भयंकर आनंद से सदा के लिए वंचित हैं, जिन्हें विजय का गर्व और पराजय की व्यथा, इनमें से किसी को भी अपने जीवन में वहन नहीं करना पड़ता, जिनको भूल करने का दुख और भूल न करने का आत्मप्रसाद दोनों में से एक मिला नहीं, जिनके पुराने और बहुदर्शी विज्ञ समाज ने बहुत ही सावधानी से देश के लोगों को सब तरह के हंगामों से अलग रहकर आजीवन केवल भले आदमी बने रहने की व्यवस्था कर दी है, इसी से विवाह-संस्कार जिनके लिए महज एक कॉण्ट्रेक्ट है, फिर वह वैदिक मंत्रों से डॉक्यूमेंट शुदा चाहे जितना पक्का ही क्यों न हो गया हो, उस देश के लोगों में इतनी सामर्थ्य नहीं कि वे मृत्युंजय के अन्न-पाप का कारण समझ सकें। बिलासी का जिन लोगों ने परिहास उड़ाया था, वे सभी साधु-गृहस्थ और साधु-गृहणियाँ हैं, उन सबको

अक्षय स्वर्ग और सतीलोक प्राप्त होगा, यह भी मैं जानता हूँ, परंतु वह सपेरे की लड़की जब एक पीड़ित और शय्यागत रोगी को तिल-तिल करके जीत रही थी, उसके उस समय के गौरव का एक कण भी शायद आज तक उनमें से किसी ने आँखों से नहीं देखा। मृत्युंजय हो सकता है कि एक बहुत ही छोटा आदमी हो, किंतु उसका हृदय जीतकर, उस पर कब्जा करने का आनंद तो छोटा नहीं था, उनकी वह संपदा तो मामूली नहीं थी!

इस देश के लोगों के लिए इस चीज को ही समझ पाना मुश्किल है। मैं राजनारायण मुखर्जी के 'पारिवारिक निबंधों' को भी दोष नहीं दूँगा और शास्त्रीय तथा सामाजिक विधि-विधानों की भी बुराई न करूँगा, और कहने पर मुँह पर जवाब देते हुए जो कि यह हिंदू समाज अपने विधि-विधानों के जोर से ही, इतनी शताब्दियों के इतने विद्रोह, तूफानों के बाद भी जिंदा है, मैं उनकी भी अत्यंत भक्ति करता हूँ। प्रत्युत्तर में उनसे मैं यह हरगिज नहीं कहूँगा कि जीवित रहना ही चरम सार्थकता है, ऐसे तो अतिकाय हाथी तक गायब हो गए हैं और तिलचट्टे जीवित हैं। मैं सिर्फ इतना ही कहूँगा कि बड़े आदमी के नंद-गोपाल की तरह दिन-रात आँखों में और गोद ही गोद में रखने से वह अच्छा तो रहेगा, इसमें संदेह नहीं, परंतु बिलकुल ही तिलचट्टे की तरह जिलाए रखने की अपेक्षा अगर उसे एक बार गोद से उतारकर और भी पाँच व्यक्तियों की तरह दो-चार कदम पैदल चलने दिया जाए तो संभवतः वह प्रायश्चित्त करने योग्य पाप न होगा।

□

गुरुजी

यह बात आज की नहीं है, बल्कि बहुत दिन पहले की बात है, जब हम अपने गाँव की एक पाठशाला में एक ही क्लास में पढ़ते थे। उन दिनों हमारी उम्र 10-11 वर्ष की थी। लालू के दिमाग में दुनिया, भर की शरारतें भरी रहती थीं। आदमी को डराने, सजा देने और न जाने कितने खुराफात उसके दिमाग में थे। एक बार लालू ने अपनी माँ को रबड़ का साँप दिखाकर इस तरह डरा दिया कि उनके पैर में मोच आ गई, जिसकी वजह से उन्हें 7-8 दिनों तक लँगड़ाकर चलना पड़ा था।

लालू की इस बदमाशी से चिढ़कर माँ ने कहा, "इसके लिए मास्टर रख दिया जाए। रोजाना शाम को जब पढ़ने बैठेगा, तब इसे बदमाशी करने का मौका नहीं मिलेगा।"

यह सुनकर लालू के पिताजी ने कहा, "नहीं, मेरे लिए मास्टर नहीं रखा गया था। मैं स्वयं अपनी कोशिशों से, अनेक दुःख-कष्ट झेलकर, पढ़-लिखकर वकील बन पाया हूँ। मेरी इच्छा है कि लालू भी मेरी तरह पढ़-लिखकर अच्छा आदमी बने। जिस साल लालू क्लास की परीक्षा में फर्स्ट नहीं आएगा, तो उस वर्ष उसके लिए 'ट्यूटर' रख दिया जाएगा।"

पिताजी के कारण लालू को मुक्ति मिल गई, लेकिन मन-ही-मन माँ पर उसे काफी गुस्सा आया। वह इसलिए कि उसके सिर पर शाम को पढ़ने के लिए मास्टर लाद देने के चक्कर में थीं। लालू का खयाल था कि मास्टर और पुलिस बराबर होते हैं।

लालू के पिता धनी गृहस्थ थे। कई साल हुए, उन्होंने अपना पुराना मकान गिराकर पुनः नया तिमंजिला मकान बनवाया था। मकान बन जाने

के बाद से लालू की माँ की इच्छा रही थी कि गुरुजी इस मकान में आकर जूठा गिरा दें, लेकिन वे काफी बूढ़े थे। वे फरीदपुर से इतनी दूर इसके लिए आने को राजी नहीं होते थे। बहुत दिनों बाद इस बार मौका मिल गया। गुरुदेव सूर्यग्रहण के उपलक्ष्य में काशी आए थे। वहाँ से उन्होंने नंदरानी को लिख भेजा कि यहाँ से वापस लौटते समय आशीर्वाद देने आएँगे। लालू की माँ की खुशी की सीमा नहीं रही। वे गुरुजी के स्वागत की जोर-शोर से तैयारी करने लगीं। उनकी बहुत दिनों की मनोकामना पूरी होने जा रही थी। इस नए मकान में उनके चरणों की धूलि मिलेगी और घर पवित्र हो जाएगा।

नीचे के बड़े कमरे से सारा सामान हटाया गया। निवाड़ का पलंग गुरुवर के सोने के लिए बनवाया गया। इसी कमरे में उनके लिए पूजा की जगह बनाई गई; क्योंकि उन्हें तिमंजिले पर स्थित पूजाघर में आने-जाने में तकलीफ होगी।

बहुत दिनों बाद गुरुदेव स्मृतिरत्न वहाँ आ गए, लेकिन बड़े कुसमय आए। आसमान बादलों से घिरा हुआ था। बाहर मूसलधार बारिश हो रही थी और तेज हवा के झोंके चल रहे थे।

इधर लालू की माँ को तरह-तरह के पकवान बनाने, फल-फूल सजाने आदि काम के कारण जरा भी साँस लेने का मौका नहीं मिल रहा था। गुरुदेव के लिए पलंग पर बिस्तर बिछाकर मसहरी लगा दी गई। थके-माँदे गुरुदेव भोजन करने के बाद पलंग पर जाकर सो गए। इसके बाद नौकरों-चाकरों को छुट्टी दे दी गई। मुलायम बिस्तर पर आराम पाने के कारण गुरुदेव ने मन-ही-मन नंदरानी को आशीर्वाद दिया।

आधी रात को अचानक उनकी नींद खुल गई। छत से पानी मसहरी को तर करता हुआ उनकी तोंद पर गिर रहा था। अरे बाप रे! कितना ठंडा पानी है, वे चौंककर उठ बैठे और तोंद पर गिरे पानी को पोंछ डाला। फिर बोल उठे, "नंदरानी ने मकान को नया जरूर बनवाया है, लेकिन पछाड़ की कड़ी धूप के कारण छत फट गई है।"

निवाड़ वाला पलंग भारी नहीं था। मसहरी सहित उसे खींचकर गुरुदेव दूसरी ओर ले गए और फिर सो गए, लेकिन अभी आधा मिनट से अधिक नहीं हुआ होगा कि पुनः दो-चार बूँद आ गिरीं। फिर दूसरी ओर ले गए और फिर पहले की तरह पानी गिरा। अब तक बिस्तर काफी

भीग चुका था। इतना भीग गया था कि बिस्तर सोने लायक नहीं रह गया। गुरुदेव अब सोचने लगे कि क्या किया जाए? बूढ़े आदमी थे। अनजान जगह में दरवाजा खोलकर बाहर जाने से डर लगता ही है और फिर भीतर रहना भी खतरे से खाली नहीं था। जब छत इस बुरी तरह फट गई है, पता नहीं कब सिर पर गिर पड़े। डरते-डरते वे बाहर निकल आए।

बाहर बरामदे में एक लालटेन जल रही थी। कहीं भी कोई दिखाई नहीं दे रहा था। चारों तरफ अंधकार ही अंधकार था। पानी जोर से बरस रहा था और वैसे ही तेज हवा चल रही थी। कैसे कोई वहाँ खड़ा रहे! घर के नौकर-चाकर भी कहीं नहीं दिखाई दे रहे थे। पता नहीं, वे सब किस कमरे में सोते हैं? स्मृतिरत्न को इसका ज्ञान नहीं था। दो-तीन बार उन्होंने आवाज भी दी; लेकिन प्रत्युत्तर में किसी ओर से कोई जवाब नहीं आया।

एक ओर एक बेंच पड़ी थी। इस बेंच पर लालू के पिता के गरीब मुवक्किल बैठते हैं। लाचारी में गुरुदेव उसी पर बैठ गए। मन-ही-मन में उन्होंने यह महसूस किया कि इससे उनकी मर्यादा पर ठेस पहुँची है, लेकिन इस समय इसके अलावा और कोई चारा भी नहीं था। हवा में ठंडक रहने के कारण सर्दी भी लग रही थी। गुरुदेव ने धोती का एक हिस्सा खोलकर सिर पर डाल लिया और दोनों पैर आपस में सटाकर, उकड़ूँ बैठकर यथासाध्य आराम पाने की कोशिश करने लगे। मन बड़ा दुःखी हो गया। उधर नींद के कारण आँखें झँपी जा रही थीं। गरिष्ठ भोजन करने के कारण कई बार खट्टी डकारें भी आईं। इसी तरह नाना प्रकार की चिंताएँ उन्हें सताने लगीं।

ठीक इसी समय एक नया उपद्रव प्रारंभ हुआ। पछाँह के बड़े-बड़े मच्छर कानों के पास गुनगुनाने लगे। ढपती हुई आँखों को उधर ध्यान ही नहीं देना चाहिए, परंतु मन शंकित हो उठा। पता नहीं, इनकी संख्या कितनी है! दो मिनट बाद ही गुरुदेव को मालूम हो गया कि इनकी संख्या अनगिनत है। इस सेना की उपेक्षा करने वाला संसार में कोई बहादुर नहीं था। इनके काटने से जैसी जलन होती थी, वैसी ही खुजलाहट। स्मृतिरत्न ने तुरंत उस स्थान को छोड़ने में ही कल्याण समझा। वे वहाँ से कुछ दूर हट गए, मगर मच्छरों ने उनका पीछा नहीं छोड़ा। कमरे के अंदर पानी ने जैसा हाल कर रखा था, उसी प्रकार बाहर मच्छरों का दल भी परेशान कर रहा था। बराबर मच्छरों को भगाने के लिए अँगोछा फटकारते रहने

पर भी उनके आक्रमण को रोका नहीं जा सका। थोड़ी देर बाद वे इधर-उधर दौड़ने लगे। इस सर्दी में भी वे पसीने से लथपथ हो गए।

एक बार उनके जी में आया कि जोरों से चीख उठें, परंतु ऐसा करना बचपना होगा, समझकर चुप लगा गए। कल्पना में उन्होंने देखा कि नंदरानी मुलायम बिस्तर पर मच्छरदानी लगाकर आराम से सो रही है। घर के सभी लोग भी अपनी-अपनी जगह पर सोए हुए हैं, लेकिन उनकी दौड़-धूप में जान फँसी हुई है। तभी किसी घड़ी ने टन-टन कर चार बजने की सूचना दी। वह परेशान होकर बोले, "काटो कमबख्तो, खूब काटो! अब मैं तुम्हें भगाने से रहा।"

इतना कहने के बाद भी वे अपनी पीठ मच्छरों के हमले से बचाने के लिए दीवार से सटाकर बैठ गए, फिर बोले, "अगर सवेरे तक जीवित रहा तो इस अभागे देश में फिर कभी नहीं रहने का! पहली गाड़ी से घर चल दूँगा। क्यों यहाँ आने का मन नहीं करता था, अब समझ गया।" यही सब सोचते-सोचते उन्हें नींद आ गई और रात भर की थकान के कारण वे बड़े बेखबर सो गए।

इधर नंदरानी काफी सुबह उठ गईं, क्योंकि गुरुदेव की सेवा में काम करना था। रात में गुरुदेव ने केवल जलपान मात्र किया था। यद्यपि यह जलपान तगड़ा था, लेकिन नंदरानी मन-ही-मन सोचती रही कि अपनी पसंद की चीज वह नहीं थी। आज उस घाटे को पूरा करने की इच्छा उनके मन में हुई।

नीचे उतरने पर उन्होंने देखा, गुरुदेवजी के कमरे का दरवाजा खुला हुआ है। गुरुदेव मेरे पहले ही उठ गए, जानकर वे बेहद लज्जित हुईं। कमरे के भीतर झाँककर देखा तो वे नदारद थे। यह क्या हुआ? दक्षिण की चारपाई उत्तर की ओर कैसे चली आई। उनका झोला खिड़की के पास बाहर पहुँच गया था। पूजा के सामान और आसन आदि दूर बिखरे पड़े थे। बात कुछ समझ में नहीं आ रही थी। बाहर आकर वे नौकरों को बुलाने लगीं। नौकरों में कोई भी तब तक नहीं जागा था। उन्होंने सोचा, जब यह हालत है तो गुरुजी कहाँ गए?

अचानक नंदरानी की नजर एक ओर उठी—अरे यह क्या है? एक कोने में अँधेरे में आदमी की तरह न जाने कौन बैठा है। हिम्मत करके वे आगे बढ़ आईं तो देखा, अरे ये तो गुरुदेव हैं।

आशंका से चिल्ला उठीं, "गुरुजी।"

नींद टूटने पर स्मृतिरत्न ने आँखें खोलकर देखा, फिर धीरे-धीरे सीधे बैठ गए!

नंदरानी चिंता और भय के कारण अवरुद्ध कंठ से पूछ बैठीं, "गुरु जी, आप यहाँ क्यों बैठे हैं?"

स्मृतिरत्न उठ खड़े हुए और बोले, "बेटी! रात भर मेरे दुःखों की सीमा ही नहीं रही।"

"क्यों गुरुदेव?"

"तुमने नया मकान बनवाया तो जरूर है, मगर बेटी, ऊपर की सारी छत चटक गई है। रात भर पानी की बूँदें टप-टप मेरे ऊपर गिरती रहीं। कहीं छत न गिर जाए इसलिए डरकर बाहर भाग आया, लेकिन यहाँ भी बचाव नहीं कर सका। टिड्डियों की तरह मच्छरों ने मेरा आधा खून पी लिया।"

बहुत दिनों से मनाने और आराधना करने पर गुरु जी यहाँ आए थे और यहाँ उनकी हालत देखकर नंदरानी की आँखें गीली हो गईं, बोलीं, "मगर गुरुदेव! यह मकान तो तिमंजिला है। बरसात का पानी तीन-तीन छतों को पार करके कैसे गिर सकता है?"

कहते-कहते अचानक नंदरानी रुक गईं। उन्हें यह समझते देर न लगी कि कहीं इस कांड के पीछे लालू का हाथ न हो। वे दौड़ी हुई कमरे के अंदर आईं तो देखा—बिस्तर काफी भीगा हुआ है और मसहरी के ऊपर एक बरफ का टुकड़ा कपड़े में बँधा पाया, अभी तक वह पूरा नहीं गल पाया था। पागलों की तरह दौड़कर वह बाहर आईं। नौकरों में जिसे सामने देखा, उसे चिल्लाकर कहने लगीं, "पाजी ललुआ कहाँ गया? काम-काज जहन्नुम में जाए! वह शैतान जहाँ मिले उसे मारते-मारते पकड़ लाओ।"

लालू के पिता उस समय नीचे उतर रहे थे। पत्नी का चीखना-चिल्लाना देखकर वे हैरान रह गए। उन्होंने पूछा, "आखिर हुआ क्या? यह क्या कह रही हो?"

नंदरानी ने रोते हुए कहा, "या तो ललुआ को घर से निकाल दो, नहीं तो मैं आज गंगा में डूबकर अपने पापों का प्रायश्चित्त करूँगी।"

"मगर किया क्या है उसने?"

"बिना अपराध ही गुरुदेव की कैसी गति बना दी है उसने। आओ, आकर अपनी आँखों से उसकी करनी देख जाओ।"

सभी अंदर आ गए। नंदरानी ने सब दिखाया और सुनाया, फिर पति से बोली, "अब तुम्हीं बताओ कि इस शैतान लड़के को लेकर कैसे इस घर में रह सकते हैं?"

गुरुदेव की समझ में सारी बात आ गई। अपनी बेवकूफी पर वे खिलखिलाकर हँस पड़े। लल्लू के पिता दूसरी ओर मुँह फेरकर खड़े हो गए।

एक नौकर ने आकर उन्हें बताया, "लल्लू बाबू कोठी में नहीं हैं।"

दूसरे ने आकर बताया कि वह मौसी के यहाँ मिठाई खा रहे हैं। मौसी ने उन्हें आने नहीं दिया।

मौसी से मतलब है, नंदरानी की छोटी बहिन। उसके पति भी वकील थे। वे दूसरे मोहल्ले में रहते थे। इसके बाद पंद्रह दिनों तक लालू ने इस मकान में पैर नहीं रखा।

□

अनुराधा

विवाह-योग्य लड़की की उमर के विषय में जितना झूठ बोला जा सकता है, उतना कहने के बावजूद उसकी सीमा लाँघी जा चुकी है। ब्याह होने की आशा भी समाप्त हो गई है। 'मैया री, यह कैसी बात!' से शुरू करके आँख मिचकाकर लड़की के लड़के वालों की गिनती पूछने तक में भी अब किसी को रस नहीं मिलता, समाज में यह मजाक भी बेकार सा समझा जाने लगा है। ऐसी दशा है बेचारी अनुराधा की। जबकि घटना कोई पुराने जमाने की नहीं, बल्कि बिलकुल आधुनिक युग की है। आधुनिक युग में भी सिर्फ गण-ग्रह, जन्मकुंडली और कुल-शील की जाँच-पड़ताल करते-करते ऐसा हुआ कि अनुराधा की उमर तेईस पार कर चुकी थी, फिर भी उसके लिए वर नहीं मिला, इस बात पर जल्दी से विश्वास नहीं होता, फिर भी घटना बिलकुल सच है।

आज सवेरे गाँव के जमींदार की कचहरी में इस बात की चर्चा हो रही थी। नए जमींदार का नाम हरिहर घोषाल है, जो कलकत्ता के रहने वाले हैं। उनका छोटा लड़का विजय गाँव देखने आया है।

विजय ने मुँह का चुरुट नीचे रखकर पूछा, "क्या कहा गगन चटर्जी की बहन ने? वह मकान नहीं छोड़ेंगी?"

जो आदमी खबर लाया था, उसने कहा, "कहा कि जो कुछ कहना है, जब छोटे बाबू आएँगे तब उन्हीं से कहूँगी।"

विजय ने क्रोधित होकर कहा, "उसे कहना क्या है? इसके माने यह हुआ कि उन लोगों को निकाल बाहर करने के लिए खुद मुझे ही जाना पड़ेगा, आदमियों से काम न होगा?"

वह व्यक्ति चुप रहा, विजय ने फिर कहा, "कहने-सुनने की इसमें कोई बात नहीं विनोद, मैं कुछ भी नहीं सुनूँगा। फिर भी इसके लिए मुझे

ही जाना होगा उसके पास, वह खुद आकर अपनी तकलीफ बयान नहीं कर सकती?"

विनोद ने कहा, "मैंने भी यही कहा था। अनुराधा ने कहा कि मैं भी भद्र घराने की लड़की हूँ, विनोद भैया, घर छोड़कर अगर बाहर ही निकल जाना है तो उन्हें जताकर एक बार ही निकल जाऊँगी, मैं बार-बार नहीं निकल सकती।"

"क्या नाम बताया तुमने, अनुराधा? नाम तो बढ़िया है, इसी से शायद अभी तक अहंकार नहीं मिटा।"

"जी नहीं।"

विनोद गाँव का ही आदमी है, अनुराधा की दुर्दशा का इतिहास वही बता रहा था, परंतु अनतिपूर्व इतिहास का भी एक अतिपूर्व इतिहास होता है, उसका उल्लेख कर रहा हूँ–

गाँव का नाम है गणेशपुर। कभी यह अनुराधा के पुरखों का ही गाँव था। पाँच-छह साल हुए, दूसरों के हाथ चला गया था। इस जायदाद का सालाना मुनाफा दो हजार से ज्यादा नहीं है, लेकिन अनुराधा के पिता अमर चटर्जी का चाल-चलन या रहन-सहन था बीस हजार जैसा। अतएव कर्ज रहने के कारण मकान तक पर डिक्री हो गई। डिक्री तो हो गई, पर वह जारी नहीं हो सकी, डर के मारे महाजन रुका रहा। चट्टोपाध्यायजी जैसे बड़े कुलीन थे, वैसे ही उनके जप-तप और क्रियाकर्म की भी काफी प्रसिद्धि थी। पेंदी में छेद वाली गृहस्थी की नाव अपव्यय के खतरे के कारण पानी से मुँह तक भर आई, पर डूबी नहीं। हिंदू कट्टरता के फूले हुए पाल में सामान्य मनुष्य की भक्ति और श्रद्धा की आँधी की सी हवा ने इस डूबती हुई नाव को ढकेलते-ढकेलते आखिर अमर चटर्जी की आयु की सीमा तो पार कर ही दी। एक तरह से उनका जीवन-काल अच्छा ही बीता। वे मरे भी ठाट-बाट के साथ और उनकी श्राद्ध-शांति भी ठाट-बाट के साथ हुई, मगर साथ ही जायदाद भी यहीं समाप्त हो गई। इतने दिनों तक जो नाव सिर्फ नाक बाहर निकाले किसी कदर साँस ले रही थी, अब उसे 'बाबू घराने' की सारी इज्जत-आबरू लेकर अथाह पानी में डूबने में जरा भी देर न लगी।

पिता की मृत्यु के बाद गगन को मिला एक टूटा-फूटा पुराना डिक्री शुदा पैतृक मकान। गले तक कर्ज से जकड़ी हुई गाँव की संपत्ति, कुछ गाय, बकरी, कुत्ते, बिल्ली आदि जानवर भी मिले। साथ में सिर पर आ

पड़ी पिता की दूसरी पत्नी की कुँवारी कन्या अनुराधा।

उसके लिए वर भी मिल गया। गाँव के ही एक भद्र पुरुष, पाँच-छह लड़के वाले और नाती-पोते छोड़कर उसकी स्त्री मर चुकी है, वह अब ब्याह करना चाहता है।

अनुराधा ने कहा, "भैया, भाग्य में राजपुत्र तो है नहीं, तुम उसी से मेरा ब्याह कर दो। रुपएवाला आदमी ठहरा, कम-से-कम खाने, पहनने को तो मिलता रहेगा।"

गगन ने आश्चर्य के साथ कहा, "यह कैसी बात है! माना कि त्रिलोचन के पास पैसा है, मगर उसके बाबा ने कुल बिगाड़कर सतीपुर के चक्रवर्तियों के घर ब्याह किया था, जानती है? उनका है क्या?"

बहन ने कहा, "और कुछ हो या न हो, लेकिन रुपए तो हैं। वंश लेकर उपवास करने की अपेक्षा मुट्ठी भर दाल-भात मिल जाना कहीं अच्छा है भैया!"

गगन ने सिर हिलाते हुए कहा, "ऐसा नहीं हो सकता।"

"क्या नहीं हो सकता, बताओ तो? बाबूजी इन सब बातों को मानते थे, मगर तुम्हारे लिए तो इसकी कोई बली ही नहीं है।"

यहाँ यह बता देना जरूरी है कि पिता वाली कट्टरता पुत्र में नहीं है। मद्य-मांस तथा और भी आनुषंगिक विषयों में वह बिलकुल मोह-मुक्त पुरुष है। पत्नी वियोग के बाद दूसरे गाँव की कोई एक नीच जाति की स्त्री आज भी उसका वह अभाव दूर कर रही है और इस बात को सभी लोग जानते हैं।

गगन उसके इशारे को समझ गया, गरजकर बोला, "मुझमें फिजूल की कट्टरता नहीं, पर कन्यागत कुल के शास्त्राचार को क्या तेरे लिए तिलांजलि देकर अपनी चौदह पीढ़ियों को नरक में डुबो दूँ? कृष्ण की संतान हैं हम, स्वभावगत कुलीन। आज के बाद ऐसी गंदी बातें अब कभी मुँह से न निकालना!" यह कहकर वह क्रोधित होकर चला गया। त्रिलोचन गंगोपाध्याय का प्रस्ताव यहीं दब गया।

गगन ने हरिहर घोषाल की शरण ली, कुलीन ब्राह्मण को ऋणमुक्त करना ही होगा, कलकत्ता में लकड़ी के व्यापार में हरिहर लखपति धनी हो गए हैं। कभी उनकी ननिहाल इसी गाँव में थी, बचपन में इन बाबुओं के सुदिन उन्होंने अपनी आँखों से देखे हैं, बहुत से मौकों पर उन्होंने पेट भर के पूड़ी-मिठाइयाँ भी खाई हैं, रुपया उनके लिए कोई बड़ी बात नहीं

था, इसलिए वे राजी हो गए। चटर्जियों का सब ऋण चुकाकर हरिहर ने गणेशपुर खरीद लिया और कंडुओं की डिक्री का रुपया देकर रहने का मकान वापस ले लिया, सिर्फ मौखिक शर्त यह रखी कि बाहर के दो-तीन कमरे कचहरी के लिए छोड़कर भीतर की तरफ गगन जैसे रहता है, उसी तरह रहा करेगा।

जमींदारी खरीद ली गई, पर प्रजा ने अधीनता स्वीकार नहीं की। जायदाद थोड़ी है, वसूली भी मामूली है, इसलिए बड़े पैमाने पर कोई इंतजाम नहीं किया जा सकता; मगर इस थोड़ी में ही गगन ऐसा कौशल करने लगा कि हरिहर के पक्ष का कोई कर्मचारी जाकर गणेशपुर में न टिका। अंत में गगन अपने प्रस्ताव के अनुसार अपने आप ही कर्मचारी नियुक्त हो गया। अर्थात् भूतपूर्व वर्तमान जमींदार का गुमाश्ता बन गया। उसने प्रजा को अपने वश में कर लिया। हरिहर ने संतोष की साँस ली; परंतु वसूली की दिशा में वही रफ्तार रही जो पहले थी। एक पैसा रोकड़ में जमा नहीं हुआ। इसी तरह गड़बड़ी में और दो साल बीत गए, उसके बाद अचानक एक दिन खबर मिली कि गुमाश्ता गगन चटर्जी का पता नहीं लग रहा है। शहर से हरिहर के आदमी ने आकर सब जाँच-पड़ताल करके मालूम किया कि वसूल जो कुछ हो सकता था, हुआ है, मगर उसे गगन चटर्जी आत्मसात् करके लापता हो गया है। थाने में डायरी, अदालत में नालिश और खानातलाशी, जो कुछ भी कार्यवाही होनी चाहिए थी, वह सब की गई, मगर रुपया और गगन दोनों में से किसी का भी पता नहीं चला। गगन की बहन अनुराधा और उसका दूर के नाते का भानजा घर में रहता था। पुलिस के आदमियों ने इन दोनों को यथानियम खूब कसा और हिलाया-डुलाया, पर कोई उपाय न निकला।

विजय विलायत हो आया है। उसके बार-बार परीक्षा फेल करने से हरिहर को उसकी रसद के लिए बहुत रुपए खर्च करने पड़े हैं। पास वह नहीं हो सका, पर विज्ञता के फलस्वरूप मिजाज गरम करके दो साल पहले ही अपने देश लौटा है। विजय का कहना है कि विलायत में पास-फेल में कोई प्रभेद नहीं। किताबें रटकर तो गधा भी पास हो सकता है। वैसा उद्देश्य होता तो वह यहीं बैठकर किताबें रटा करता और विलायत नहीं जाता। घर आकर उसने पिता के लकड़ी के व्यापार की काल्पनिक दुरवस्था की आशंका प्रकट की और डगमगाते व्यापार को मैनेज करने में लग गया। इसी दरमियान कर्मचारियों में उसका नाम हो

गया है—मुनीम। गुमाश्ते उससे शेर की तरह डरते हैं। काम के मारे जबकि उसे साँस लेने की भी फुरसत नहीं थी, तब गणेशपुर का विवरण उसके सामने आ पहुँचा। उसने कहा, "यह तो जानी हुई बात है। पिताजी जो कुछ करेंगे, वो ऐसा ही होगा, मगर और कुछ उपाय नहीं, लापरवाही करने से काम नहीं चलने वाला। उसे सरेजमीन खुद ही जाकर कोई इंतजाम करना पड़ेगा।" इसलिए वह गणेशपुर आया है। मगर इस छोटे से काम के लिए ज्यादा दिन गाँव में नहीं रहा जा सकता, जितना जल्दी हो सके, इसका कोई इंतजाम तो करके उसे कलकत्ते लौट जाना है, सबकुछ अकेले के ही सिर है। बड़े भाई अजय अटर्नी हैं, जो अत्यंत स्वार्थी, अपने ऑफिस और स्त्री-पुरुषों को लेकर हर समय व्यस्त रहते हैं, गृहस्थी की सभी बातों में अंधे हैं, बस हिस्से-बँटवारे के बारे में ही उनकी दस-दस आँखें काम करती हैं। उनकी स्त्री प्रभामयी कलकत्ता यूनिवर्सिटी की ग्रेजुएट हैं, घर वालों की खबर-सुध लेना तो दूर रहा, सास-ससुर जिंदे हैं या नहीं, इतनी खबर रखने की भी उन्हें फुरसत नहीं मिलती। पाँच-छह कमरे लेकर मकान के जिस हिस्से में वे रहते हैं, वहाँ उनके परिवार के लोगों का जाना-आना संकुचित है। उनके नौकर-चाकर हैं, उड़िया बेहरा है, केवल बड़े बाबू की मनाही होने से आज तक वे मुसलमान बावरची नहीं रख सके हैं। यह कमी प्रभा को दुःख पहुँचाती है, पर उसे आशा है कि ससुर के मरते ही इसका प्रतिकार हो जाएगा। देवर विजय के प्रति उसकी हमेशा से अवज्ञा रहती आई है, सिर्फ इधर ही कुछ दिनों से विलायत घूम आने से उसके मनोभाव में कुछ परिवर्तन दिखाई देने लगा है। दो-चार दिन उसने न्योता देकर उसे अपने हाथ से भोजन बनाकर डिनर खिलाया है और फिर उस मौके पर अपनी बहन अनीता से विजय का परिचय भी करा दिया है। वह इस बार बी.ए. ऑनर्स पास करके एम.ए. में पढ़ने की तैयारियाँ कर रही है।

विजय विधुर है। पत्नी के मर जाने के बाद ही वह विलायत चला गया था। वहाँ क्या-क्या नहीं किया, इसकी खोज करने की जरूरत नहीं, पर लौटने के बाद बहुत दिनों तक देखा गया है कि स्त्री जाति के संबंध में उसका मिजाज कुछ रूखा-सूखा सा हो गया है। माँ ने ब्याह करने के लिए कहा तो उसने तेज आवाज में प्रतिवाद करके उन्हें ठंडा कर दिया। तब से आज तक वह मामला गोलमाल में ही है।

गणेशपुर आकर उसने एक प्रजा के मकान में बाहर के दो कमरे

लेकर उसमें नई कचहरी कायम कर दी है। सरिश्ते के कागजात जितने भी गगन के घर मिल सके, सब जबरदस्ती यहाँ उठाकर लाए गए हैं। अब इस बात की कोशिश हो रही है कि उसकी बहन अनुराधा और उसके दूर के नाते का बहनौत घर से निकाल बाहर किया जाए। विनोद घोष के साथ अभी-अभी इसी बात की सलाह हो रही थी।

कलकत्ता से यहाँ आते समय विजय अपने सात-आठ साल के बेटे कुमार को साथ लेता आया है।

गँवई गाँव में साँप-बिच्छू आदि के डर से माँ ने आपत्ति की थी, मगर विजय ने कह दिया, "माँ! तुम्हारी बहू के प्रसाद से तुम्हारे गोबरगणेश पोते-पोतियों की कमी नहीं है, कम-से-कम इसे वैसा मत बनाओ। इसे आपद-विपद में पड़कर आदमी बनने दो।"

ऐसा सुनते हैं कि विलायत के साहब लोग भी ठीक ऐसी ही बात कहा करते हैं, मगर साहबों की बात के अलावा भी यहाँ जरा कुछ पोशीदा मामला है। विजय जब विलायत में था तब इस बिन माँ के बालक के दिन बिना जतन के ही कटे हैं। कुमार की दादी अकसर खाट पर पड़ी रहती है, अतएव काफी धन-वैभव होते हुए भी कुमार को देखने-भालने वाला कोई भी न था, इसलिए बेचारा तकलीफों में ही इतना बड़ा हुआ है। विलायत से वापस आने पर यह बात विजय को मालूम हो गई है।

गणेशपुर आते समय विजय को भाभी ने सहसा हमदर्दी दिखाकर कहा था, "क्या लड़के को साथ लिये जा रहे हो, लालाजी। गाँव की नई जगह ठहरी, जरा सावधानी से रहना! लौटोगे कब तक?"

"जितना जल्दी हो सके।"

"सुना है, अपना वहाँ एक मकान भी है, जो बाबूजी ने खरीदा था?"

"खरीदा जरूर था, पर खरीदने के मानी ही 'होना' नहीं है। भाभी! मकान है, पर उस पर अपना दखल नहीं।"

"लेकिन अब तो तुम स्वयं जा रहे हो लालाजी, अब दखल होने में देर नहीं लगेगी।"

"उम्मीद तो यही कर रहा हूँ।"

"दखल होने पर जरा खबर भिजवा देना।"

"क्यों भाभी?"

इसके उत्तर में प्रभा ने कहा था, "पास ही तो है गाँव, कभी आँख से देखा नहीं, जाकर किसी दिन देखकर आऊँगी। अनीता का भी कॉलेज बंद है, वह भी संग जाना चाहेगी।"

इस प्रस्ताव को सुनकर विजय ने अत्यंत पुलकित होकर कहा था, "दखल में आते ही मैं तुम्हें खबर भेज दूँगा भाभी, लेकिन तब 'ना' नहीं कर सकोगी। अपनी बहन को भी जरूर लाना होगा।"

अनीता युवती है, देखने में सुंदर है और ऑनर्स के साथ बी.ए. पास भी। साधारण स्त्री जाति के विरुद्ध विजय की बाहरी अवज्ञा होने पर भी एक खास रमणी के प्रति एक साथ इतने गुण मौजूद होते हुए भी वह इस तरह की धारणा रखता हो तो कोई बात नहीं। वहाँ शांत ग्राम के निर्जन प्रांत में और कभी प्राचीन वृक्षों की छाया में शीतल संकीर्ण रास्तों पर एकांत में सहसा उसके सामने आ पड़ने की संभावना उसके मन में उस दिन बार-बार झूले की तरह पेंग मार रही थी।

विजय ठेठ विलायती पोशाक पहने, सिर पर हैट, मुँह में कड़ा चुरुट और जेब में रिवॉल्वर लिये, चेरी की छड़ी घुमाता हुआ बाबू के घराने के सदर में मकान के अंदर जा घुसा। साथ में दो लठैत दरबान, कुछ अनुयायी प्रजा, विनोद घोष और पुत्र कुमार। जायदाद दखल करने में यद्यपि दंगा-हंगामे का डर है; लेकिन फिर भी लड़के को गोबरगणेश बना देने के बजाय मजबूत और साहसी बनाने के लिए यह बड़ी शिक्षा है, इसलिए लड़का भी साथ आया है, मगर विनोद बराबर भरोसा देता आ रहा है कि अनुराधा अकेली और आखिर औरत ही ठहरी, वह जोर-जबरदस्ती में नहीं जीत सकती। जब रिवॉल्वर है तो साथ ले लेना ही अच्छा है।

विजय ने कहा, "सुना है कि वह लड़की शैतान है, चट से आदमी इकट्ठे कर लेती है; वही गगन की सलाहकार थी और उसका स्वभाव-चरित्र भी ठीक नहीं।"

विनोद ने कहा, "जी नहीं, ऐसा तो नहीं सुना।"

"मगर मैंने सुना है।"

वही विजय सुनसान आँगन में खड़ा होकर इधर-उधर देखने लगा। हाँ, है तो बाबुओं जैसा मकान। सामने पूजा का दालान है, अभी तक टूटा-फूटा भी नहीं है, परंतु जीर्णता की सीमा पर पहुँच चुका है। एक तरफ तो सिलसिलेवार बैठने के कमरे और बैठकखाना है—सबकी दशा एक सी है। कबूतरों, चिड़ियों और चमगादड़ों ने स्थायी आश्रय बना रखा है।

दरबान ने आवाज दी, "कोई है!"

उसके मर्यादाशून्य ऊँचे स्वर के चीत्कार से विनोद घोष तथा वे सब मारे लज्जा के शर्मिंदा से हो गए। विनोद ने कहा, "मैं राधा जीजी को जाकर खबर दिए आता हूँ, बाबू साहब।" कहकर वह भीतर चला गया।

उसके कंठ-स्वर और बात करने के ढंग से जान पड़ता था कि अब भी इस मकान का असम्मान करने में उसे संकोच होता है।

अनुराधा रसोई में भोजन बना रही थी। विनोद ने जाकर विनय के साथ कहा, "दीदी! छोटे बाबू बाहर आए हैं।"

इस दुर्दैव की वह प्रतिदिन आशंका कर रही थी, हाथ धोकर उठकर खड़ी हो गई और संतोष को पुकारकर बोली, "बाहर एक दरी बिछा आ, बेटा! कहना, मौसी अभी आती है।" फिर विनोद से बोली, "मुझे ज्यादा देर नहीं होगी, बाबू नाराज न हो जाएँ विनोद भैया, मेरी तरफ से जरा उन्हें बैठने को कह दो।"

विनोद ने लज्जित होकर कहा, "क्या करूँ दीदी, हम लोग गरीब रिआया ठहरे, जमींदार हुक्म देते हैं तो 'ना' नहीं कर सकते, इसी से…।"

"यह मैं जानती हूँ, विनोद भैया!"

विनोद चला गया। बाहर दरी बिछा दी गई, पर कोई उस पर बैठा नहीं। विजय छड़ी घुमाता हुआ टहलता और चुरुट पीता रहा।

पाँच मिनट बाद संतोष ने दरवाजे के बाहर आकर दरवाजे की ओर इशारा करते हुए डरते-डरते पूछा, "मौसीजी आई हैं।"

विजय ठिठककर खड़ा हो गया। शरीफ घराने की लड़की ठहरी, उसे क्या कहकर संबोधन करना चाहिए, वह दुविधा में पड़ गया, मगर अपनी कमजोरी जाहिर करने से काम नहीं चलेगा, लिहाजा पुरुष-कंठ से उसने अंतरालवर्तिनी की तरफ लक्ष्य करके कहा, "यह मकान हम लोगों का है, यह तुम जानती हो?"

उत्तर आया, "जानती हूँ।"

"तो फिर खाली क्यों नहीं कर रही हो?"

अनुराधा ने पूर्ववत् ओट में से भानजे की जबानी अपना वक्तव्य कहलाने की कोशिश की; परंतु लड़का एक तो चालाक-चतुर नहीं था, दूसरे नए जमींदार के कड़े मिजाज की बात भी उसके कान में पड़ गई थी, इसलिए डर के मारे वह घबरा गया, एक भी शब्द उससे साफ-साफ कहते नहीं बन रहा था। विजय ने पाँच-छह मिनट तक धीरज धर के

समझाने की कोशिश की, फिर सहसा डाँटते हुए बोला, "तुम्हारी मौसी को जो कुछ कहना हो, सामने आकर कहे। समय मेरे पास नहीं है, मैं कोई भालू-चीता नहीं हूँ, जो उसे खा जाऊँगा। मकान क्यों नहीं छोड़ती, सो बताओ?"

अनुराधा बाहर नहीं आई, उसने वहीं से बात की। संतोष के मार्फत नहीं, अपने ही मुँह से साफ-साफ कहा था, "मकान छोड़ने की बात नहीं हुई थी। आपके पिता हरिहर बाबू ने कहा था, इसके भीतर के हिस्से में हम लोग रह सकेंगे।"

"कोई लिखा-पढ़ी है?"

"नहीं, लिखा-पढ़ी कुछ नहीं है, मगर वे तो अब भी मौजूद हैं, उनसे पूछने पर मालूम हो जाएगा।"

"पूछने की मुझे कोई जरूरत नहीं है। यह शर्त उनसे लिखवा क्यों नहीं ली?"

"भैया ने इसकी जरूरत नहीं समझी। उनके मुँह की बात से लिखा-पढ़ी बड़ी हो सकती है, यह बात शायद भैया को मालूम नहीं होगी!"

इस बात का कोई सही उत्तर न सूझने पर विजय चुप रह गया, परंतु दूसरे क्षण भीतर से जवाब आया।

अनुराधा ने कहा, "लेकिन खुद भैया की तरफ से शर्त टूट जाने से अब तो सभी शर्तें टूट गईं। इस मकान में रहने का अधिकार अब हमें नहीं रहा, मगर मैं अकेली स्त्री जो ठहरी और यह अनाथ बच्चा है। इसके माँ-बाप नहीं हैं, मैंने ही इसे पाल-पोसकर बड़ा किया है। हमारी इस दुर्दशा पर दया करके अगर आप दो-चार दिन यहाँ न रहने देंगे तो अकेली मैं अचानक कहाँ जाऊँगी, यही सोच रही हूँ।"

विजय ने कहा, "इस बात का जवाब क्या मुझको देना होगा? तुम्हारे भाईसाहब कहाँ हैं?

उसने जवाब दिया, "मैं नहीं जानती कहाँ हैं? आपके साथ जो अब तक मैं भेंट न कर सकी तो केवल इस डर से कि कहीं आप नाराज न हो जाएँ।" इतना कहकर क्षण भर चुप रहकर शायद उसने अपने को सँभाल लिया और फिर कहने लगी, "आप मालिक हैं, आपसे कुछ भी नहीं छिपाऊँगी। अपनी विपत्ति की बात साफ-साफ आपसे कह दी है, वरना एक दिन भी मकान में जबरदस्ती रहने का दावा मैं नहीं रखती।

कुछ दिन बाद खुद ही यहाँ से चली जाऊँगी।"

उसके कंठ-स्वर से, बाहर से भी यह समझ में आ गया कि उसकी आँखों में आँसू भर आए हैं। विजय बड़ा दुःखी हुआ और मन-ही-मन खुश भी हुआ। उसने सोचा, 'इसे बेदखल करने में न जाने कितना समय और कितनी परेशानियाँ उठानी पड़ेंगी, मगर वह सबकुछ भी नहीं हुआ, उसने तो आँसुओं से केवल भीख सी माँग ली। उसकी जेब की पिस्तौल और दरबानों की लाठियाँ भीतर-ही-भीतर उसी को लानत देने लगीं, मगर अपनी कमजोरी भी जाहिर नहीं की जा सकती थी। उसने कहा, "रहने देने में मुझे कोई आपत्ति नहीं थी, लेकिन मकान मुझे अपने लिए चाहिए। जहाँ हूँ, वहाँ बड़ी दिक्कत होती है, इसके अलावा हमारे घर की स्त्रियाँ भी एक बार देखने के लिए आना चाहती हैं।"

लड़की ने कहा, "अच्छी बात है, चली आएँ न। बाहर के कमरों में आप आराम से रह सकते हैं और भीतर दुमंजिले पर बहुत से कमरे हैं। स्त्रियाँ आराम से रह सकती हैं, कोई तकलीफ भी नहीं होगी और परदेश में उन्हें भी तो कोई जानकार चाहिए, सो मैं उनकी बहुत कुछ सहायता कर सकती हूँ।"

"हम मकान देख सकते हैं?" उत्तर मिला, "क्यों नहीं देख सकते, आखिर यह आप ही का मकान है, आइए।"

भीतर घुसकर विजय ने पल भर के लिए उसका पूरा चेहरा देख लिया, माथे पर पल्ला है, पर घूँघट नहीं। अधमैली मामूली धोती पहने है, गहना कुछ भी नहीं, केवल दोनों हाथों में सोने की चूड़ियाँ पड़ी हैं पुराने जमाने की। ओट में से उसका अश्रुसिंचित स्वर विजय को अत्यंत मधुर मालूम हुआ था। उसने सोचा था कि शायद वह भी वैसी होगी। खासकर गरीब होने पर भी वह बड़े घर की लड़की ठहरी, मगर देखने पर उसकी आशा के अनुरूप उसमें कुछ भी नहीं मिला। रंग गोरा नहीं, मंजा हुआ, साँवला, बल्कि जरा काले की तरफ झुका हुआ ही समझिए। साधारण गाँव की लड़कियाँ दिखने में जैसी होती हैं, वैसी ही है। शरीर कुश, छरहरा, लेकिन काफी गठा हुआ मालूम पड़ता था, इसमें कोई शक नहीं कि बैठे-बैठे या सोए-सोए उसके दिन नहीं बीते। केवल उसमें एक विशेषता दिखाई दी, उसके ललाट पर आश्चर्यजनक निर्दोष, सुंदर गठन है।

लड़की ने कहा, "विनोद भैया! बाबू को तुम सब दिखा दो, मैं रसोईघर में हूँ।"

"तुम साथ नहीं चलोगी, राधू दीदी?"

"नहीं।"

ऊपर जाकर विजय ने घूम-फिरकर सब देखा-भाला। बहुत से कमरे हैं। पुराने-जमाने का बहुत सा असबाब भी हर कमरे में कुछ-न-कुछ पड़ा हुआ था। कुछ टूट-फूट गया था और कुछ टूटने-फूटने की राह देख रहा था। अब उसकी कीमत मामूली ही समझिए, मगर किसी दिन थी जरूर। बाहर के कमरों की तरफ ये कमरे भी जीर्ण हैं, जैसे हड्डी-पसली निकली आ रही हों! गरीबी की छाप सभी चीजों पर गहराई के साथ पड़ी हुई है।

विजय के नीचे उतर आने पर अनुराधा रसोईघर के दरवाजे के पास आकर खड़ी हो गई। गरीब और बुरी हालत में होने पर भी वह भले घर की लड़की लगती थी, इसलिए विजय को अब 'तुम' संबोधन करने में शरम मालूम हुई। उसने कहा, "आप इस मकान में और कितने दिन रहना चाहती हैं?"

"ठीक-ठीक तो अभी नहीं बता सकती, जितने दिन आप कृपा करके रहने दें।"

"कुछ दिन रहने दे सकता हूँ, मगर ज्यादा दिन तो नहीं दे सकता, लेकिन फिर आप कहाँ जाएँगी?"

"यही तो मैं दिन-रात सोचा करती हूँ।"

"लोग कहते हैं कि आप गगन चटर्जी का पता जानती हैं!"

"वे और क्या-क्या कहते हैं?"

विजय इस प्रश्न का उत्तर न दे सका। अनुराधा कहने लगी, "मैं नहीं जानती, यह तो आपसे पहले ही कह चुकी हूँ, मगर जानती भी तो क्या भाई को पकड़वा दूँ, यही आपकी आज्ञा है?"

उसके स्वर में तिरस्कार का पुट था। विजय अत्यंत शर्मिंदा हो गया। समझ गया कि आभिजात्य की छाप इसके मन से अभी तक मिटी नहीं है। बोला, "नहीं, इस काम के लिए मैं आपसे नहीं कहूँगा, हो सका तो मैं खुद ही उसे ढूँढ़ निकालूँगा, भागने नहीं दूँगा। मगर एक बात है, इतने दिनों से जो वह हमारा सत्यानाश कर रहा था, सो भी क्या आप कहना चाहती हैं कि आपको नहीं मालूम था?"

कोई जवाब नहीं आया। विजय कहने लगा, "आखिर संसार में कृतज्ञता नाम की भी कोई चीज है! अपने भाई को क्या किसी दिन इस

बात की सलाह आप नहीं दे सकीं? मेरे पिता बिलकुल सीधे-सादे आदमी हैं, आपके वंश से उन्हें काफी प्रेम है और विश्वास भी खूब था, इसीलिए गगन को उन्होंने सबकुछ सौंप रखा था, उसका क्या यही बदला है। लेकिन आप निश्चित समझ लीजिए कि मैं देश में रहता तो हरगिज ऐसा नहीं होने देता।"

अनुराधा चुप ही रही। किसी भी बात का जवाब न पाकर विजय मन-ही-मन फिर गरम हो उठा। उसके मन में जो कुछ भी थोड़ी करुणा उत्पन्न हुई थी, सब गायब हो गई। वह कठोर होकर कहने लगा, "इस बात को सभी जानते हैं कि मैं कड़ा हूँ, फिजूल की दया-माया मैं नहीं करता, कसूर करके मेरे हाथ से कोई नहीं बच सकता। भाईसाहब से मुलाकात होने पर कम-से-कम आप इतना उनसे जरूर कह दीजिएगा।"

अनुराधा पूर्ववत् मौन ही रही। विजय कहने लगा, "आज से सारा मकान मेरे दखल में आ गया। बाहर के कमरों की सफाई हो जाने पर दो-तीन दिन बाद यहीं चला आऊँगा। स्त्रियाँ, उसके बाद आएँगी। आप नीचे के एक कमरे में रहिए, जब तक कि आप और कहीं न जा सकें, मगर कोई भी चीज हटाने की कोशिश न कीजिएगा।"

इतने में कुमार बोल उठा, "पिताजी! प्यास लगी है, पानी पीऊँगा।"

"यहाँ पानी कहाँ है?

अनुराधा ने हाथ के इशारे से उसे अपने पास बुला लिया और रसोई के भीतर ले जाकर कहा, "डाभ (कच्चा नारियल) है, पीओगे बेटा?"

"हाँ, पीऊँगा।"

संतोष के काट देने पर उसने पेट भर के नारियल पानी पिया और कच्ची गरी निकालकर खाई। बाहर आकर बोला, "पिताजी! तुम पीओगे? बड़ा मीठा है।"

"नहीं।"

"पीओ न पिताजी, बहुत है। अपने ही तो हैं सब।"

बात कोई ऐसी नहीं थी, फिर भी इतने आदमियों के बीच लड़के के मुँह से ऐसी बात सुनकर सहसा वह शर्मिंदा सा हो गया। बोला, "मैं नहीं पीऊँगा, तू इधर चल।"

□

बाबुओं के मकान पर सदर अधिकार करके विजय जमकर बैठ गया। दो कमरे उसने अपने लिए रखे और बाकी कमरों में कचहरी कर

दी। विनोद घोष किसी जमाने में जमींदारी सरिश्ते में काम कर चुका था, उसी बल पर वह नया गुमाश्ता नियुक्त हो गया, परंतु झंझट नहीं मिटा। इसका मुख्य कारण यह था कि गगन चटर्जी रुपए वसूल करके हाथ से रसीद लेना अपमानकारक समझता था, क्योंकि उसमें अविश्वास की बू आती है। वह चटर्जी वंश के लिए गौरव की बात थी, इसलिए उसके अंतर्धान के बाद प्रजा आफत में फँस गई है, मौखिक साक्षी और प्रमाण ले-लेकर रोज ही हाजिर हो रहे हैं, रोते-झींकते हैं। किसने कितना रुपया दिया और किस पर कितना बाकी है, इसका निर्णय करना एक कष्टसाध्य और जटिल प्रश्न हो गया है। विजय जितनी जल्दी कलकत्ता लौटने की सोचकर आया था, उतना जल्दी न हो सका।

एक-दो दिन करते-करते दस-बारह दिन गुजर गए। इधर लड़के की हो गई है संतोष से मित्रता। उमर में वह दो-तीन साल छोटा है, सामाजिक और सांसारिक पार्थक्य भी बहुत बड़ा है, परंतु अन्य किसी साथी के अभाव में वह उसी के साथ हिल-मिल गया है। उसी के साथ वह रहता है, घर के भीतर। बाग-बगीचों और नदी किनारे घूमा-फिरा करता है, कच्चे आम और चिड़ियों के घोंसलों की तलाश में। वह संतोष की मौसी के पास ही अकसर खा-पी लिया करता है। संतोष की देखा-देखी वह भी 'मौसीजी' कहा करता है। विजय रुपए-पैसे के हिसाब के झंझट में बाहर ही फँसा रहता है, जिससे हर वक्त वह लड़के की खोज-खबर नहीं रख सकता। जब खबर लेने की फुरसत मिलती है तो उसका पता नहीं लगता। सहसा कभी किसी दिन डाँट-फटकार लगाकर उसे पास बैठा भी रखता है तो छुटकारा पाते ही वह दौड़कर मौसीजी की रसोईघर में जा घुसता है। संतोष के साथ बैठकर दोपहर को भात खाता और शाम को रोटी व गरी के लड्डू का बँटवारा भी कर लेता है।

उस दिन शाम को लोगबाग आए नहीं थे, विजय ने चाय पीकर चुरुट सुलगाते हुए सोचा—चलें, नदी किनारे घूम आएँ। अचानक याद आई, दिन भर से आज लड़का नहीं दिखाई दिया। पुराना नौकर खड़ा था, उसने उससे पूछा, "कुमार कहाँ है रे?"

उसने इशारे से दिखाते हुए कहा, "भीतर।"

"रोटी खाई थी आज?"

"नहीं।"

"जबरदस्ती पकड़कर खिला क्यों नहीं देता?"

"यहाँ खाना जो नहीं चाहता मालिक, गुस्से में फेंक-फाँककर चल देता है।"

"कल से उसे मेरे साथ खाने बैठाना।" यह कहकर न जाने क्या सोचकर वह टहलने के बजाय सीधा भीतर चला गया। लंबे-चौड़े आँगन के दूसरी तरफ से लड़के की आवाज सुनाई दी, "मौसीजी! एक रोटी और, और दो गरी के लड्डू जल्दी!"

जिसे आदेश दिया गया, उसने कहा, "उतर आओ बेटा, तुम लोगों की तरह मैं पेड़ पर नहीं चढ़ सकती हूँ?"

जवाब मिला, "चढ़ सकोगी मौसी, जरा भी मुश्किल नहीं! उस मोटी डाल पर पैर रखकर इस छोटी डाल को पकड़ के चट से चढ़ आओगी।"

विजय पास जाकर खड़ा हो गया। रसोईघर के सामने एक बड़ा सा आम का पेड़ है, उसी की दो मोटी डालों पर कुमार और संतोष बैठे हैं। पैर लटकाकर तने से पीठ टेके दोनों आम खा रहे थे, विजय को देखते ही दोनों सिटपिटा गए। अनुराधा रसोईघर के किवाड़ के पीछे छिपकर खड़ी हो गई।

विजय ने पूछा, "यही क्या इन लोगों के खाने की जगह है?"

किसी ने उत्तर नहीं दिया। विजय अंतरालवर्तिनी को लक्ष्य करके कहने लगा, "आप पर ही यह जोर-जुल्म किया करता है?"

अबकी बार अनुराधा ने मुक्त कंठ से जबाव दिया, "हाँ।"

"फिर भी तो आप सिर चढ़ाने में कसर नहीं रखतीं, क्यों सिर चढ़ा रही हैं?"

"नहीं चढ़ाने से और भी ज्यादा ऊधम मचाएँगे, इस डर से।"

"लेकिन सुना है कि घर पर तो ऐसा ऊधम नहीं करता।"

"संभव है, न करता हो। उसकी माँ नहीं है, दादी बीमार रहा करती हैं, आप काम-काज में बाहर फँसे रहते हैं। ऊधम मचाता किसके सामने?"

विजय को यह बात मालूम न हो, सो नहीं, परंतु फिर भी लड़के की माँ नहीं है, यह बात दूसरे के मुँह से सुनकर उसे दुःख हुआ; बोला, "आप तो मालूम होता है, बहुत कुछ जान गई हैं, किसने कहा आपसे? कुमार ने?"

अनुराधा ने धीरे से कहा, "कहने लायक उमर उसकी नहीं हुई, फिर भी उसके मुँह से ही सुना है। दोपहर को मैं इन लोगों को धूप में बाहर

निकलने नहीं देती तो भी आँख बचाकर भाग जाते हैं। जिस दिन नहीं जा पाते, तो उस दिन मेरे पास लेटकर घर की बातें किया करते हैं।"

विजय उसका चेहरा न देख सका, परंतु उस पहले दिन की तरह आज भी उसका कंठ-स्वर उसे बड़ा मधुर मालूम हुआ, इसी से कहने के लिए नहीं, बल्कि सिर्फ सुनने के लिए ही बोला, "अबकी बार घर जाकर उसे बड़ी मुसीबत का सामना करना पड़ेगा।"

"क्यों?"

"क्योंकि ऊधम मचाना एक तरह का नशा है। न मचा सकने से शरीर कसमसाता है। दूसरे, वहाँ उसके नशे की खुराक कौन जुटाएगा? दो ही दिन में भागना चाहेगा।"

अनुराधा ने धीमे से कहा, "नहीं, नहीं, भूल जाएगा कुमार, उतर आओ बेटा, रोटी ले जाओ।"

कुमार तश्तरी हाथ में लिये उतर आया था और मौसी के हाथ से और भी कई रोटियाँ तथा गरी के लड्डू लेकर उससे सटकर खड़ा-खड़ा खाने लगा, पेड़ पर नहीं चढ़ा। विजय ने देखा कि वे चीजें धनी घर की अपेक्षा पद-गौरव में चाहे जितनी भी तुच्छ क्यों न हों, पर वास्तविक सम्मान की दृष्टि से जरा भी तुच्छ नहीं थीं। लड़का क्यों मौसी के रसोईघर के प्रति इतना आसक्त हो गया है, विजय उसका कारण समझ गया। वह सोचकर तो आया था कि कुमार की लुब्धता पर इन लोगों की तरफ से अकारण और अतिरिक्त खर्च की बात कहकर प्रचलित शिष्ट वाक्यों से पुत्र के लिए संकोच प्रकट करेगा और यही करने जा भी रहा था, लेकिन बाधा आ पड़ी। कुमार ने कहा, "मौसीजी! कल जैसी चंद्रपुली आज भी बनाने के लिए कहा था, सो क्यों नहीं बनाई तुमने?"

मौसी ने कहा, "कसूर हो गया बेटा, जरा सी आँख चूक गई, सो बिल्ली ने दूध उलट दिया, कल ऐसा नहीं होगा।"

"कौन सी बिल्ली ने, बताओ तो? सफेद ने?"

"वही होगी शायद।" कहकर अनुराधा उसके माथे के बिखरे बालों में हाथ फेरने लगी।

विजय ने कहा, "देखता हूँ ऊधम तो क्रमशः जुल्म में परिणत हो रहा है!"

कुमार ने कहा, "पीने का पानी कहाँ है?"

"अरे, भूल गई बेटा, अभी लाए देती हूँ।"

"तुम सब भूल जाती हो मौसी, तुम्हें कुछ भी याद नहीं रहता।"

विजय ने कहा, "आप पर डाँट पड़नी चाहिए। कदम-कदम पर गलती होती है!"

"हाँ।" कहकर अनुराधा हँस दी। असावधानी के कारण यह हँसी विजय ने देख ली। पुत्र के अवैध आचरण के लिए क्षमा माँगना न हो सका, लेकिन इस डर से कि कहीं उसके भद्र वाक्य अभद्र व्यंग्य से न सुनाई दें, कहीं यह महिला ऐसा न समझ बैठे कि उसकी गरीबी और बुरे दिनों पर वह कटाक्ष किया जा रहा है।

दूसरे दिन, दोपहर को अनुराधा कुमार और संतोष को भात परोसकर तरकारी परोस रही थी, माथा खुला था। बदन का कपड़ा कहीं का कहीं जा रहा था, तभी अचानक दरवाजे के पास किसी आदमी की परछाईं आ पड़ी, अनुराधा ने मुँह उठाकर देखा तो छोटे बाबू हैं। एकाएक सकुचाकर उसने माथे पर कपड़ा खींच लिया और उठकर खड़ी हो गई।

विजय ने कहा, "एक बहुत जरूरी सलाह के लिए मैं आपके पास आया हूँ। विनोद घोष इसी गाँव का आदमी ठहरा, आप तो उसे जानती होंगी। कैसा आदमी है, बता सकती हैं? उसे गणेशपुर का नया गुमाश्ता कायम किया है। पूरी तौर से उस पर यकीन किया जा सकता है या नहीं, आपका क्या खयाल है?"

एक सप्ताह से ज्यादा हो गया, विनोद यथासाध्य काम तो अच्छा ही कर रहा है, किसी तरह की गड़बड़ी नहीं की। सहसा घबराकर उसके चरित्र की खोज-खबर लेने की ऐसी क्या जरूरत आ पड़ी है, अनुराधा की कुछ समझ में नहीं आया। उसने मृदु कंठ से पूछा, "विनोद भैया कुछ कर बैठे हैं क्या?"

"अभी तक कुछ किया तो नहीं, मगर सावधान होने की जरूरत तो है ही?"

"मैं तो उन्हें हमेशा अच्छा ही आदमी समझती आई हूँ।"

"सचमुच समझती हैं या बुराई नहीं करनी चाहिए, इसलिए अच्छा कह रही हैं?"

"मेरे भले-बुरे कहने की क्या कोई कीमत है?"

"है क्यों नहीं! यह तो आपको ही प्रामाणिक साक्षी मान बैठा है।"

अनुराधा जरा सोच-विचारकर बोली, "हैं तो यह अच्छे ही आदमी। फिर भी जरा निगाह रखिएगा। अपनी लापरवाही से अच्छे आदमी का भी

बुरा हो जाना कोई असंभव बात नहीं है।"

विजय ने कहा, "सच्ची बात तो यही है। कारण, कुसूर का कारण ढूँढ़ा जाए तो अधिकांश मामलों में हैरान रह जाना पड़ता है।"

फिर लड़के को लक्ष्य करके कहा, "तेरी तकदीर अच्छी है, जो अचानक एक मौसी मिल गई तुझे, नहीं तो इस जंगल में आधे दिन तुझे बगैर खाए ही बिताने पड़ते।"

अनुराधा ने धीरे से पूछा, "आपको क्या यहाँ खाने-पीने की तकलीफ हो रही है?"

विजय ने हँसकर जबाव दिया, "नहीं तो, ऐसे ही कह रहा था। हमेशा से परदेश में ही दिन बिताए हैं, खाने-पीने की तकलीफ की कोई खास परवाह नहीं करता।" कहकर वह चला गया। अनुराधा ने खिड़की की सेंध में से देखा कि अभी तक वह नहाया-निबटा भी नहीं है।

इस मकान में आने के बाद एक पुरानी आरामकुरसी मिल गई थी, शाम को उसी की हथेली पर दोनों पैर पसारकर विजय आँख मींचे चुरुट पी रहा था, इतने में कान में आवाज पड़ी, "बाबू साहब!" आँख खोलकर देखा, पास ही एक वृद्ध सज्जन खड़े सम्मान के साथ उसे संबोधन कर रहे हैं। विजय उठकर बैठ गया। सज्जन की उमर साठ के ऊपर पहुँच चुकी है, लेकिन मजे का गोलमटोल, ठिगना, मजबूत समर्थ शरीर है। मूँछें बिलकुल सफेद हो गई हैं, मगर गंजी चाँद के इधर-उधर के बाल भौंरे से काले हैं। सामने के दो-चार दाँतों के सिवा बाकी प्रायः सभी बने हुए हैं। बदन पर टसर का कोट और कंधे पर एक चादर है, पाँव में चीनी दुकान के वार्निशदार जूते हैं और घड़ी की सोने की चेन के साथ सोने में मढ़ा हुआ बाघ का नाखून लटक रहा है। गाँव में ये सज्जन बहुत धनाढ्य मालूम पड़ते हैं। पास ही एक टूटी चौकी पर चुरुट का सामान रखा था। उसे खिसकाकर विजय ने उन्हें बैठने का इशारा किया। वृद्ध सज्जन ने बैठकर कहा, "नमस्कार बाबू साहब!"

विजय ने कहा, "नमस्कार!"

आगंतुक ने कहा, "आप लोग गाँव के जमींदार ठहरे, आपके पिताजी बड़े प्रतिष्ठित लखपति आदमी हैं। नाम लेते सुप्रभात होता है, आप उन्हीं के सुपुत्र हैं, अगर उस बेचारी पर दया न की तो बड़े संकट में पड़ जाएगी।"

"बेचारी कौन? उस पर कितने रुपए निकलते हैं?"

सज्जन ने कहा, "रुपए-पैसे का मामला नहीं है। जिसका मैं जिक्र कर रहा हूँ, वह है स्वर्गीय अमर चटर्जी की कन्या। वे प्रातः स्मरणीय व्यक्ति थे। गगन चटर्जी की सौतेली बहन। यह उसका पैतृक मकान है। वह रहेगी नहीं, चली जाएगी, उसका इंतजाम हो गया है, मगर आप जो उसे गरदन पकड़ के निकाले दे रहे हैं, तो क्या आपके लिए उचित है?"

इस अशिक्षित वृद्ध पर गुस्सा नहीं किया जा सकता, विजय इस बात को मन-ही-मन समझ गया; परंतु बात करने के ढंग से वह जल-भुन गया, बोला, "अपना उचित-अनुचित मैं खुद समझ लूँगा, मगर आप कौन हैं, जो उनकी तरफ से वकालत करने चले आए?"

वृद्ध ने कहा, "मेरा नाम है त्रिलोचन गंगोपाध्याय। पास के गाँव मसजिदपुर में मेरा मकान है, सभी जानते हैं मुझे। आपके माँ-बाप के आशीर्वाद से इधर ऐसा कोई आदमी मिलना मुश्किल है, जिसे मेरे पास जाकर हाथ न पसारना पड़ता हो। आपको विश्वास न हो तो विनोद घोष से पूछ सकते हैं।"

विजय ने कहा, "मुझे हाथ फैलाने की जरूरत होगी तो महाशयजी का पता लगा लूँगा, मगर जिनकी वकालत करने आए हैं, उनके आप लगते क्या हैं, क्या मैं जान सकता हूँ?"

सज्जन मजाक के तौर पर मुसकराकर बोले, "मेहमान, बैसाख के ये कुछ दिन बीतने पर ही मैं उससे ब्याह कर लूँगा।"

विजय चौंककर बोला, "आप विवाह करेंगे अनुराधा से?"

"जी हाँ। यह मेरा पक्का इरादा है। जेठ के बाद फिर जल्दी कोई लगन नहीं, नहीं तो इसी महीने में यह शुभ कार्य संपन्न हो जाता, यह रहने देने की बात मुझे आपसे कहनी भी न पड़ती।"

कुछ देर तक स्थिर रहकर विजय ने पूछा, "इस ब्याह की अगुवाई किसने की, गगन चटर्जी ने?"

वृद्ध ने गुस्से से देखते हुए कहा, "वह तो फरारी आसामी है महाशय, रियाआ का सत्यानाश करके चंपत हो गया है। इतने दिनों से वही तो विघ्न डाल रहा था, नहीं तो अगहन में ही मेरा ब्याह हो जाता। कहता था 'हम लोग स्वभाव कुलीन ठहरे, कृष्ण की संतान, वंशज के घर बहन को नहीं ब्याहेंगे।' यह था उनका कहना। अब वह गुरूर कहाँ गया? वंशज के घर ही तो आखिर गरजू बनकर आना पड़ा! आजकल के जमाने में कुल कौन खोजता है महाशय? रुपया ही कुल है, रुपया ही

इज्जत, रुपया ही सबकुछ है–कहिए, ठीक है कि नहीं?"

विजय ने कहा, "हाँ, सो तो ठीक है। अनुराधा ने मंजूर कर लिया है?"

सज्जन ने दंभ के साथ अपनी जाँघ पर हाथ मारकर कहा, "मंजूर? कहते क्या हैं महाशय? खुशामद की जा रही है। शहर से आकर आपने जो एक घुड़की दी, बस फिर क्या था, आँखों तले अँधेरा दिखाई देने लगा, जाऊँ तो कहाँ जाऊँ, हो गया। नहीं तो मेरा इरादा ही बदल गया था। लड़कों की राय नहीं, बहुओं की राय नहीं, लड़कियाँ व दामाद भी सब नाराज हो गए थे और मैंने भी सोचा कि जाने दो, गोली मारो, दो बार तो शादी हो चुकी, अब रहने दो, पर जब राधा ने स्वयं आदमी भेजकर मुझे बुलवाकर कहा, 'गांगुली महाशय, चरणों में स्थान दीजिए, तुम्हारे घर-आँगन बुहराकर खाऊँगी, सो भी अच्छा।' तब क्या करता, मुझे मंजूर करना ही पड़ा।"

विजय अवाक् रह गया।

वृद्ध महाशय कहने लगे, "ब्याह इसी मकान में होना चाहिए। देखने में जरा भद्दा मालूम होगा, नहीं तो मेरे मकान में भी हो सकता था। गगन चटर्जी की कोई एक बुआ हैं, वे ही कन्यादान करेंगी। अब सिर्फ आप राजी हो जाएँ तो सब काम ठीक हो जाएगा।"

विजय ने मुँह उठाकर कहा, "राजी होकर मुझे क्या करना पड़ेगा बताइए? मैं मकान खाली करने की ताकीद न करूँ, यही तो? अच्छी बात है, ऐसा ही होगा। अब आप जा सकते हैं, नमस्कार!"

"नमस्कार महाशयजी, नमस्कार। सो तो है ही। आपके पिता ठहरे लखपति, प्रातः स्मरणीय आदमी, नाम लेने से सुप्रभात होता है।"

"सो तो होता है, आप अब पधारिए।"

"तो जाता हूँ महाशयजी, नमस्कार।" कहकर त्रिलोचन बाबू वहाँ से चल दिए।

वृद्ध महाशय के चले जाने पर विजय चुपचाप बैठा हुआ अपने मन को समझा रहा था कि उसे इस मामले में सर खपाने की क्या जरूरत है। वास्तव में इसके सिवा लड़की के लिए चारा भी क्या है? कोई ऐसी बात नहीं है जो संसार में पहले कभी हुई न हो। संसार में ऐसा तो होता ही रहता है, फिर उसके लिए चिंता किस बात की? सहसा विनोद घोष की बात उसे याद आ गई। उस दिन वह कह रहा था, 'अनुराधा अपने भैया

के साथ इसी बात पर झगड़ने लगी थी कि कुल के गौरव से उसे क्या करना है, आसानी से खाने-पहनने को मिल जाए, इतना ही काफी है।'

प्रतिवाद में गगन ने गुस्से में आकर उससे कहा था, 'तू क्या, माँ-बाप का नाम डुबोना चाहती है?' अनुराधा ने जवाब दिया था, 'तुम उनके वंशधर हो, नाम कायम रख सको तो रखना, मैं नहीं रख सकूँगी।'

इस बात की वेदना को विजय नहीं समझ सका। खुद भी वह कौलीन्य सम्मान पर जरा भी विश्वास रखता हो, सो बात नहीं, मगर फिर भी उसकी सहानुभूति जा पड़ी गगन पर और अनुराधा के तीखे उत्तर की जैसे-जैसे अपने मन में आलोचना करने लगा, वैसे ही उसे वह लज्जाहीन, लोभी और तुच्छ मालूम होने लगी।

इधर बाहर सहन में क्रमशः आदमियों की भीड़ जमा हो रही थी, अब उनको लेकर उसे काम शुरू करना है, मगर आज उसे कुछ भी अच्छा नहीं लगा। दरबान से कहकर उनको विदा कर दिया और बैठक में अकेला बैठा न गया तो वह न जाने क्या सोचकर एकबारगी सीधा घर के अंदर पहुँच गया। रसोईघर के सामने खुले बरामदे में चटाई बिछाकर अनुराधा लेटी हुई है, उसके दोनों तरफ दोनों लड़के हैं, कुमार और संतोष, महाभारत की कहानी चल रही है। रात की रसोई का काम वह जल्दी से निबटाकर रोज शाम के बाद इसी तरह लड़कों के साथ लेटकर कहानियाँ सुनाया करती है, फिर कुमार को खिला-पिलाकर उसे अपने बाप के पास भेज दिया करती है। चाँदनी रात है, घन, पल्लव आम्रवृक्ष के पत्तों की सेंधों में से चाँदनी छन-छनकर उनके शरीर पर, चेहरे पर पड़ रही है। पेड़ की छाया में किसी आदमी को इधर आते देखा तो अनुराधा ने चौंककर पूछा, "कौन है?"

"मैं हूँ, विजय।"

तीनों जने भड़भड़ाकर उठ बैठे। संतोष छोटे बाबू से ज्यादा डरता है, पहले दिन की याद उसे अभी भूली नहीं है, वह ऊहापोह करके भाग गया, कुमार ने भी अपने मित्र का अनुसरण किया।

विजय ने कहा, "त्रिलोचन गांगुली को क्या आप पहचानती हैं? आज वे मेरे पास आए थे।"

अनुराधा को बड़ा आश्चर्य हुआ, उसने कहा, "आपके पास? मगर आप तो उनके कर्जदार नहीं हैं?"

"नहीं। अगर होता तो शायद आपको लाभ होता, मेरे एक दिन के

अत्याचार का बदला आप और किसी दिन चुका सकतीं।"

अनुराधा चुप रही। विजय कहने लगा, "वे बता रहे थे कि आपके साथ उनका ब्याह होना तय हो गया है। यह क्या सच है?"

"हाँ।"

"आपने खुद इस बात के लिए उन्हें राजी किया?"

"हाँ, यही बात है।"

"अगर ऐसा ही है तो बड़ी शरम की बात है। केवल आपके लिए ही नहीं, मेरे लिए भी।"

"आपके लिए क्यों?"

"यही बताने के लिए आया हूँ। त्रिलोचन कह गए हैं कि मेरी ज्यादती से ही शायद आपने ऐसा प्रस्ताव किया है। कहते थे, आपके लिए ठौर नहीं और बहुत विनती करके आपने उन्हें राजी किया है, नहीं तो इस बुढ़ापे में उन्होंने ब्याह की इच्छा छोड़ दी थी। केवल आपके रोने-धोने पर दया करके त्रिलोचन राजी हुए हैं।"

"हाँ, यह सच है।"

विजय ने कहा, "अपनी ज्यादती मैं वापस लेता हूँ और अपने इस आचरण के लिए आपसे क्षमा चाहता हूँ।"

अनुराधा चुप रही। विजय कहने लगा, "अब अपनी तरफ से आप उस प्रस्ताव को वापस ले लीजिए।"

"नहीं, अब यह नहीं हो सकता। मैंने वचन दे दिया है, सब कोई सुन चुके हैं, लोग उनका मखौल उड़ाएँगे।"

"और इसमें नहीं उड़ाएँगे? बल्कि बहुत ज्यादा उड़ाएँगे। उनके बराबर के लड़के हैं, लड़कियाँ हैं, उनके साथ लड़ाई-झगड़ा भी होगा, उनकी घर-गृहस्थी में उपद्रव उठ खड़ा होगा। खुद आपके लिए भी अशांति की हद न रहेगी, ये सब बातें आपने सोच-विचार ली हैं?"

अनुराधा ने धीमे स्वर में कहा, "सोच ली हैं। मेरा विश्वास है कि यह सबकुछ नहीं होने का।"

सुनकर विजय दंग रह गया, बोला, "वृद्ध हैं, कितने दिन जीएँगे, आप आशा करती हैं?"

अनुराधा ने कहा, "पति की लंबी आयु संसार में सभी स्त्रियाँ चाहती हैं। ऐसा भी हो सकता है कि सुहाग के लिए मैं ही पहले मर जाऊँ।"

विजय को इस बात का जवाब ढूँढ़े न मिला, स्तब्ध होकर खड़ा

रहा। कुछ क्षण इसी तरह निस्तब्धता में बीत जाने पर अनुराधा ने विनीत स्वर में कहा, "यह सच है कि आपने मुझे चले जाने का आदेश दे दिया है, मगर फिर किसी दिन उस बात का उल्लेख तक नहीं किया। दया के योग्य मैं नहीं हूँ, फिर भी आपने दया की है, मन-ही-मन में इसके लिए कितनी आभारी हूँ, यह जता नहीं सकती हूँ।"

विजय की तरफ से कोई उत्तर न पाकर कहने लगी, "भगवान् जानते हैं, आपके विरुद्ध किसी के पास मैंने एक भी बात नहीं कही। कहने से मेरी तरफ से अन्याय होता, मेरा झूठा कहना होता। गांगुली महाशय ने अगर कुछ कहा हो, तो वह उनकी बात है, मेरी नहीं। फिर भी मैं उनकी ओर से क्षमा माँगती हूँ।"

विजय ने पूछा, "आप लोगों का विवाह कब है? जेठ को तो करीब महीना भर बाकी है?"

"हाँ।"

"इसमें अब कोई परिवर्तन नहीं हो सकता शायद?"

"शायद नहीं। कम-से-कम भरोसा तो वे ऐसा ही दे गए हैं।"

विजय बहुत देर तक चुप रहकर बोला, "तो मुझे और कुछ नहीं कहना, लेकिन अपने भविष्य के बारे में आपने जरा भी विचार नहीं किया, इस बात का मुझे बड़ा अफसोस है।"

अनुराधा ने कहा, "एक बार नहीं, सौ-सौ बार विचार कर लिया। यह मेरी दिन-रात की चिंता है। आप मेरे शुभचिंतक हैं, आपके प्रति कृतज्ञता प्रकट करने की भाषा ढूँढ़े नहीं मिलती, लेकिन आप खुद ही तो एक बार मेरे विषय में सारी बातें सोच देखिए। पैसा नहीं, रूप नहीं, घर नहीं, बिना अभिभावक की अकेली, गाँव के इनसानी जुल्म से बचकर कहीं जाकर खड़े होने तक का ठौर नहीं, तेईस-चौबीस उमर हो गई—तेइस-चौबीस। उनके सिवा और कौन मुझे ब्याहना चाहेगा, आप ही बताइए? तब फिर दाने-दाने के लिए किसके सामने हाथ पसारती फिरूँगी? सुनकर आप भी क्या सोचेंगे मन में?"

ये सभी बातें सच हैं, प्रतिवाद में कुछ कहा नहीं जा सकता। दो-तीन मिनट चुपचाप खड़े रहकर विजय ने गंभीर अनुताप के साथ कहा, "ऐसे समय में क्या आपका मैं कोई भी उपकार नहीं कर सकता? कर सकता तो बहुत खुश होता।"

अनुराधा ने कहा, "आपने मुझ पर बहुत उपकार किया है, जो कोई

नहीं करता। आपके आश्रय में मैं निडर हूँ, दोनों बच्चे मेरे चाँद-सूरज हैं, यही मेरे लिए काफी है। आपसे सिर्फ इतनी प्रार्थना है कि मन-ही-मन आप मुझे भैया के दोष की भागीदार न बना रखिएगा, मैंने जान-बूझकर कोई अपराध नहीं किया।"

"मुझे मालूम हो गया है, आपको कहना न होगा।" इतना कहकर विजय धीरे-धीरे बाहर चला गया।

कलकत्ता से कुछ साग-सब्जी, फल-फलारी और मिठाई वगैरह आई थी। विजय ने नौकर से रसोईघर के सामने टोकरी उतरवाकर कहा, "जरूर भीतर होंगी।"

भीतर से मीठे स्वर में उत्तर आया, "जी हाँ।"

विजय ने कहा, "आपको पुकारना भी मुश्किल है। हमारे समाज में होतीं, तो मिस चटर्जी या मिस अनुराधा कहकर आसानी से पुकारा जा सकता था, पर यहाँ तो यह बात बिलकुल चल ही नहीं सकती। आपके लड़कों में से कोई होता तो उनमें से किसी को 'अपनी मौसी को बुला दे' कहकर काम निकाला जा सकता था, पर इस वक्त वे भी गायब हैं। क्या कहकर बुलाऊँ, बताइए?"

अनुराधा दरवाजे के पास आकर बोली, "आप मालिक ठहरे, मुझे राधा कहकर पुकारा कीजिए।"

विजय ने कहा, "बुलाने में कोई आपत्ति नहीं, पर मालिकाना हक के जोर से नहीं। मालिकाना हक था गगन चटर्जी पर, मगर वह तो भाग गया। आप क्यों मालिक मानने लगीं? आपको किस बात की गरज है?"

भीतर से सुनाई दिया, "ऐसी बात न कहिए, आप हैं तो मालिक ही।"

विजय ने कहा, "उसका दावा मैं नहीं करता, पर उमर का दावा जरूर रखता हूँ। मैं आपसे बहुत बड़ा हूँ। नाम लेकर पुकारा करूँ तो आप नाराज न होना।"

"नहीं।"

विजय ने इस बात पर लक्ष्य किया कि घनिष्ठता करने का आग्रह स्वयं उसकी तरफ से कितना ही प्रबल क्यों न हो, पर दूसरे पक्ष की तरफ से जरा भी नहीं। वह किसी भी तरह सामने नहीं आना चाहती थी और बराबर संक्षेप और सम्मान के साथ ही ओट में छिपे-छिपे उत्तर दिया करती है।

विजय ने कहा, "घर से कुछ साग-सब्जी, फल-मिठाई वगैरह आई

है। इस टोकरी को उठाकर रख दीजिए, लड़कों को दे दीजिएगा।"

"छोड़ जाइए। जरूरत के मुताबिक रखकर आपके यहाँ बाहर भिजवा दूँगी।"

"नहीं, यह मत कीजिएगा। मेरा रसोइया ठीक से रसोई बनाना नहीं जानता। दोपहर से देख रहा हूँ कि चादर तान के पड़ा हुआ है। मालूम नहीं, कहीं आपके देश के मलेरिया ने घेर लिया हो। बीमार पड़ गया तो परेशान कर डालेगा।"

"पर मलेरिया तो हमारे यहाँ नहीं है। वह अगर न जागा तो आपकी रसोई कौन बनाएगा?"

विजय ने कहा, "इस छाक की तो कोई बात नहीं, कल सवेरे विचार किया जाएगा और 'कुकर' तो साथ में है ही, कुछ नहीं हुआ तो अंत में नौकर से ही उसमें कुछ बनवा लूँगा।"

"लेकिन उसमें तकलीफ तो होगी न?"

"नहीं। मुझे तो आदत पड़ी हुई है। हाँ, लड़के को तकलीफ में देखता तो जरूर कष्ट होता, सो उसका भार आपने उठा रखा है। क्या बना रही हैं इस छाक? टोकरी खोल के देखिए न, शायद कोई चीज काम में आ जाए।"

"काम तो आएगी ही, पर इस छाक मुझे रसोई बनानी नहीं है।"

"नहीं बनानी? क्यों?"

"कुमार की देह कुछ गरम सी मालूम होती है, रसोई बनाने से वह खाने के लिए रोएगा। उस छाक का जो कुछ बचा है, उससे संतोष का काम चल जाएगा।"

"देह गरम हो रही है उसकी? कहाँ है वह?"

"मेरे बिछौने पर पड़ा संतोष के साथ बातें कर रहा है। आज कह रहा था, बाहर नहीं जाएगा, मेरे ही पास सोएगा।"

विजय ने कहा, "सो सोया रहे, लेकिन ज्यादा लाड़-प्यार पाने से फिर वह मौसी को छोड़कर घर नहीं जाना चाहेगा। तब फिर एक और परेशानी उठानी पड़ेगी।"

"नहीं उठानी पड़ेगी। कुमार कहना न मानने वाला लड़का नहीं है।"

"विजय ने कहा, "क्या होने से कहना न मानने वाला होता है, सो आप जानें, पर मैंने तो सुना है कि आपको वह कम परेशान नहीं करता।"

अनुराधा कुछ देर तक चुप रहकर बोली, "परेशान करता है तो सिर्फ

मुझ ही को करता है, और किसी को तो नहीं करता।"

विजय ने कहा, "यह मैं जानता हूँ, लेकिन मौसी ने मान लो कि सह लिया, पर ताईजी उसको नहीं सहने की। अगर किसी दिन विमाता आ गई, तो जरा भी बरदाश्त नहीं करेगी। आदत बिगड़ जाने से खुद उसी के लिए कठिनाई होगी।"

"लड़के के लिए कठिनाई हो, ऐसी विमाता आप घर में लाएँ ही क्यों? न सही।"

विजय ने कहा, "लानी नहीं पड़ती, लड़के की तकदीर फूटने पर विमाता अपने आप घर में आ जाती है। तब उस खराबी को रोकने के लिए मौसी की शरण लेनी पड़ती है। पर हाँ, अगर वे राजी हों।"

अनुराधा ने कहा, "जिसकी माँ नहीं है, मौसी उसे छोड़ नहीं सकती। कितने भी कष्ट में क्यों न हो, उसे पाल-पोसकर बड़ा करती ही है।"

"बात को सुनकर रखता हूँ।" कहकर विजय चला जा रहा था, फिर लौटकर बोला, "अगर अविनय को माफ करें तो एक बात पूछूँ?"

"पूछिए।"

"कुमार की चिंता पीछे की जाएगी, कारण उसका बाप जिंदा है। आप उसे जितना निष्ठुर समझती हैं, उतना वह नहीं है, पर संतोष? उसके बाप-माँ दोनों ही जाते रहे हैं, नए मौसा त्रिलोचन के घर उसके लिए ठौर न हो तो क्या करेंगी? इस बात पर विचार किया है?"

अनुराधा ने कहा, "मौसी के लिए जगह होगी, भानजे के लिए नहीं होगी?"

"होनी तो चाहिए, लेकिन जितना मैं उन्हें देख सका हूँ, उससे तो ज्यादा विश्वास नहीं होता।"

इस बात का जवाब अनुराधा उसी वक्त न दे सकी, सोचने में जरा समय लगा। फिर शांत और दृढ़ कंठ से कहने लगी, "तब पेड़ के नीचे दोनों के लिए स्थान होगा। उसे कोई नहीं रोक सकता।"

विजय ने कहा, "बात तो मौसी के योग्य है, इससे इनकार नहीं किया जा सकता, मगर यह संभव नहीं। तब उसे मेरे पास भेज दीजिएगा। वह कुमार का साथी है, कुमार अगर आदमी बन सका तो वह भी बन जाएगा।"

भीतर से फिर कोई उत्तर नहीं आया, विजय कुछ देर इंतजार करने

के बाद बाहर चला गया।

दो-तीन घंटे पश्चात् संतोष आकर दरवाजे के बाहर से बोला, "मौसीजी, आपको खाने के लिए बुला रही हैं।"

"मुझे?" विजय ने पूछा।

"हाँ।" कहकर चला गया।

अनुराधा के रसोईघर में आसन बिछा हुआ था। विजय आसन पर बैठकर बोला, "रात आसानी से कट जाती, क्यों आपने इतनी परेशानी उठाई?"

अनुराधा करीब ही खड़ी थी, चुप रही।

परोसी हुई चीजों में कोई अधिक नहीं थी, पर जतन से बनाए और परोसे जाने का परिचय प्रत्येक चीज में झलक रहा था। कैसे सुंदर ढंग से वे चीजें सजी हुई थीं! खाते-खाते विजय ने पूछा, "कुमार ने क्या खाया?"

"सागू पीकर सो गया है।"

"लड़ा नहीं आज?"

अनुराधा हँसकर बोली, "मेरे पास सोएगा, इसलिए आज वह बिलकुल शांत है। कतई नहीं लड़ा।"

विजय ने कहा, "उसके कारण आपकी मुसीबतें बढ़ गई हैं, पर इसमें मेरा दोष नहीं। वह खुद कैसे आपकी गृहस्थी में आकर चुपचाप शामिल हो गया, मैं यही सोचता हूँ।"

"मैं भी सोचती हूँ।"

"मालूम होता है, उसके चले जाने पर आपको मुसीबत होगी।"

अनुराधा पहले तो चुप रही, फिर बोली, "उसे घर ले जाने के पहले, लेकिन आपको एक वचन देना होगा। आपको इस बात की देखभाल रखनी होगी कि उसे किसी बात की तकलीफ न होने पाए।"

"मगर मैं तो बाहर रहूँगा काम-काज के झंझटों में। अपने वचन की रक्षा कर सकूँगा, इस बात का विश्वास नहीं होता।"

"तो फिर उसे मेरे पास छोड़ जाना होगा।"

"आप गलती कर रही हैं। यह और भी असंभव है।" इतना कहकर विजय हँसता हुआ खाने में लग गया। खाते-खाते बीच में बोल उठा, "भाभी वगैरह की आने की बात थी, संभवतः वे अब आएँगी नहीं।"

"क्यों?"

"जिस धुन में कहा था, वह धुन शायद जाती रही होगी। शहर के

लोग गाँव की तरफ जल्दी कदम नहीं बढ़ाना चाहते। एक हिसाब से अच्छा ही हुआ। अकेला मैं ही आपको कष्ट पहुँचा रहा हूँ, उन लोगों के आने से और भी दिक्कत होती।"

अनुराधा ने इस बात का प्रतिवाद करते हुए कहा, "आपका यह कहना अन्याय है। घर मेरा नहीं, आपका है। फिर भी मैं ही सारी जगह घेरे बैठी रहूँ और उनके आने पर नाराज होऊँ, इससे अधिक अन्याय और कुछ हो ही नहीं सकता। मेरे बारे में ऐसी बात सोचकर, मेरे प्रति सचमुच ही आप अन्याय कर रहे हैं। जितनी रहम आपने मुझ पर की है, मेरी तरफ से उसका क्या यही प्रतिदान है?"

इतनी बातें ढंग से उसने कभी नहीं कहीं। जवाब सुनकर विजय हैरान रह गया। गाँव की इस लड़की को उसने जितना अशिक्षित समझ रखा था, उतनी वह है नहीं। थोड़ी देर स्थिर रहकर उससे अपना कसूर मंजूर करते हुए कहा, "वास्तव में मेरा यह कहना उचित नहीं हुआ। जिनके विषय में यह बात ठीक हो सकती है, उनसे आप ज्यादा बड़ी हैं, मगर दो-तीन दिन बाद ही मैं घर चला जाऊँगा, यहाँ आकर शुरू-शुरू में आपके साथ मैंने बहुत बुरा सलूक किया है, लेकिन वह बिना पहचाने हुआ है। सचमुच संसार में ऐसा ही हुआ करता है, प्रायः यही होता है। फिर भी जाने के पहले मैं गहरी लज्जा के साथ क्षमा माँगता हूँ।"

अनुराधा ने मृदु कंठ से कहा, "क्षमा आपको नहीं मिल सकती।"

"नहीं मिल सकती, क्यों?"

"अब तक जितना आपने जुल्म किया है, उसकी क्षमा नहीं।" कहकर मुसकरा दी। प्रदीप के अल्प प्रकाश में उसके हँसी भरे चेहरे पर विजय की नजर पड़ गई और क्षण भर के एक अज्ञात विस्मय से उसका सारा हृदय हिलकर तुरंत स्थिर हो गया। क्षण भर चुप रहकर बोला, "यही अच्छा है, मुझे माफी करने की जरूरत नहीं। अपराधी के रूप में ही मैं हमेशा याद आता रहूँ।"

दोनों चुप रहे। दो-तीन मिनट तक कमरे में बिलकुल सन्नाटा रहा।

खामोशी भंग की अनुराधा ने। उसने पूछा, "आप फिर कब तक आएँगे?"

"बीच-बीच में आना तो होगा ही, लेकिन आपसे भेंट न होगी।"

दूसरे पक्ष से प्रतिवाद न किया गया, समझ में आ गया कि बात सच है।

खा चुकने के बाद विजय के बाहर जाते समय अनुराधा ने कहा,

"टोकरी में बहुत तरह की तरकारियाँ हैं, पर बाहर अब न भेजूँगी। कल सवेरे भी आप यहीं भोजन कीजिएगा।"

"तथास्तु, मगर समझ तो गई होंगी शायद कि दूसरों की अपेक्षा मेरी भूख अधिक है। नहीं तो प्रस्ताव पेश करता कि सिर्फ सवेरे ही नहीं, निमंत्रण की मियाद और भी बढ़ा दीजिए। जितने दिन मैं यहाँ रहूँ और जिससे आपके हाथ का ही खाकर घर जा सकूँ।"

जवाब मिला, "यह मेरा सौभाग्य है।"

दूसरे दिन प्रात: ही अनेक प्रकार के खाद्य-पदार्थ अनुराधा के रसोईघर के बरामदे में आ पहुँचे। उसने कोई आपत्ति नहीं की, उठाकर रख लिये।

इसके बाद तीन दिन के बदले पाँच दिन बीत गए। कुमार बिलकुल स्वस्थ हो गया। इन कई दिनों में विजय ने क्षोभ के साथ लक्ष्य किया कि आतिथ्य की गलती कहीं भी नहीं, पर परिचय की दूरी वैसी ही अविचलित बनी हुई है, किसी भी बहाने वह तिल भर भी करीब नहीं हुई। बरामदे में भोजन के लिए जगह करके अनुराधा भीतर ही ढंग के साथ थाली लगा देती है और संतोष परोसता है। कुमार आकर कहता, "पिताजी! मौसीजी कहती हैं कि मछली की तरकारी इतनी छोड़ देने से काम न चलेगा। जरा और खानी होगी।" विजय कहता, "अपनी मौसीजी से कह दे कि पिताजी को राक्षस समझना ठीक नहीं।" कुमार लौटता हुआ कहता, "मछली की तरकारी रहने दो, संभवत: अच्छी न हुई होगी, लेकिन कल की तरह कटोरे में दूध पड़ा रहने से उन्हें दु:ख होगा।" विजय ने सुनाकर कहा, "तेरी मौसीजी अगर कल से नींद के बदले कटोरे में दूध दिया करें तो न पड़ा रहेगा।"

इसी तरह ये पाँच दिन बीत गए। स्त्रियों के आदर-जतन का चित्र विजय के दिल में सदा से ही अस्पष्ट था। अपनी माँ को वह बचपन से ही अस्वस्थ और अपटु देखता आया है, गृहिणीपन का कोई भी कर्तव्य वे पूरी तौर से नहीं कर पाती थीं। उसकी अपनी स्त्री भी सिर्फ दो-ढाई साल जीवित रही। तब वह पढ़ता था। उसके बाद फिर उसका लंबा वक्त सुदूर प्रवास में ही बीता। उस दिशा के अपने अनुभवों की भली-बुरी बहुत सी स्मृतियाँ कभी-कभी उसे याद आ जाती हैं; परंतु वे सब मानो पुस्तक में पढ़ी हुई कल्पित कहानियों की तरह अवास्तविक मालूम होती हैं। जीवन की वास्तविक जरूरतें पूर्ण रूप से संबंधविहीन रहीं।

और हैं उसकी भाभी प्रभामयी, इसलिए जिस परिवार में भाभी का प्राधान्य है, भले-बुरे की आलोचना हुआ करती है, वह परिवार उसे अपना नहीं मालूम होता। माँ को उसने बहुत बार रोते देखा है, पिता को नाराज और उदास रहते देखा है, पर इन सब बातों को उसने खुद ही असंगत और अनधिकार, चर्चा समझा है। ताई अपने देवर-पुत्र की खबर न ले, या बहू अपने सास-ससुर की सेवा न करे तो बड़ा भारी अपराध है। ऐसी धारणा भी उसकी नहीं थी और खुद अपनी स्त्री को भी अगर ऐसा आचरण करते देखता तो वह मर्माहत होता, ऐसी बात भी नहीं; परंतु आज उसकी इतने दिनों की धारणा को इन अंतिम पाँच दिनों ने मानो धक्के देकर शिथिल कर दिया। आज शाम को गाड़ी से उसके कलकत्ते रवाना होने की बात थी, नौकर-चाकर चीज-वस्तु बाँधकर तैयारी कर रहे थे, कुछ ही घंटों का विलंब था, इतने में संतोष ने आकर ओट में से कहा, "मौसीजी भोजन के लिए बुला रही हैं।"

"इस वक्त?"

"हाँ।" इतना कहकर संतोष वहाँ से चला गया।

विजय ने भीतर जाकर देखा कि बरामदे में बाकायदा आसन बिछाकर भोजन के लिए स्थान का प्रबंध कर दिया है। मौसीजी का गला पकड़कर कुमार झूल रहा था, उसके हाथ से अपने को छुड़ाकर अनुराधा रसोईघर में प्रवेश कर गई।

आसन पर बैठकर विजय से कहा, "मैंने खिचड़ी बना रखी है, खाते जाइए।"

जवाब देते समय विजय को अपना गला जरा साफ कर लेना पड़ा। बोला, "बेवक्त आपने क्यों तकलीफ की? इसकी अपेक्षा चार-छह पूड़ियाँ ही उतार देतीं तो काम चल जाता।"

अनुराधा ने कहा, "पूड़ी तो आप खाते नहीं। घर पहुँचते-पहुँचते रात के दो-तीन बज जाएँगे। बगैर खाए जाते तो क्या मुझे कम तकलीफ होती? बराबर खयाल आता रहता कि लड़का गाड़ी में बिना खाए-पीए यों ही सो गया होगा।"

विजय चुपचाप खाता रहा, फिर बोला, "विनोद को कह दिया है, वह आपकी देख-रेख करता रहेगा। जितने दिन आप इस मकान में हैं, आपको किसी तरह की तकलीफ नहीं होगी।"

फिर कुछ देर चुप रहकर कहने लगा, "और एक बात आपसे कह

देता हूँ। अगर कभी भेंट हो तो गगन से कह दीजिए कि मैंने उसे माफ कर दिया है, पर इस गाँव में अब वह न आए। आने से माफ न करूँगा।"

"कभी भेंट हुई तो उनसे कह दूँगी।" इतना कहकर अनुराधा चुप हो गई, फिर क्षण भर बाद बोली, "मुश्किल है कुमार को लेकर। आज वह किसी तरह जाने को राजी नहीं होता और जाना क्यों नहीं चाहता, यह भी नहीं बताता।"

विजय ने कहा, "इसलिए नहीं बताता कि वह खुद नहीं जानता और मन-ही-मन यह भी समझता है कि वहाँ जाने से उसे तकलीफ होगी।"

"तकलीफ क्यों होगी?"

"उस घर का यही नियम है, पर है तो तकलीफ, आखिर इतना बड़ा तो वहीं हुआ है।"

"उसे ले जाने की जरूरत नहीं। यहीं रहने दीजिए मेरे पास।"

विजय ने हँसते हुए कहा, "मुझे कोई आपत्ति नहीं, मगर ज्यादा से ज्यादा एक महीने ही रह सकता है, उससे ज्यादा तो रह नहीं सकता, इससे क्या लाभ!"

दोनों ही खामोश रहे। अनुराधा ने कहा, "इसकी जो विमाता आएगी, सुना है कि वे शिक्षित हैं।"

"हाँ, वे बी.ए. पास हैं।"

"पर बी.ए. तो उसकी ताई ने भी पास किया है?"

"जरूर किया है। मगर बी.ए. पास करने वाली किताबों में देवर-पुत्र को लाड़-प्यार से रखने की बात तो नहीं लिखी। इस विषय की परीक्षा उन्हें देनी पड़ी।"

"और बीमार सास-ससुर की? क्या यह बात भी किताब में नहीं लिखी रहती?"

"नहीं। यह प्रस्ताव और ज्यादा हास्यकर है।"

"हास्यकर न हो, ऐसी भी कोई बात है!"

"है, जरा भी किसी तरह की कोई शिकायत न करना ही हमारे समाज का सुभद्र विधान है।"

अनुराधा पल भर मौन रहकर बोली, "यह विधान आप ही लोगों में रहे पर जो विधान सबके लिए एक सा है, वह यह है कि लड़के से बढ़कर बी.ए. पास नहीं है। ऐसी बहू को घर लाना क्या उचित है।"

"लेकिन लाना तो किसी-न-किसी को पड़ेगा ही। हम लोग जिस

समाज में रह रहे हैं, वहाँ बी.ए. पास बगैर इज्जत नहीं बचती, मन भी नहीं मानता और शायद घर-गृहस्थी भी नहीं चलती। माँ-बाप, मेरे भानजे के लिए पेड़ के नीचे रहना मंजूर करने वाली बहू के साथ हम वनवास कर सकते हैं, पर समाज में नहीं रह सकते।"

अनुराधा का स्वर पल भर के लिए तीखा हो उठा, बोली, "नहीं, ऐसा नहीं हो सकता। आप इसे किसी निर्दयी विमाता के हाथ में नहीं सौंप सकते।"

विजय ने कहा, "इस बात का कोई डर नहीं। कारण, सौंप देने पर भी कुमार हाथ से फिसलकर नीचे आ गिरेगा, पर इसके माने यह नहीं कि वे निदर्यी ही हैं, अपनी भावी पत्नी की तरफ से मैं आपकी बात का तीव्र प्रतिवाद करता हूँ। मार्जित-रुचिसम्मत उदास अवहेलना में उनमें मुरझाई हुई आत्मीयता की बर्बरता नाममात्र को भी नहीं है। यह दोष आप उन्हें न दीजिए।"

अनुराधा हँसकर बोली, "प्रतिवाद आप जितना चाहें करें, लेकिन मुझे मुरझाई हुई आत्मीयता के माने तो जरा समझा दीजिए।"

विजय ने कहा, "यह हम लोगों के बड़े सर्किल का पारिवारिक बंधन है। उसका 'कोड' ही अलग है और चेहरा भी स्वतंत्र है। उसकी जड़ें रस नहीं खींचती। पत्तों का रंग हरा भी नहीं होने पाता कि पीला होने लगता है। आप गाँव के गृहस्थ घराने की लड़की हैं, स्कूल-कॉलेज में पढ़कर पास नहीं हुईं, पार्टी या पिकनिक में शरीक नहीं हुईं, लिहाजा इसका सही अर्थ मैं आपको समझा नहीं सकता, सिर्फ इतना सा आभास दे सकता हूँ कि कुमार की विमाता आकर उसे जहर पिलाने की भी तैयारी न करेगी और न चाबुक हाथ में लेकर उसके पीछे ही पड़ जाएगी, क्योंकि वह मार्जित-रुचिविरुद्ध आचरण है, इसलिए इस बारे में आप निश्चिंत हो सकती हैं।"

अनुराधा ने कहा, "चलो मैं उनकी बात छोड़े देती हूँ, मगर आप वचन दीजिए कि खुद भी देखभाल करेंगे, मेरी सिर्फ इतनी ही विनती है।"

विजय ने कहा, "वचन देने को तो जी चाहता है, पर मेरा स्वभाव और तरह का है, आदत भी दुनिया से अलग है। आपके आग्रह की याद करके बीच-बीच में देखने-भालने की कोशिश भी करता रहूँगा, मगर जितना आप चाहती हैं, उतना हो नहीं सकेगा, ऐसा तो नहीं मालूम होता। अच्छा, अब मैं भोजन कर चुका, जाता हूँ, चलने की तैयारी करनी है।"

इतना कहकर वह उठ बैठा। फिर बोला, "कुमार आप ही के पास रहेगा, घर छोड़ने का दिन आ जाए तो उसे भी विनोद के साथ कलकत्ता भेज देना। जरूरत महसूस करें तो उसके साथ संतोष को भी बिना किसी संकोच के भेज दें। शुरू-शुरू में आपके साथ जैसा सलूक किया है, ठीक वैसी ही मेरी प्रकृति नहीं है। चलते वक्त यह भरोसा देकर जाता हूँ कि मेरे घर कुमार से ज्यादा अनादर संतोष का नहीं होगा।"

मकान के सामने घोड़ागाड़ी खड़ी है, चीज-वस्तु लादी जा चुकी हैं, विजय गाड़ी पर चढ़ना ही चाहता था कि कुमार ने कहा, "पिताजी! आपको मौसीजी बुला रही हैं।"

अनुराधा सदर दरवाजे के पास खड़ी थी, बोली, "प्रणाम करने के लिए बुलवा लिया था, फिर कब कर सकूँगी, मालूम नहीं।" कहकर उसने गले में आँचल डालकर दूर से प्रणाम किया, फिर उठकर खड़ी हो गई और कुमार को अपनी गोद के पास खींचकर बोली, "दादीजी से कह दीजिए कि चिंता न करें। जितने भी दिन मेरे पास रहेगा, किसी तरह का अनादर न होगा।"

विजय ने हँसकर कहा, "विश्वास होना मुश्किल है।"

"मुश्किल किसके लिए? क्या आपके लिए भी?" कहकर वह हँस पड़ी और दोनों की आँखें चार हो गईं। विजय ने स्पष्ट देख लिया कि उसके पलक भीगे हुए हैं, मुँह झुकाकर उसने कहा, "लेकिन कुमार को ले जाकर तकलीफ न दीजिए। फिर कहने का मौका नहीं मिलेगा, इसी से बराबर कह रही हूँ। आपके घर की बात याद आते ही उसे भेजने को जी नहीं चाहता।"

"तो मत भेजिए।"

उत्तर में वह एक साँस दबाकर चुप हो गई।

विजय ने कहा, "जाने के पहले आपके अपने वादे की बात एक बार फिर याद दिला जाऊँ। आपने वचन दिया है कि कभी कोई जरूरत पड़ेगी तो आप मुझे चिट्ठी लिखेंगी।"

"मुझे याद है। मैं जानती हूँ कि गांगुली महाशय से मुझे भिखारिन की तरह ही माँगना होगा, मन के संपूर्ण धिक्कार को तिलांजलि देकर ही माँगना होगा, मगर आपके पास वह बात नहीं। जो चाहूँगी, बिना किसी संकोच के आसानी से माँग लूँगी।"

"लेकिन याद रहे!" कहकर विजय जाना ही चाहता था कि अनुराधा

ने कहा, "तो आप भी एक वचन देते जाइए। कहिए कि जरूरत पड़ने पर मुझे भी बताइएगा?"

"बताने के लायक मुझे क्या जरूरत पड़ेगी, अनुराधा!"

"सो कैसे बताऊँ, मेरे पास और कुछ नहीं है, पर जरूरत आ पड़ने पर हाथ से सेवा तो कर सकती हूँ।"

"आपको वे करने देंगे?"

"मुझे कोई भी नहीं रोक सकता।"

□

कुमार नहीं आया। सुनकर विजय की माँ मारे आतंक के सिहर उठी, "यह कैसी बात है रे? जिसके साथ लड़ाई है, तू उसी के पास लड़के को छोड़ आया?"

विजय ने कहा, "जिसके साथ लड़ाई थी, वह पाताल में जाकर छिप गया है माँ, किसकी मजाल कि उसे ढूँढ़ निकाले? तुम्हारा पोता अपनी मौसी के पास है। कुछ दिन बाद यहाँ आ जाएगा।"

"अचानक उसकी मौसी कहाँ से आ गई?"

विजय ने कहा, "भगवान् के बनाए हुए संसार में अचानक कौन कहाँ से आ जाए माँ, कोई बता नहीं सकता। जो तुम्हारे रुपए-पैसे लेकर डुबकी लगा गया है, यह उसी गगन चटर्जी की छोटी बहिन है। मकान से उसी को निकाल भगाने के लिए लाठी-सोटा और पियादे-दरबान लेकर युद्ध करने गया था, पर तुम्हारे पोते ने सब गड़बड़ कर दिया। उसने उसका ऐसा दामन पकड़ा कि दोनों को एक साथ निकाले बिना उसे निकाला ही नहीं जा सकता था।"

माँ ने अंदाज से उस बात को समझकर पूछा, "मालूम होता है कि कुमार उसके बस में हो गया है। उस लड़की ने उसे खूब लाड़-प्यार किया होगा शायद। बेचारे को लाड़-प्यार तो मिला नहीं कभी।" कहकर उन्होंने अपनी अस्वस्थता की याद करके एक गहरी साँस ली।

विजय ने कहा, "मैं तो बाहर ही रहता था, घर के भीतर कौन किसे लाड़-प्यार कर रहा है, मैंने आँखों से देखा नहीं, पर जब चलने लगा तो देखा कि कुमार अपनी मौसी को छोड़कर किसी तरह आना ही नहीं चाहता।"

माँ का संदेह इतने पर भी न मिटा, कहने लगीं, "गाँव की लड़कियाँ बहुत तरह की बातें जानती हैं। साथ न लाकर तूने अच्छा नहीं किया।"

विजय ने कहा, "तुम खुद गाँव की लड़की होकर गाँव के खिलाफ

शिकायत कर रही हो, माँ? अंत में तुम्हारा विश्वास शहर की लड़कियों पर ही हो गया क्या?"

"शहर की लड़कियाँ? उनके चरणों में लाखों प्रणाम!" यह कहकर माँ ने दोनों हाथ जोड़कर माथे से लगा लिये!

विजय हँस दिया। माँ ने कहा, "हँसता क्यों है रे, मेरा दुःख सिर्फ मैं जानती हूँ, और जानते हैं वे!" कहते-कहते उनकी आँखें डबडबा आईं, बोलीं, "हम लोग जहाँ के हैं, वे गाँव क्या अब रहे हैं बेटा? जमाना कितना बदल चुका है?"

विजय ने कहा, "बहुत बदल गया है, लेकिन जब तक तुम लोग जीती हो, तब तक शायद तुम्हीं लोगों के पुण्य से वे बने रहेंगे माँ, बिलकुल लोप नहीं होगा उनका। उसी की थोड़ी सी झाँकी अब की देख आया हूँ, पर तुम्हें तो वह चीज दिखाना मुश्किल है, यही दुःख रह गया मेरे मन में।" इतना कहकर वह ऑफिस चला गया। ऑफिस के काम के तकाजे से ही उसे यहाँ आना पड़ा है।

शाम को ऑफिस लौटकर विजय भैया-भाभी से मिलने गया। जाकर देखा कि कुरुक्षेत्र का युद्ध-कांड चल रहा है। शृंगार की चीज, वस्तु इधर-उधर बिखरी पड़ी हैं, भैया आरामकुरसी के हत्थे पर बैठे जोर-जोर से कह रहे हैं, "हरगिज नहीं। जाना हो, अकेली चली जाओ। ऐसी रिश्तेदारी पर मैं…।"

विजय को देखते ही प्रभा जोर से रो पड़ी और बोली, "अच्छा लालाजी, तुम्हीं बताओ, उन लोगों ने अगर सितांशु के साथ अनीता का ब्याह पक्का कर दिया तो इसमें मेरा क्या दोष है? आज उसकी सगाई पक्की होगी और ये कहते हैं कि मैं नहीं जाऊँगा। इसके माने तो यही हुआ कि मुझे भी नहीं जाने देंगे।"

भैया गरज उठे, "क्या कहना चाहती हो तुम, तुम्हें मालूम न था! हम लोगों के साथ ऐसी जालसाजी करने की क्या जरूरत थी इतने दिनों तक?"

बात क्या है—सहसा समझ न सकने से विजय हतबुद्धि सा हो गया, पर समझने में ज्यादा देर भी नहीं लगी। उसने कहा, "ठहरो, ठहरो! क्या हुआ बताओ भी तो! अनीता के साथ सितांशु घोषाल का ब्याह होना तय हो गया है, यही तो? और आज ही सगाई पक्की होगी? I am thrown completely over-board!"

भैया ने हुंकार के साथ कहा, "हूँ! और ये कहना चाहती है कि इन्हें

कुछ मालूम ही नहीं!"

प्रभा रोती हुई बोली, "भला मैं क्या कर सकती हूँ, लालाजी! भैया मौजूद है, माँ है, लड़की खुद सयानी हो चुकी है, अगर वे अपना वचन भंग कर रहे हैं तो इसमें मेरा क्या कसूर है!"

भैया ने कहा, "दोष यही कि वे धोखेबाज हैं, पाखंडी हैं और झूठे हैं। एक तरफ जबान देकर दूसरी तरफ छिपे-छिपे जाल फैलाए हुए बैठे थे। अब लोग हँसेंगे और कानाफूसी करेंगे, मैं क्लब में मारे शर्म के किसी को मुँह नहीं दिखा सकूँगा।"

प्रभा उसी तरह रुआँसे स्वर में कहने लगी, "ऐसा क्या कहीं होता नहीं! इसमें तुम्हारे शरमाने की कौन सी बात है?"

"मेरे शरमाने की वजह यह है कि वह तुम्हारी बहिन है। दूसरे, मेरी ससुराल के सभी लोग धोखेबाज हैं इसलिए, उसमें तुम्हारा भी एक बड़ा हिस्सा है इसलिए।"

अब तो भैया के चेहरे की तरफ देखकर विजय हँस पड़ा, परंतु उसी वक्त झुककर प्रभा के पैरों की धूल माथे से लगाकर प्रसन्न मुद्रा में कहा, "भाभी! भैया जितना भी क्यों न गरजें, मैं गुस्सा या अफसोस तो करूँगा ही नहीं, बल्कि सचमुच अगर इसमें तुम्हारा हिस्सा हो तो मैं तुम्हारा चिरकृतज्ञ रहूँगा।"

फिर भैया की तरफ मुड़कर कहा, "भैया! तुम्हारा गुस्सा होना सचमुच बड़ा अन्याय है। इस मामले में जबान देने में कोई अर्थ नहीं रखता, अगर उसे बदलने का मौका मिले। विवाह तो कोई बच्चों का खेल नहीं है। सितांशु विलायत से आई.सी.एस. होकर लौटा है, उच्च श्रेणी का आदमी ठहरा। अनिता देखने में सुंदर है, बी.ए. पास है, और मैं? यहाँ भी पास नहीं कर सका, विलायत में भी सात-आठ वर्ष बिताकर एक डिग्री हासिल नहीं कर सका और अब लकड़ी की दुकान पर लकड़ी बेचकर गुजर करता हूँ, न तो पद, गौरव है, न ही कोई खिताब है। इसमें अनीता ने कोई अन्याय नहीं किया, भैया!"

भैया ने गुस्से के साथ कहा, "हजार बार अन्याय किया है, मगर तू क्या कहना चाहता है कि तुझे जरा भी दुःख नहीं हुआ?"

विजय ने कहा, "भैया! तुम बड़े हो, पूज्य हो, तुमसे झूठ नहीं बोलूँगा। तुम्हारे पैर छूकर कहता हूँ, मुझे जरा भी दुःख नहीं। अपने पुण्य से तो नहीं, किसके पुण्य से बचा, यह भी नहीं मालूम, पर जान पड़ता

है कि मैं बच गया। भाभी! चलो मैं तो चलता हूँ। भैया चाहे तो नाराज होकर घर में बैठे रहें, मगर हम-तुम चलो चलें। तुम्हारी बहिन की सगाई में भरपेट खाना खा आएँ।"

प्रभा ने उसके चेहरे की ओर देखकर कहा, "तुम मेरा मजाक उड़ा रहे हो, लालाजी?"

"नहीं भाभी! मजाक नहीं उड़ाता। आज मैं अंत:करण से तुम्हारा आशीर्वाद चाहता हूँ, तुम्हारे वरदान से भाग्य मेरी तरफ फिर से मुँह उठाकर देखे, लेकिन अब देर न करो, तुम कपड़े पहन लो। मैं भी जरा ऑफिस के कपड़े बदल आऊँ।" इतना कहकर जल्दी से वह जाना चाहता था कि भैया कह उठे, "तेरे लिए निमंत्रण नहीं है, तू वहाँ नहीं जाएगा?"

विजय ठिठककर खड़ा हो गया बोला, "वो तो ठीक है, शायद वे शर्मिंदा होंगे। पर बिना बुलाए कहीं भी जाने से आज मुझे संकोच नहीं। इच्छा हो रही है कि दौड़ा जाऊँ और कह आऊँ कि अनीता! तुमने मुझे धोखा नहीं दिया, तुम पर न मुझे कोई गुस्सा है, न कोई जलन है। मेरी प्रार्थना है कि तुम सुखी रहो। भैया! मेरी प्रार्थना मानो, नाराजगी न रखो, भाभी को ले जाओ, कम-से-कम मेरी तरफ से ही सही, अनीता को आशीर्वाद दे आओ न तुम दोनों।"

भैया और भाभी दोनों ही हतबुद्धि से होकर उसकी तरफ देखने लगे। सहसा दोनों की निगाहें विजय के चेहरे पर पड़ीं। उसके चेहरे पर व्यंग्य का सचमुच ही कोई चिह्न नहीं था, क्रोध या अभिमान की जरा भी छाया उसके कंठ-स्वर में नहीं थी, सचमुच ही मानो किसी सुनिश्चित विपत्ति के फंदे से बच जाने से उसका मन अकृत्रिम पुलक से भर गया था। आखिर प्रभा अनीता की बहन जो ठहरी, बहन के लिए यह इंगित उपादेय नहीं हो सकता। अपमान के धक्के से प्रभा का हृदय सहसा ही जल उठा, उसने मानो कुछ कहना भी चाहा, पर गला रुँध गया।

विजय ने कहा, "भाभी! अपनी सारी बातें कहने का अभी समय नहीं आया, कभी आएगा या नहीं, यह भी नहीं मालूम; लेकिन अगर आया किसी दिन, तो उस दिन तुम भी कहोगी कि लालाजी, तुम भाग्यवान हो, तुम्हें मैं आशीर्वाद देती हूँ।"

□

हरिचरण

बहुत दिन पहले लगभग दस-बारह साल की बात है, उस समय दुर्गादास बाबू वकील नहीं बने थे। दुर्गादास बंद्योपाध्याय को तुम लोग शायद अच्छी तरह नहीं जानते, मैं अच्छी तरह जानता हूँ। आओ, उनसे आज परिचय करा दूँ।

बचपन में न जाने कहाँ से एक अनाथ पितृ-मातृहीन कायस्थ बालक ने रामदास बाबू के घर पर आश्रय ग्रहण किया था। सब कहते थे कि लड़का बड़ा नेक है, बहुत सुंदर और बुद्धिमान्। दुर्गादास बाबू के पिता का प्रिय भृत्य था।

सब काम वह खुद अपने ऊपर ले लेता था। गाय को चारा देने से लेकर बाबू को तेल लगाने तक के सब काम वह स्वयं करना चाहता था। उसे सदा व्यस्त रहना अच्छा लगता था।

लड़के का नाम था हरिचरण। गृहिणी अकसर हरिचरण के काम को देखकर अचरज में आ जाया करती थी। बीच-बीच में फटकारकर कहती भी थी, "हरि! और भी तो नौकर हैं, तू अभी बालक है, क्यों इतना खटता है?" हरि के अवगुणों में था उसका हँसना। हँसना बहुत अच्छा लगता था उसे। वह हँसकर जवाब देता, "माँ! हम लोग गरीब आदमी हैं, खटना पड़ेगा हमेशा, हमें बैठे रहकर क्या होगा?"

इस तरह काम-काज, आराम और स्नेह में हरिचरण का करीब एक साल गुजर गया।

सुरो रामदास बाबू की छोटी लड़की है। अब सुरो की उम्र पाँच-छह साल है। हरिचरण से सुरो की बहुत पटती थी। जब दुग्धपान के निमित्त सुरो गृहिणी से लड़ने में लग जाती थी, तब माँ बहुत देर तक बक-झक करके भी अपनी इस क्षुद्र कन्या पर काबू नहीं कर पाती थी और दुग्धपान

की विशेष आवश्यकता तथा उसके अभाव में कन्यारत्न के आशु प्राण-वियोग की आशंका से उद्विग्न होकर अत्यंत क्रोध से सुरबाला के गंडद्वय को विशेष रूप से दबाकर भी उसे दूध नहीं पिला पाती थी, तब हरिचरण की बात से ही काम बन जाता था। वास्तव में सुरो हरिचरण को बहुत पसंद करती थी।

दुर्गादास बाबू की उमर जब बीस साल थी, तब की बात कह रहा हूँ। दुर्गादास अब तक कलकत्ता में पढ़ते थे। घर आने के लिए उन्हें स्टीमर से दक्षिण की ओर जाना पड़ता था। सुतरा घर का यह पथ विशेष सहज-सरल नहीं था। तभी दुर्गादास बाबू अकसर घर नहीं आते थे।

लड़का बी.ए. पास होकर घर आया। माँ अत्यंत व्यस्त है। लड़के को अच्छी तरह खिलाने-पिलाने और सेवा-जतन करने के लिए घर पर सब लोग एकजुट हो गए।

दुर्गादास ने पूछा, "माँ! यह लड़का कौन है?"

माँ ने कहा, "यह एक कायस्थ का लड़का है, माँ-बाप नहीं हैं उसके, तभी तेरे पिता ने उसे अपने यहाँ रखा है। घर के सब काम-काज करता है, बड़े शांत स्वभाव का लड़का है, कभी किसी बात पर नाराज नहीं होता। फिर बिना माँ-बाप का बालक है बेचारा। मैं बहुत चाहती हूँ उसे।"

घर आकर दुर्गादास बाबू को हरिचरण का यह परिचय मिला।

जो हो, इन दिनों हरिचरण का बहुत काम बढ़ गया है। इस कार्य बुद्धि से वह असंतुष्ट नहीं, वरन् संतुष्ट ही प्रतीत होता है। छोटे बाबू (दुर्गादास) को स्नान कराना, जरूरत के वक्त पानी भरा गडुआ, ठीक समय पर पान का डिब्बा, हुक्का वगैरह पेश करने में बहुत पटु है हरिचरण। दुर्गादास बाबू अकसर सोचते हैं कि लड़का बहुत इंटेलीजेंट है। अत: कपड़ों में चुनट डालने और हुक्का भरने के काम हरिचरण के न करने पर दुर्गादास बाबू को पसंद नहीं आते थे।

कुछ समझ में नहीं आता, कहाँ का पानी कहाँ जाकर मरता है। बड़ा दुरूह तत्त्व है यह। क्या तुमने देखा है कि अच्छी बात का अच्छा ही परिणाम होता है, क्या कभी बुरा नहीं होता? यदि तुमने न देखा हो तब आओ, आज मैं तुम्हें दिखाऊँ यह दुरूह तत्त्व।

आज दुर्गादास बाबू का एक शानदार भोज में निमंत्रण है। घर भोजन नहीं करेंगे, शायद बहुत रात गए लौटेंगे, इसलिए हरिचरण को नित्य का कार्य संपन्न करके सो जाने को कह गए हैं।

अब हरिचरण की बात कहता हूँ। दुर्गादास बाबू रात को बाहर के बैठकखाने में ही सोते थे। इसका कारण बहुत से लोग नहीं जानते। मेरा खयाल है कि उनकी पत्नी पित्रालय होने के कारण उन्होंने अपने लिए यह व्यवस्था बनाई थी।

रात को दुर्गादास बाबू का बिस्तर, फिर उनके सोने पर उनके पैर दबाना आदि कार्य हरिचरण के जिम्मे थे। बाद में बाबू को अच्छी तरह नींद आ जाने पर हरिचरण पास के एक कमरे में जाकर सो जाता था।

शाम होने से पहले ही उस दिन हरिचरण का सिरदर्द करने लग गया। हरिचरण समझ गया कि अब उसे बुखार आने वाला है। बीच-बीच में उसे अकसर बुखार आ जाता था, इसलिए इन लक्षणों को वह बखूबी जानता था। हरिचरण और बैठ नहीं पाया, अपने कमरे में जाकर सो गया। छोटे बाबू का बिस्तर नहीं लगा है, यह बात उसे याद नहीं रही। रात को सब ने भोजन किया, पर हरिचरण भोजन करने नहीं आया। गृहिणी देखने आई। हरिचरण सोया था, उसके बदन पर हाथ लगाकर देखा कि बुखार है। समझ गई कि बुखार आ गया है उसे। लिहाजा उसे और कुछ न कहकर वे चुपचाप चली गईं।

रात का दूसरा पहर हो चला था। भोज के उपरांत दुर्गादास बाबू ने घर आकर देखा कि उनका बिस्तर नहीं लगा है। एक तो उन्हें नींद आ रही थी, फिर तमाम रास्ते यही सोचते आ रहे थे कि बिस्तर पर पड़ जाएँगे, हरिचरण उनके श्रांत पदयुगल से बिनामा (जूते) खोलकर धीरे-धीरे उन्हें दबाने लगेगा और वे आराम से तंद्रा में गड़गड़े का नल मुँह में लेकर आँखें खोलकर एकदम सुबह की रोशनी देखेंगे।

बिलकुल निराश होकर वे गुस्से से आगबबूला हो गए। दो-चार बार 'हरिचरण', 'हरि', 'हरे' आदि कहकर चिल्लाए, लेकिन कैसे आए हरि? वो तो ज्वर की तपिश से बेहोश पड़ा है। तब दुर्गादास बाबू ने सोचा कि हरामजादा सो गया है। उसके कमरे में जाकर देखा कि अच्छी तरह ढक-ढाँपकर सो रहा है।

सहन नहीं हुआ, उन्होंने बड़ी शक्ति से बाल पकड़कर, खींचकर उसे बैठाने की कोशिश की, लेकिन हरि ढुलककर बिस्तर पर सो गया। तब अत्यंत क्रोधवश दुर्गादास बाबू हिताहित ज्ञानशून्य हो गए। हरि की पीठ पर उन्होंने सबूट पदाघात किया। करारी चोट खाकर वह होश में आकर बैठ गया बिस्तर के ऊपर।

दुर्गादास बाबू बोले, “दुधमुँहा बच्चा है क्या तू, जो सो गया था? बिस्तर कौन लगाएगा? मैं?” बातचीत में उनका क्रोध और बढ़ गया। हाथ में बेंत से हरिचरण की पीठ पर फिर उन्होंने दो-तीन वार कर दिए।

हरि जब रात को पदसेवा कर रहा था, तब संभवतः एक बूँद गरम पानी दुर्गादास बाबू के पैर पर टपक पड़ा था।

तमाम रात दुर्गादास बाबू को नींद नहीं आई। पानी की वह एक बूँद उन्हें बहुत गरम प्रतीत हुई थी। दुर्गादास बाबू हरिचरण को बहुत प्रेम करते थे। अपनी नम्रता के लिए वह केवल दुर्गादास बाबू का ही नहीं, सब का प्रिय पात्र था। फिर महीने भर की इस घनिष्ठता के बाद और प्यारा बन गया था।

रात को कितनी ही बार दुर्गादास बाबू के मन में यह बात आई थी कि जाकर एक बार देख आएँ कि उसकी पीठ में कितनी चोट आई है, कितनी सूजन आ गई है। पर वह तो नौकर है, यह उनके लिए मुनासिब नहीं। कितनी बार मन में आया कि पूछ आएँ, ज्वर कम हुआ कि नहीं, पर लज्जा के मारे नहीं जा पाए। सुबह हरिचरण ने मुँह धोने का पानी ला दिया, हुक्का भर दिया। तब भी वे कह सकते थे, ओह! वह तो एक बारह वर्ष का बालक मात्र है! बालक समझकर भी उसे पास बुलाकर उसकी पीठ को देख सकते थे, उस पर आहिस्ता से हाथ फेर सकते थे। एक बालक से क्या शरम!

दिन के नौ बजे न जाने कहाँ से एक टेलीग्राम आ गया। तार की बात सुनकर ही दुर्गादास बाबू का मन बहुत बेचैन हो गया। तार खोलकर देखा कि स्त्री अत्यंत पीड़ित है। धड़ से उनकी छाती एक हाथ बैठ गई। उसी दिन उन्हें कलकत्ता के लिए रवाना होना पड़ा। गाड़ी में बैठकर उन्होंने सोचा, “हे भगवान्! प्रायश्चित्त होगा क्या?”

अकसर महीना भर हो गया है। आज दुर्गादास बाबू का मन प्रसन्न है। उनकी पत्नी ठीक हो गई है। आज उन्हें पथ्य मिला है।

घर से आज एक चिट्ठी आई है। चिट्ठी दुर्गादास बाबू के छोटे भाई ने लिखी है। पत्र के आखिर में ‘पुनश्च’ करके लिखा गया है, बड़े दुख की बात है कि कल सुबह दस दिन के ज्वर विकार से हरिचरण की मृत्यु हो गई है। मरने से पहले उसने बहुत बार आपको देखने की तमन्ना जाहिर की थी।”

ओह! मातृ-पितृहीन अनाथ!

दुर्गादास बाबू ने धीरे-धीरे पत्र के सौ टुकड़े करके उन्हें फेंक दिया।

□

राजू का साहस

कविवर नरेंद्रदेव के यहाँ एक दिन शरत बाबू बैठे हुए चाय पी रहे थे। बात चल रही थी–'श्रीकांत' के एक चरित्र नायक इंद्रनाथ के विषय में।

शरतचंद्र ने कहा, "इंद्रनाथ बनाम राजू कितना साहसी था, यह समझना मेरे लिए कठिन है। स्वयं तुम भी उसे अच्छी तरह नहीं समझ पाओगे। जहाँ हम डर से पीपल के पत्ते की तरह काँप उठते थे, वहाँ वह कूदकर सबसे आगे आ जाता था। भय क्या होता है, जैसे वह जानता ही नहीं था। मेरे बचपन की एक कहानी लगे हाथों सुनो…।"

उन दिनों मैं स्कूल में पढ़ता था। राजू स्कूल छोड़ देने के बाद जनसेवा में लगा रहता था। कब किस पर कौन सी मुसीबत आई, उससे उसे मुक्त करना, किसी बीमार की सेवा-टहल, कौन कहाँ मर गया, उसकी दाह-क्रिया आदि कार्य वह दिन-रात किया करता था।

मैं राजू का दाहिना हाथ था। आवश्यकता पड़ने पर राजू मुझे बुला लेता। दाह-क्रियावाला कार्य अकेले न कर सकने के कारण उसे मेरी आवश्यकता अवश्य पड़ती थी।

एक बार डिठवन एकादशी के दिन हमारे मामा के यहाँ नाटक हो रहा था। कलकत्ता से पार्टी आई थी। गाँव के सभी लोग आए हुए थे। मैं एक कोने में बैठा तन्मय होकर नाटक देख रहा था। ठीक इसी समय न जाने कहाँ से राजू आया और बोला, "यहाँ आओ, सुनो!"

मैं बाहर चला आया।

राजू ने कहा, "उस टोले में तारापद का लड़का हैजे की बीमारी से अभी-अभी मर गया है। छोटा सा बच्चा था, सिर्फ तीन साल का। काफी कोशिश की पर बच नहीं सका। एक ही लड़का था, हैजे में चल बसा।

अब तारापद और उसकी पत्नी दोनों लाश को लेकर आसमान सिर पर उठा रहे हैं। मेरी समझ में इस छूत की बीमारी की लाश उनके निकट रहने देना ठीक नहीं। सोच रहा हूँ, इसी समय श्मशान में चलूँ। गाँव के सभी लोग तो नाटक देख रहे हैं, कोई दिखाई भी नहीं दे रहा है। चल, तू जरा मेरे साथ चल।"

बिना किसी प्रकार का प्रतिवाद किए मैं चुपचाप उसके साथ चल पड़ा। वहीं तक नाटक देखना भाग्य में लिखा था।

तारापद और उसकी पत्नी को दिलासा देकर किसी सूरत से बच्चे की लाश हम लोगों ने छीन ली। उसके बाद हम गाँव से श्मशान की ओर चल पड़े। उस समय रात का एक बज रहा था।

रास्ते में मैंने कहा, "एक लालटेन ले लेते तो अच्छा होता।"

राजू ने कहा, "अच्छा तो होता मगर इस समय मिलेगी कहाँ? घर में कौन बैठा है? मेरे पास दियासलाई है, जरूरत पड़ने पर इसी से काम लिया जाएगा।"

प्रत्युत्तर में मैंने कुछ नहीं कहा। मृत बच्चे को अपनी गोद में लिये राजू आगे-आगे चल रहा था। उसके पीछे-पीछे मैं था।

गंगा के किनारे श्मशान है। जितना विराट् है, उतना ही विभीषिकाय भी। लोग यहाँ दिन में भी आने से डरते हैं। आस-पास काफी दूर तक भी कोई गाँव या झोंपड़ी नहीं है। नाम के लिए दो-चार खजूर और कटहल के वृक्ष हैं, अन्यथा जितनी दूर तक निगाह घुमाइए, केवल बालुकामय भूमि दिखाई देती है।

श्मशान के मध्यस्थल में एक फूस की झोंपड़ी थी। श्मशान यात्री इसी झोंपड़ी में धूप और बरसात के समय आराम करते थे। एक ओर जहाँ यह झोंपड़ी लोगों के लिए बनाई गई थी, वहीं दूसरी ओर श्मशान स्थित झोंपड़ी में भूतों का अड्डा है, कहा जाता था। रात की बात छोड़िए, दिन में भी कोई उस झोंपड़ी के भीतर अकेले जाने की हिम्मत नहीं करता था।

राजू इन सब अफवाहों पर ध्यान ही नहीं देता था। वह सीधे उस झोंपड़ी में घुस गया। यद्यपि मैं भी उसके पीछे-पीछे उस झोंपड़ी में आया, लेकिन स्वाभाविक रूप में नहीं। मुझे अनुभव हो रहा था, जैसे कोई मेरे हाथ-पैर कसकर पकड़े हुए है। साथ में राजू था, इसलिए मेरी कुछ हिम्मत बँधी थी।

जमीन पर लाश रखते हुए राजू ने कहा, "काफी देर से मैंने बीड़ी नहीं पी है। चल, पहले एक बीड़ी पी ली जाए, इसके बाद अपना काम करेंगे। क्यों ठीक है न?"

राजू के प्रश्न का उत्तर मैं देने ही जा रहा था कि उस अंधकारमय झोंपड़ी के भीतर स्पष्ट रूप से यह आवाज सुनाई दी, "क्या एक बीड़ी मुझे भी दे सकते हैं?"

उस समय मेरी हालत कैसी हो गई, इसकी कल्पना तुम कर सकते हो। सिर के बाल टेकुए की तरह खड़े हो गए। मारे डर के सारा बदन पसीने से तर हो गया।

लेकिन राजू ने ठंडे स्वर में पूछा, "तुम हो कौन?"

उत्तर आया, "मैं हूँ।"

"मैं कौन?" कहते हुए राजू ने दियासलाई जलाई। उस रोशनी में हमने देखा–हमारे पास ही एक मैले बिस्तर पर मनुष्य की तरह की कोई आकृति लेटी हुई है। सिर से पैर तक सारा बदन कपड़ों से ढका हुआ है।

राजू ने अच्छी तरह देखने के बाद कहा, "अरे, यह तो एक और मुरदा पड़ा है। पता नहीं कौन ले आया है? शायद लकड़ी की तलाश में गए हैं।"

तभी फिर आवाज आई, "नहीं बेटा, मैं मुरदा नहीं हूँ।"

इस बार अत्यधिक डर के कारण मैं राजू से लिपट गया। मेरी जबान तालू से सट गई। भय से दाँती लग गई, लेकिन राजू, वाह रे राजू! धन्य है तू! उसने पुनः निर्भय भाव से पूछा, "फिर तुम कौन हो?"

सलाई की पहली तीली बुझ गई थी। राजू ने दूसरी जलाई। इस बार गौर करने पर यह आवाज उन गंदे कपड़ों के भीतर से आई, "मैं गंगा यात्री हूँ, बेटा!"

राजू ने मुझे हिम्मत बँधाते हुए कहा, "डरने की बात नहीं है रे! यह मुरदा नहीं, गंगा यात्री (वह लोग जो मरणासन्न हो जाते हैं, उनका अंतिम समय निकट जानकर लोग उन्हें जीवित अवस्था में ही श्मशान में ले जाते हैं, ताकि उन्हें सद्‌गति प्राप्त हो) है!"

इसके बाद राजू ने एक बीड़ी जलाकर उसके मुँह में ठूँस दी। बीड़ी का एक कश लेते हुए वृद्ध ने परम तृप्ति के साथ कहा, "ओह! जान बची। कई दिन हुए आया हूँ, माँगने पर मुझे कोई बीड़ी भी नहीं पिलाता। सब के सब कमीने हैं।"

अब राजू ने वृद्ध से सवाल करने शुरू किए, "कितने दिन हुए यहाँ आए? तुम्हारे साथ कितने आदमी हैं? वे लोग कहाँ गए?"

बूढ़े ने कहा, "मुझे तीन दिन हुए। मौत नहीं आ रही है। मेरे दो नाती और एक पड़ोसी मुझे यहाँ ले आए हैं। वे लोग भी मेरे साथ यहाँ थे, आज न जाने कहाँ पास ही कलकत्ते से कोई नाटक कंपनी आई है, वहीं वे लोग नाटक देखने के लिए चले गए हैं। मैं जल्दी मर नहीं रहा हूँ, यह देखकर सभी मुझ पर बुरी तरह नाराज हैं। कहते हैं, 'सोचा था, बुड्ढा जल्दी चल बसेगा, लेकिन यहाँ तो गंगा किनारे की हवा खाकर चंगा हुआ जा रहा है, मरने का नाम ही नहीं ले रहा। पता नहीं मेरे भाग्य में क्या लिखा है—न जाने क्या होगा! एक बार गंगायात्री बन जाने पर, सुना है घर वापस नहीं जाना चाहिए।"

राजू ने कहा, "कौन कहता है कि घर वापस नहीं जाना चाहिए? आपको देखने से यह नहीं लगता कि आप मरने वाले हैं। अभी तो आप काफी स्वस्थ हैं। आपका मकान कहाँ है? चलिए, घर लौट चलिए। हम लोग आपको ले जाएँगे, वरना 'घर वापस नहीं जाना चाहिए' कहकर जो लोग आपको यहाँ ले आए हैं, शायद वे ही आपका गला दबा देंगे।"

वृद्ध ने कहा, "तुम ठीक कह रहे हो बेटा! कई दिन से यही बात कहकर वे लोग मुझे डरा रहे हैं। पता नहीं कब गला दबा दें।"

राजू ने कहा, "खैर, कोई हर्ज नहीं। हम लोग अपना काम निबटा लें, इसके बाद अपने साथ ले चलेंगे। आज की रात आप मेरे यहाँ रहिएगा। कल सुबह आपको छोड़ आएँगे।"

तारापद के मृत लड़के को हमने जमीन में दफना दिया। इसके बाद राजू गंगा में गोता लगाकर वापस आया और मुझसे कहा, "तू यह सब कपड़ा-बिछौना उठा ले।"

जाते समय जैसे गया था, आते समय भी उसी तरह आया। राजू वृद्ध को पीठ पर लादे चल रहा था और उसके पीछे-पीछे मैं कथरी, चद्दर लादे चल रहा था।

मामा के घर के पास आने पर देखा—नाटक अभी समाप्त नहीं हुआ है।

□

लालू की शैतानी

हम लोगों के शहर में सर्दी पड़नी आरभ हो गई थी, तभी अचानक हैजे का प्रकोप बढ़ा। उन दिनों लोग हैजे के नाम से ही अचेत हो जाया करते थे। पड़ोस के किसी घर में अगर हैजा हो गया है तो लोग मुहल्ला तक छोड़कर भाग जाते थे। लाश जलाने के लिए आदमी का मिलना मुहाल हो जाता, लेकिन उस वक्त भी हमारे बीच एक ऐसा आदमी था, जिसे इस कार्य के लिए किसी प्रकार की आपत्ति नहीं थी। उनका नाम था गोपाल काका। उनके जीवन का एकमात्र व्रत था–मुरदा जलाना। यदि किसी की बीमारी भयानक हो उठती थी, तब वे नित्य उसके डॉक्टर के यहाँ से समाचार ले लिया करते थे। अगर कहीं आपने सुन लिया कि अब उम्मीद नहीं है, बस तुरत नंगे पैर सिर पर गमछा लपेटे उसके यहाँ उसके दम तोड़ने के दो घंटे पहले ही पहुँच जाया करते थे। हम लोगों के वे गुरु थे। वे अकसर मुँह भारी कर हमें यह सूचना दे जाते थे कि देखो भाई, आज तनिक सावधानी से सोना। ज्यों ही मैं पुकारूँ तुरंत ही जाग जाना। राजद्वारा श्मशान च··· शास्त्र की बात जानते हो न?"

"जी हाँ, जानते हैं। आप जैसे ही आवाज देंगे, हम तुरंत गमछा लेकर बाहर आ जाएँगे।"

"ठीक है, ठीक है। यही तो चाहिए। इससे बढ़कर संसार में अन्य कोई पुण्य कार्य नहीं है।" चाचाजी कह उठते।

हम लोगों के दल में लालू नामक एक लड़का रहता था। यदि उसे ठेकेदारी के काम से बाहर नहीं जाना पड़ता तो वह कभी इस काम के लिए ना ही नहीं करता।

उस दिन शाम के समय विषण्ण भाव से चाचाजी ने आकर कहा, "नरेश पंडित की पत्नी संभवतः अब न बचेगी।"

हम लोग इस समाचार से चौंक उठे। नरेश पंडित बेचारे बड़े गरीब हैं। बचपन में कुछ दिन बँगला के प्राइमरी स्कूल में हम इन्हीं के पास पढ़ते थे। वे स्वयं सदैव बीमार रहा करते हैं, इसलिए उन्हें आजीवन पत्नी के ऊपर निर्भर रहना पड़ता है। संसार में अपना कहने को अन्य कोई नहीं है। उनकी तरह निरीह और असहाय मनुष्य मैंने अपने जीवन में कभी नहीं देखा।

लगभग आठ बजे रात की बात है। हम लोग पंडितजी की पत्नी को चारपाई से नीचे उतारकर बाहर आँगन में ले आए। पंडितजी करुण मुद्रा में एकटक लाश की ओर देखते ही रहे। संसार में किसी भी उपमा से उस नजर की तुलना नहीं की जा सकती। उक्त दृष्टि को यदि एक बार देख लिया जाता तो सारे जीवन में कभी नहीं भुलाया जा सकता।

जब मुरदा उठने लगा तो पंडितजी ने धीरे से कहा, "अगर मैं न चलूँगा तो मुखाग्नि (दाग देना) कौन देगा?"

कोई जवाब दे, इससे पहले ही लालू ने कहा, "वह काम मैं कर लूँगा, पंडितजी आप हमारे गुरु हैं, इस संबंध से वे मेरी माँ हैं।"

हम लोग जानते थे कि वह श्मशान तक पैदल नहीं चल सकेगा। बंगाली स्कूल तक का केवल पाँच मिनट का रास्ता था, फिर भी वह काफी कठिनाइयों के बाद भी हाँफते-हाँफते आधे घंटे में उतनी दूर का सफर तय करता था।

पंडितजी कुछ देर चुप रहने के पश्चात् बोल उठे, "ले जाने के पहले उसके माथे में जरा सिंदूर नहीं लगा देगा रे लालू!"

"अवश्य लगा दूँगा, पंडितजी! अवश्य लगा दूँगा।" कहकर छलाँगें मारता हुआ वह घर के भीतर चला गया और ताक पर रखी सिंदूर की डिबिया लाकर उसमें जितना भी सिंदूर था, सब पंडिताईन की मृत देह के मस्तक पर उड़ेल दिया।

"राम नाम सत्य है।" कहते हुए हम लोग घर के बाहर गृहिणी की मृत देह हमेशा के लिए बाहर निकाल लाए। खुले दरवाजे की चौखट पर हाथ रखकर पंडितजी चुपचाप उसी प्रकार खड़े रह गए।

गंगा तट का श्मशान काफी दूर था, लगभग तीन कोस। हम लोग जब वहाँ पहुँचे, उस वक्त रात के दो बज गए थे। लालू लाश की खाट छूकर पैर फैलाकर बैठ गया। इसके अलावा अन्य कई लड़के भी जहाँ-तहाँ आराम करने लगे। शुक्ल पक्ष के द्वादशी की परिस्फुट चाँदनी में बालुकामय तट से बहुत दूर तक विस्तृत श्मशान बिलकुल जनहीन था।

गंगा के उस पार से ठंडी उत्तरी हवा लहरों के साथ बहकर आ रही थी। वे लहरें आकर लालू के पैरों से टकरा रही थीं। जलाने वाली लकड़ी शहर से बैलगाड़ी पर आती है। पता नहीं कब तक आएगी। यहाँ से एक मील दूर डोम लोगों का मकान है। आते समय हम लोगों ने उसे आने के लिए कह दिया था, पता नहीं वह कब तक आएगा।

अचानक गंगा के उस पार के दिगंत से एक गहरे काले रंग का बादल उत्तरी हवा के झोंके खाकर तेजी से इस पार की ओर जाने लगा।

यह नजारा देखकर गोपाल काका ने डरते हुए कहा, "आसार अच्छा नहीं दिख रहा है रे! पानी बरसेगा अवश्य। इस जाड़े में पानी में भीगने पर खैरियत नहीं है।"

पास में कहीं आश्रय भी नहीं था। यहाँ तक कि एक बड़ा पेड़ भी नहीं, कुछ दूरी पर ठाकुर साहब के आम के बगीचे में माली का मकान है, लेकिन उतनी दूर दौड़ना भी सहज काम नहीं है।

देखते-देखते आकाश अंधकारमय हो गया। चाँदनी तो बिलकुल गायब हो गई।

उस पार से पानी बरसने की सौं-सौं की आवाज सुनाई देने लगी। धीरे-धीरे वह आवाज पास आ गई। पहले-पहल दो-चार बूँद तीर की तरह लोगों के बदन पर गिरीं। जब तक यह सोचा जाए कि क्या करना चाहिए, कहाँ चलें, तब तक मूसलधार पानी बरसने लगा।

चारपाई पर लाश उसी तरह रह गई और हम सब प्राणपण से अपने बचाव के लिए दौड़ पड़े। कौन किधर जा छिपा, पता नहीं चला।

पानी थम जाने के एक घंटा बाद क्रमशः हम लोग पुनः आए। उस समय आसमान में कहीं बादल का नामोनिशान नहीं था-दिन की तरह चाँदनी प्रकाश फैला रही थी। शहर से मुरदा जलाने वाली बैलगाड़ी भी लकड़ी लेकर आई गई थी। गाड़ीवान जल्दी से लकड़ियाँ पटककर भाग जाने के लिए उतावला हो गया, लेकिन अभी तक डोम नहीं आया था।

गोपाल काका ने कहा, "बड़े हरामजादे हैं सब। जाड़े में घर से निकलना ही नहीं चाहते।"

मनि ने कहा, "लालू कहीं दिखाई दे रहा है, कहाँ रह गया? उसने तो कहा था कि मैं मुख में आग दूँगा। डरकर घर को तो नहीं भाग गया?"

गोपाल काका लालू पर नाराज होकर बोल उठे, "बड़ा कमबख्त है। जब इतना डर था तो मुरदा छूने की आवश्यकता ही क्या थी? अगर मैं

उसकी जगह पर होता तो पानी क्या वज्राघात होने पर भी मुरदा अकेला छोड़कर नहीं जाता।"

"छोड़कर जाने से क्या होता है, चाचाजी?"

"क्या होता है, बहुत कुछ। श्मशान भूमि है न!"

"अकेले श्मशान घाट पर रहने पर आपको डर नहीं मालूम होता, चाचाजी?"

"डर और वह भी मुझे। लगभग एक हजार मुरदे मैंने जलाए हैं, जानता है मुझे, मैं क्या ऐसा-वैसा हूँ?"

इसके बाद मनि ने और कुछ नहीं पूछा, क्योंकि गोपाल काका बुजुर्ग हैं, वे गर्व कर सकते हैं। श्मशान में एक ओर एक कुदाल रखी हुई थी, उसे लेकर चाचाजी ने कहा, "मैं चूल्हा बनाने जा रहा हूँ, तब तक तुम सब जल्दी से गाड़ी पर से लकड़ियाँ उतार डालो।"

उनकी इस आज्ञा के अनुसार हम लोग गाड़ी पर से लकड़ियाँ उतारने लगे और वे खुद चूल्हा बनाने लगे।

तभी बंडुल ने कहा, "लाश तो फूलकर जैसे दुगुनी हो गई है।"

चाचाजी ने कहा, "फूलेगी क्यों नहीं? रजाई-कथरी सब पानी में भीग जो गई हैं।"

"लेकिन रुई तो भीगने पर सिकुड़कर छोटी हो जाती है, काकाजी, फूलेगी कभी नहीं।" बंडुल ने कहा।

अब चाचाजी नाराज हो गए, "बड़ा बुद्धिमान् बनता है। चल पहले जो कर रहा है वह कर।"

गाड़ी पर से सभी लकड़ियाँ उतार ली गईं।

इधर वामाचरण की निगाह बराबर लाश के ऊपर थी, तभी अचानक लाश कुछ हिली। भय से दो पग पीछे हटकर वामाचरण चीख उठा, "चाचाजी! मुरदा जिंदा हो गया।"

"देख, अधिक बदमाशी करेगा तो मार खा जाएगा, बदमाश कहीं का। मुरदा जिंदा हो रहा है! अच्छे मूर्ख लड़कों से पाला पड़ा है। अगर इतना डर था तो आया ही क्यों?"

इस धमकी से वामाचरण चुप हो गया, लेकिन वह भयभीत काफी हो उठा था। जवाब में कुछ कहने की हिम्मत नहीं हुई।

लाश पुनः कुछ हिलती नजर आई। इस बार बुरी तरह चीखकर पीछे हटते हुए वह बोला, "मैं कहता हूँ, चाचाजी! गुरुआइन जी हिल रही हैं।"

"रत्ती भर का लड़का, चला है मुझसे मजाक करने, सोचता है चाचाजी डर जाएँगे। अबे उल्लू, तेरे चाचाजी की उम्र इसी काम में कट गई। लाश जिंदा हो रही है, होने दे, भाग जा।"

यह कहकर चाचाजी चिता बनाने लगे।

तभी कथरी-रजाई लिये मुरदा खाट पर उठ बैठा और नकनकाकर बोल उठा, "मैं वामाचरण को नहीं, गोपाल को पकड़ूँगा। तू भूत नहीं मानता, तू नहीं डरता। कहाँ है गोपाल। पकड़ उसी को।"

यह दृश्य देखकर सभी लड़के जो जहाँ थे, वहीं से पीछे की ओर दौड़ पड़े। चाचाजी नदी के किनारे चिता सजा रहे थे। डर के कारण उनका हुलिया बिगड़ गया और वे गंड़ाप से कमर भर पानी में नीचे जा गिरे।

पानी के भीतर से ही चीख-चीखकर कहने लगे, "अरे बच्चो! तुम मुझे छोड़कर मत जाओ। हाय राम, सीताराम! हनुमान जब नाम सुनावे, भूत-प्रेत निकट नहीं आवे। अरे बाप रे! मैं मर गया! सीताराम, राम-राम!"

तभी भूत खिलखिलाकर हँसते हुए बोला, "अरे मनिया, वामाचरण! तुम सब वापस आओ। मैं भूत नहीं लालू हूँ लालू।"

आवाज पहचानकर सब ठिठक गए। फिर धीरे-धीरे वापस आए और सबने मिलकर चाचाजी को पकड़कर ऊपर उठाया।

ऊपर आते ही चाचाजी लालू पर बरस पड़े, "हरामजादा कहीं का। मुझसे शैतानी! भगवान् कभी तेरा भला नहीं करेगा। ओफ! रत्ती भर लड़के में इतनी शैतानी भरी है, कौन जानता है। छिह छिह!"

कहने को वे कह गए, लेकिन यह समझ गए कि लालू मुझसे कहीं हिम्मतवाला लड़का है। इस श्मशान भूमि पर अकेले हैजे के रोगी की बगल में सोना मामूली बात नहीं है।

लालू ने कहा, "पानी बरसने की वजह से तुम सब तो भाग गए मैं कैसे भाग जाता। मुरदा अकेला छोड़कर नहीं जाना चाहिए। फिर मैंने ही मुरदा छुआ था, सोचा कहाँ छिपूँ। बस लाश की बगल में कथरी ओढ़कर सो गया। इसके अलावा कोई चारा भी न था।"

सभी एकबारगी हँस पड़े। चाचाजी मन-ही-मन लालू की हिम्मत की प्रशंसा कर रहे थे।

जब हम लाश जलाकर घर की ओर लौटे, उस समय सुबह हो गई थी।

□

बाल्य-स्मृति

जब मेरा नामकरण हुआ था, वह अन्नप्राशन का समय था। तब नाम ठीक नहीं बन पाया था या फिर बाबा को ज्योतिष-शास्त्र की जानकारी विशेष न थी। कारण कोई भी हो, मेरा नाम 'सुकुमार' रखा गया। ज्यादा दिन न लगे, दो ही चार साल में बाबा समझ गए कि नाम के साथ मेरा कोई मेल नहीं खाता। अब मैं बारह-तेरह वर्ष बाद की जानकारी देता हूँ। हालाँकि मेरे आत्म-परिचय की सब बातें कोई अच्छी तरह समझ नहीं सकता, फिर भी...।

देखिए, हम लोग गाँव के रहने वाले हैं। बचपन से मैं वहीं रहता हूँ। पिताजी पछाँह में नौकरी करते थे। मैं वहाँ बहुत कम जाता था, नहीं के बराबर। मैं दादी के पास ही रहा करता था। घर में मेरी शैतानी की कोई सीमा न थी। एक तरह से कहा जाए तो यों कहना चाहिए कि मैं एक छोटा सा रावण था। बूढ़े बाबा जब कहते थे, "तू कैसा हो गया है? किसी की बात ही नहीं मानता! मैं तेरे बाप को चिट्ठी लिखता हूँ।" तो मैं जरा हँसकर कहता, "बाबा! वे दिन अब लद गए। बाप की नहीं चलेगी, अब मैं बाप के बाप से भी नहीं डरता।" और कहीं दादी मौजूद रहतीं तो फिर डरने ही क्यों लगा? बाबा को वे ही कहतीं, "क्यों, कैसा जवाब मिला? और छेड़ोगे इसे?"

यदि बाबा नाराज होकर बाबूजी को चिट्ठी लिखते तो मैं उसी समय उनकी अफीम की डिबिया छिपा देता। फिर जब तक उनसे चिट्ठी फड़वाकर फिंकवा न देता तब तक अफीम की डिबिया न देता। इन सब उपद्रवों के डर से खासकर नशे की तलब में खलल पड़ जाने से वे मुझसे कुछ नहीं कहते थे। मैं भी मौज करता रहता था।

लेकिन सभी सुखों की आखिर एक सीमा है। मेरे लिए भी वही

हुआ। बाबा के चचेरे भाई गोविंद बाबू इलाहाबाद में नौकरी करते और वहीं रहते थे। वे अब पेंशन लेकर गाँव में आकर रहने लगे। उनके नाती श्रीमान रजनीकांत भी बी.ए. पास करके उनके साथ आए। मैं उन्हें 'मँझले भइया' कहता। पहले तो मुझसे विशेष परिचय नहीं था। वे इस तरफ बहुत कम आते थे और उनका मकान भी अलग था। कभी आते भी थे तो मेरी ओर ज्यादा ध्यान नहीं देते। कभी सामना हो जाता तो, "क्यों रे, क्या कर रहा है, क्या पढ़ रहा है?" के सिवा और कुछ नहीं कहते थे।

जब इस बार आए तो गाँव में जमकर बैठे और मेरी ओर ज्यादा ध्यान देने लगे। दो-चार दिन की मुलाकात में ही उन्होंने मुझे वश में कर लिया। उन्हें देखते ही मुझे डर सा हो जाता, मुँह सूख जाता, छाती धड़कने लगती, जैसे मैंने कोई बड़ा कसूर किया हो और उसकी न जाने कितनी बड़ी सजा मिलेगी और इस बात में तो कोई शक नहीं कि उन दिनों मुझसे अकसर कसूर हुआ करता। हर वक्त कुछ-न-कुछ शरारत मुझसे होती ही रहती। दो-चार अकर्म, दो-चार उपद्रव करना मेरा रोज का काम था। लेकिन डरने पर भी भइया को मैं खूब चाहता था। भाई भाई को इतना मान सकता है, यह मुझे पहले नहीं मालूम था। वे भी मुझे बड़ा प्यार करते थे। उनके निकट भी मैं कितनी ही शरारतें, कितने ही कसूर करता था, किंतु वे कुछ नहीं कहते थे और कुछ कहते भी, तो मैं समझता कि बड़े भइया ठहरे, थोड़ी देर बाद भूल जाएँगे, उन्हें याद ही नहीं रहता है।

अगर वे चाहते तो शायद मुझे सुधार भी सकते थे, पर उन्होंने कुछ भी नहीं किया। उनके गाँव में आ जाने से मैं पहले की तरह स्वाधीन तो रहा नहीं, पर फिर भी जैसा हूँ, मजे में हूँ।

रोजाना बाबू की तंबाकू चुराकर पी जाता था। बूढ़े बाबा बेचारे कभी खाट के सिरहाने, कभी तकिए की खोली के भीतर, कभी कहीं तंबाकू छिपाकर रखते, लेकिन मैं ढूँढ़-ढूँढ़कर निकाल ही लेता और पी जाता। खाता-पीता मस्त रहता, मौज से कट रही थी। कोई झंझट नहीं, बला नहीं। पढ़ना-लिखना तो एक तरह से छोड़ ही दिया समझो। बाग में जाकर चिड़ियाँ मारता, गिलहरियाँ मारकर भूनकर खाता, जंगल में जाकर गड्ढों-गड्ढों में खरगोश ढूँढ़ता-फिरता था, यही मेरा रोज का काम था। न किसी का कोई डर, न कोई फिकर।

पिताजी बक्सर में नौकरी करते थे। वहाँ से न तो मुझे वे देखने आते और न मारने आते। बाबा और दादी का हाल मैं पहले ही बता चुका हूँ। एक तरह से यों कहना चाहिए कि मैं मजे में था।

दोपहर को एक दिन घर आकर दादी के मुँह से सुना कि मुझे मँझले भइया के साथ कलकत्ते में रहकर पढ़ना-लिखना पड़ेगा। आराम से भरपेट खा-पीकर, हुक्का भरकर मैं बाबा के पास पहुँचा और पूछा, "बाबा! क्या मुझे कलकत्ते जाना पड़ेगा?"

बाबा ने जवाब दिया, "हाँ।"

मैंने पहले से सोच रखा था कि यह सब बाबा की कोई चाल है। इसलिए कहा, "यदि जाऊँगा तो आज ही जाऊँगा।"

बाबा ने हँसते हुए मुझसे कहा, "इसके लिए चिंता क्यों करते हो बेटा? आज ही रजनी कलकत्ते जाएगा। मकान ठीक हो गया है, सो आज ही तो जाना होगा।"

मैं आगबबूला हो उठा। एक तो उस दिन बाबा की छिपाई हुई तंबाकू तलाशने पर भी नहीं मिली, जो एक चिलम मिली थी, वह मेरी एक फूँक के लिए भी नहीं थी, उस पर यह चालाकी! परंतु मैं ठगा गया था, अपने आप कबूल करके, फिर पीछे कैसे हटता? लिहाजा, उसी दिन मुझे कलकत्ता के लिए रवाना होना पड़ा। चलते समय बाबा के पैर छुए और मन-ही-मन बोला, "भगवान् करे, कल ही तुम्हारे श्राद्ध के लिए घर लौटना पड़े। उसके बाद कौन मुझे कलकत्ते भेजता है, देख लूँगा।"

मैं कलकत्ता पहली बार आया था। मैंने पहले कभी इतना बड़ा शहर नहीं देखा था। मैंने मन-ही-मन सोचा, 'अगर मैं गंगा के पानी पर तैरते हुए इस लकड़ी, लोहे के पुल पर ऐसी भीड़ में या वहाँ जहाँ झुंड के झुंड मस्तूल वाले बड़े-बड़े जहाज खड़े हैं, खो गया तो फिर कभी घर नहीं पहुँच सकूँगा। कलकत्ता मुझे जरा भी अच्छा नहीं लगा था, इतनी दहशत में भला कोई चीज अच्छी लग सकती है? आगे कभी लगेगी, इसका भी कुछ भरोसा नहीं कर सकता था। कहाँ गया हमारा वह नदी का किनारा, वे बाँसों के झुरमुट, बेल की झाड़ी, मित्र-परिवार के बगीचे के कोने का वह अमरूद का पेड़, कुछ भी तो नहीं है! यहाँ तो सिर्फ बड़े-बड़े ऊँचे मकान, गाड़ी-घोड़े, आदमियों का भीड़-भड़क्का, लंबी-चौड़ी सड़कें ही दिखाई देती हैं। मकान के पीछे ऐसा एक

बाग-बगीचा भी तो नहीं था, जहाँ छिपकर एक चिलम तंबाकू भी पी सकूँ। मुझे रोना आ रहा था।

आँसू पोंछकर मन-ही-मन कहने लगा, 'भगवान् ने जीवन दिया है तो खाने को भी वे ही देंगे।' कलकत्ता आया हूँ, स्कूल में भरती किया गया हूँ, अच्छी तरह पढ़ता-लिखता हूँ, लिहाजा आजकल मैं 'अच्छा लड़का' बन गया हूँ। गाँव में जरूर मेरा नाम रोशन हो गया था। खैर, उस बात को जाने दो।

हमारे आत्मीय मित्रों ने मिलकर एक 'मेस' बना लिया है, जिसमें हम चार लोग रहते हैं, भइया, मैं, राम बाबू और जगन्नाथ बाबू। राम बाबू और जगन्नाथ बाबू मँझले भइया के मित्र हैं। इनके अलावा एक नौकर और एक ब्राह्मण रसोइया भी है।

गदाधर रसोइया मुझसे तीन-चार वर्ष बड़ा था। इतना भला आदमी मैंने पहले कभी नहीं देखा। मुहल्ले के किसी भी लड़के से मेरी बातचीत नहीं हुई थी और न किसी से मेलजोल ही हुआ। मगर गदाधर बिलकुल भिन्न प्रकृति का आदमी होने पर भी मेरा अंतरंग मित्र हो गया। मेरे साथ उसकी खूब पटती, कितनी गपशप उड़ती, इसका कोई अंदाज नहीं। वह मेदिनीपुर जिले के एक गाँव का रहने वाला था। वहाँ की बातें और उसका बाल्य इतिहास आदि मुझे बड़ा अच्छा लगा था। उसके गाँव की बातें मैंने इतनी बार सुनी हैं कि मुझे अगर उसके गाँव में आँखों पर पट्टी बाँधकर अकेला छोड़ दिया जाए तो शायद मैं पूरे गाँव में और उसके आस-पास मजे से घूम-फिर सकता हूँ। रविवार को मैं उसके साथ किले के मैदान में घूमने जाया करता था। शाम को रसोई-घर में बैठकर ताश खेला करता था। रोटी खाने के बाद चौका उठ जाने पर उसके छोटे हुक्के से दोनों मिलकर तंबाकू भी पी लिया करते। सभी काम हम दोनों मिलकर एक साथ करते। मुहल्ले-पड़ोस में और किसी से मेरी जान-पहचान नहीं हुई। मेरा अपना तो साथी, संगी, यार, दोस्त, मोची टोले का भूलो, केलो, खोकर, खांदा सबकुछ वही है। उसके मुँह से मैंने कभी बड़ी बात नहीं सुनी। झूठ-मूठ ही सब उसका निरादर करते। इससे मेरा दिल जलने लगता, पर वह अपनी जबान से कभी किसी को जवाब न देता, जैसे वास्तव में वह स्वयं दोषी ही हो।

सब लोगों को खिला-पिलाकर सबसे पीछे जब वह रसोईघर के

एक कोने में छिपकर छोटी सी पीतल की थाली में खाने बैठता, तो मैं सारे काम छोड़कर वहाँ पहुँच जाता। बेचारे की तकदीर ही ऐसी थी कि पीछे से उसके लिए कुछ बचता न था। और फिर भात भी कम पड़ जाता और किसी के खाने के समय मैं कभी उपस्थित नहीं रहा, परंतु ऐसा तो मैंने कभी नहीं देखा कि मुझे खाते वक्त कभी रोटी, दाल-भात, घी, तरकारी कम पड़ी हो। इससे मुझे बड़ा बुरा लगता था।

मैंने बचपन में अपनी दादी के मुँह से सुना है, वे मेरे लिए कहा करती थीं, 'लड़का आधा पेट खा-खाकर कमजोर हो गया है, कैसे बचेगा?' मगर मैं दादी कथित 'भरपेट' कभी नहीं खा सकता था। चाहे सूख जाऊँ या काँटा हो जाऊँ, मुझे 'आधा पेट' खाना ही अच्छा लगता था। अब कलकत्ता आने के बाद समझा कि उस आधे पेट और इस आधे पेट में कितना अंतर है! इस बात को मुझे कभी अहसास नहीं हुआ कि किसी को भरपेट खाना न मिले तो आँखों में आँसू आ जाते हैं। पहले मैंने न जाने कितनी बार बाबा की थाली में पानी डालकर उन्हें खाना खाने नहीं दिया है, दादी के ऊपर कुत्ते के बच्चे को छोड़कर उन्हें नहाने-धोने के लिए बाध्य किया है। फिर उन्होंने खाना नहीं खाया, मगर उनकी आँखों में आँसू कभी नहीं आए। दादी-बाबा, अपने घर के लोग, मेरे पूज्य जो मुझे बहुत प्यार करते थे, उनके लिए मुझे कभी दुख नहीं हुआ, बल्कि मैं जान-बूझकर उन्हें आधा भूखा और बिलकुल भूखा रखकर परमसंतोष पाता था और इस गदाधर को देखो, न जाने कहाँ का कौन! इसके लिए मेरी आँखों में बिना बुलाए पानी आ जाता है।

कलकत्ता आकर मुझे यह हो क्या गया, मेरी कुछ समझ में नहीं आ रहा था। आखिर आँखों में इतना पानी आता कहाँ से है, कुछ पता नहीं। मुझे किसी ने रोते हुए कभी नहीं देखा। किसी बात पर जिद पकड़ जाने पर पाठशाला के पंडितजी ने मेरी पीठ पर साबुत-की-साबुत खजूर की छड़ियाँ तोड़ दी हैं, फिर भी वे मुझे कभी रुला नहीं सके थे। लड़के कहते, 'सुकुमार की देह पत्थर की है।' मैं मन-ही-मन कहता, 'देह नहीं, बल्कि मन पत्थर का है।' मैं नन्हे बच्चे की तरह रोने लगता। दरअसल, रोने में मुझे बड़ी शरम मालूम होती थी। अब भी होती है, पर अब सँभाले नहीं सँभलता। छिपकर जहाँ कोई देख न सके, वहाँ रो लिया करता हूँ। जरा रोकर फौरन ही आँखें पोंछ-पोंछकर

सँभल जाता हूँ। जब स्कूल जाता हूँ तो रास्ते में सैकड़ों भिखारी भीख माँगते नजर आते हैं। किसी के हाथ नहीं हैं, किसी के पैर नहीं हैं, कोई अंधा है, इस तरह न जाने कितने तरह के दु:खी देखता हूँ। मैं तो तिलक लगाकर खंजरी बजाकर जो 'जय राधे' कहकर भीख माँगते हैं, उन्हें ही जानता था। मगर ये सब भिखारी किस तरह के हैं, मैं भीतर-ही-भीतर बहुत ही दु:खित होकर कहता, 'भगवान्! इन्हें मेरे गाँव में भेज दो।' खैर, इन अभागे भिखारियों की बात जाने दो, अब मैं अपनी बात कहता हूँ। देखते-ही-देखते आँखें इसकी आदी हो गईं, लेकिन मैं 'विद्यासागर' नहीं बन सका। बीच-बीच में हमारे देश की माता सरस्वती न जाने कहाँ से आकर कंधे पर सवार हो जाती हैं, मैं नहीं कह सकता। उनकी आज्ञा से कभी-कभी मैं ऐसा काम कर डालता था कि अब भी मुझे उन सरस्वतीजी से घृणा हो जाया करती है। डेरे पर किसका कौन सा अनिष्ट किया जा सकता है, रात-दिन मैं इसी चिंता में रहता।

एक दिन की बात है, बाबू ने काफी देर मेहनत करके अपनी धोती चुनकर रखी कि वे शाम को घूमने जाएँगे। मैंने मौका पाकर उसे खोलकर सीधा करके रख दिया। शाम को आकर धोती की हालत देखते ही बेचारे माथा पीटकर बैठ गए। मैं फूला नहीं समाया। जगन्नाथ बाबू का ऑफिस जाने का समय हो गया है, वे जल्दी-जल्दी खा-पीकर किसी तरह ऑफिस तक पहुँचना चाहते हैं। मैंने ठीक मौके से उनकी अचकन के बटन काटकर फेंक दिए। स्कूल जाने से पहले जब मैंने झाँककर देखा, बेचारे चिल्लाकर रोने की तैयारी कर रहे हैं। मैं खुशी से रास्ते भर हँसता रहा। शाम को ऑफिस से लौटकर बोले, "मेरे बटन कमबख्त गदाधर ने चुराकर बेच डाले हैं, निकाल दो इस नालायक को।"

जगन्नाथ बाबू के बटन हरण के मामले पर भइया और राम बाबू भीतर-ही-भीतर खूब हँस रहे थे। भइया ने कहा, "कितने तरह के चोर होते हैं, कोई ठीक है, पर बटन तोड़कर बेच-खाने वाला चोर तो आज ही मैंने सुना।"

जगन्नाथ बाबू भइया की इस मजाक से और भी आगबबूला हो गए। बोले, "नालायक ने सवेरे नहीं लिये, शाम को नहीं लिये, रात को नहीं लिये, ठीक ऑफिस जाते वक्त, बदमाशी तो देखो? दुर्गति की हद

कर दी।" फिर उन्हें एक काला फटा कुरता पहनकर ऑफिस जाना पड़ा।

सब लोग हँस पड़े, जगन्नाथ बाबू को भी हँसना पड़ा, पर मैं नहीं हँस सका। मुझे डर हो गया, कहीं गदाधर को सचमुच ही न निकाल दें। वह बेचारा बिलकुल अबोध है, शायद कुछ कहेगा भी नहीं, चुपचाप सारा कसूर अपने सिर ले लेगा। अब?

मँझले भइया अब समझ गए थे कि किसने बटन लिये हैं। गरीब गदाधर पर कोई जुल्म नहीं किया गया, पर मैंने भी उस दिन से प्रतिज्ञा कर ली कि अब ऐसा काम कभी न करूँगा, जिससे मेरी वजह से दूसरे पर कोई आफत आए।

ऐसी प्रतिज्ञा मैंने पहले कभी नहीं की और करता भी या नहीं, नहीं कह सकता। सिर्फ गदाधर के कारण ही मुझे अपने मार्ग से विचलित होना पड़ा। मुझे उसने मिट्टी कर दिया।

किस तरह किसका चरित्र सुधर जाता है, इस बात को कोई नहीं जानता। पंडितजी, बाबा और भी कितने ही महाशयों के लाख कोशिश करने पर भी जिस बात की प्रतिज्ञा मैंने कभी नहीं की और न शायद कभी करता, एक गदाधर महाराज का चेहरा देखकर उस बात की प्रतिज्ञा कर बैठा। उसके बाद इतने दिन बीत गए, इस बीच में कभी मेरी प्रतिज्ञा भंग हुई या नहीं, मैं नहीं कह सकता, मगर इतना जरूर है कि मैंने कभी जान-बूझकर कोई वचन भंग नहीं किया।

अब एक और आदमी की बात बताता हूँ। वह था हम लोगों का नौकर रामा। रामा जाति का कायस्थ या ग्वाला, ऐसा ही कुछ था। कहाँ का रहने वाला था, ये भी नहीं कह सकता। उस जैसा फुरतीला और होशियार नौकर मेरे देखने में पहले कभी नहीं आया। अगर फिर कभी उससे भेंट हुई तो उसके गाँव का पता जरूर पूछ लूँगा।

सभी कामों में रामा चरखे की तरह घूमता रहता। अभी देखा कि रामा कपड़े धो रहा है, परंतु देखता हूँ कि भइया नहाने बैठे हैं तो वह उनकी पीठ रगड़ रहा है। उसके बाद ही देखा तो पान लगाने में मसरूफ है। इस तरह वह हर वक्त दौड़-धूप करता रहता। भइया का वह 'फेवरेट', बड़े काम का, प्यारा नौकर था, पर मुझे वह तनिक न सुहाता। उस नालायक के लिए अकसर मुझे भइया से खरी-खोटी बातें सुननी पड़तीं। खासकर गदाधर को वह अकसर तंग किया करता। मैं

उससे बहुत चिढ़ गया था, मगर इससे क्या फायदा, वह ठहरा भइया का फेवरेट! राम बाबू भी उसे फूटी आँखों न देख सकते थे। वे उसे 'रूज' (रँगा सियार) कहा करते थे। उस समय उस शब्द की व्याख्या वे खुद भी नहीं कर सकते थे। इसका कारण यह था कि रामा अपने को 'राम बाबू' कहा करता था। भइया भी कभी-कभी उसे 'राम बाबू' कहकर पुकार लिया करते थे, मगर राम बाबू को यह सब अच्छा न लगता था। खैर, जाने दो इन व्यर्थ की बातों को।

एक दिन शाम को भइया एक नया लैंप खरीद लाए। बहुत ही बढ़िया चीज थी, करीब पचास-साठ रुपए दाम होंगे। शाम को जब सब घूमने चले गए, तो तब मैंने गदाधर को बुलाकर उसे दिखाया। गदाधर ने पहले कभी ऐसी 'बत्ती' नहीं देखी थी। वह बहुत खुश हुआ और दो-एक बार उसने उसे इधर-उधर करके देखा-भाला। इसके बाद वह अपने काम से चला गया, पर मेरी 'क्यूरियोसिटी' शांत नहीं हुई। मैं लैंप की चिमनी खोलकर देखना चाहता था कि कैसे खुलती है। आखिर देखूँ कि उसके भीतर कैसी मशीन है। बहुत खोलकर हिलाया-डुलाया, इधर-उधर किया, घुमाने-फिराने की कोशिश की, मगर खोल न सका। बहुत 'आब्जर्वेशन' के बाद मैंने देखा कि नीचे एक स्क्रू है, मैंने उसे घुमाया। घुमा ही रहा था कि चट से उसका नीचे का हिस्सा अलग हो गया और जल्दी में मैं उसे पकड़ न सका। नतीजा यह हुआ कि उसका शीशा टेबिल से नीचे गिरकर चकनाचूर हो गया।

उस दिन बहुत रात बीत जाने पर मैं घूमकर लौटा। घर आकर देखा, वहाँ बड़ी हाय-तौबा मची हुई है। गदाधर को चारों तरफ से लोग घेरे बैठे हैं। गदाधर से जिरह की जा रही है। भइया खूब गुस्सा कर रहे हैं।

गदाधर की आँखों से टप-टप आँसू गिर रहे थे। वह बता रहा था, "बाबूजी, मैंने इसको जरा छुआ जरूर था, पर तोड़ा नहीं। सुकुमार बाबू ने मुझे दिखाया, मैंने सिर्फ देखा, उसके बाद ये घूमने चले गए, मैं भी रसोई बनाने चला गया।"

किसी ने भी उसकी बात पर विश्वास नहीं किया। साबित हो गया कि उसी ने चिमनी तोड़ी है। उसकी तनख्वाह जो अभी बाकी थी, उसमें से साढ़े तीन रुपया काटकर नई चिमनी मँगाई गई। शाम को जब बत्ती जलाई गई, तो सब बहुत खुश हुए, सिर्फ मेरी दोनों आँखें जलने

लगीं। हर वक्त मन में यही खयाल आने लगा, मानो मैंने उसकी माँ के साढ़े तीन रुपए चुरा लिये।

मुझसे वहाँ बैठा नहीं गया। जिद करके किसी तरह भइया को राजी करके मैं गाँव पहुँच गया। सोचा था, दादी से रुपया लाकर चुपके से साढ़े तीन की जगह सात रुपए गदाधर को दे दूँगा। उस वक्त मेरे पास रुपए बिलकुल न थे। सब रुपए भइया के पास थे, इसीलिए रुपयों के लिए मुझे देश आना पड़ा। सोचा था कि एक दिन से अधिक नहीं रुकूँगा, मगर सात-आठ दिन वहाँ बीत ही गए।

सात-आठ दिन के बाद फिर कलकत्ता पहुँचा। मकान में पैर रखते ही पुकारा, "गदा!" पर किसी ने जवाब नहीं दिया। फिर बुलाया, "गदाधर महाराज!" अब की बार भी जवाब नहीं आया! फिर कहा, "गदा!"

रामचरण ने आकर कहा, "छोटे बाबू! अभी आए हैं क्या?"

"हाँ-हाँ, अभी ही आया हूँ। महाराज कहाँ हैं?"

"महाराज तो नहीं हैं।"

"कहाँ गया है?"

"उसे बाबू ने निकाल दिया।"

"निकाल दिया? क्यों?"

"उसने चोरी की थी, इसलिए।"

पहले तो बात ठीक से मेरी समझ में नहीं आई, इसी से कुछ देर तक मैं रामा का मुँह ताकता रहा।

रामा मेरे मन को समझ गया, फिर मुसकराकर बोला, "छोटे बाबू! आप ताज्जुब कर रहे हैं! मगर उसे आप लोग पहचानते न थे, इसीलिए इतना चाहते थे। वह छिपा रुस्तम था बाबू, उस भीगी बिल्ली को मैं ही अच्छी तरह जानता था।"

वह किस तरह छिपा रुस्तम था और क्यों मैं उस भीगी बिल्ली को नहीं पहचान सका, यह मेरी समझ में कुछ नहीं आया। मैंने पूछा, "किसके रुपए चुराए थे उसने?"

"बड़े बाबू के।"

"कहाँ थे रुपए?"

"कोट की जेब में।"

"कितने रुपए थे?"

"चार रुपए।"

"किसने देखा था?"

"आँखों से तो किसी ने नहीं देखा, मगर देखा ही समझिए।"

"क्यों?"

"इसमें पूछने की कौन सी बात है? आप तो घर में थे नहीं, राम बाबू ने लिए नहीं, जगन्नाथ बाबू ले नहीं सकते, मैंने भी नहीं लिये, तो फिर गए कहाँ? किसने लिये रुपए?"

"अच्छा तो तूने उसे पकड़ा है?"

रामा ने हँसते हुए कहा, "और नहीं तो फिर कौन पकड़ता?"

ठनठनिया का जूता आप आसानी से खरीद सकते हैं। इतना मजबूत जूता शायद और कहीं नहीं बनता। उसी से मैंने उसकी खूब…।

मैं रसोई में जाकर रोने लगा। उसका वह छोटा सा काला हुक्का एक कोने में पड़ा था, उस पर धूल जमी हुई थी। आज चार-पाँच रोज से उसको किसी ने छुआ भी नहीं, किसी ने पानी तक नहीं बदला। दीवार पर एक जगह कोयले से लिखा था, "सुकुमार बाबू! मैंने चोरी की है। अब मैं यहाँ से जा रहा हूँ। अगर जिंदा रहा तो फिर कभी आऊँगा।"

तब मैं लड़का ही तो था। बिलकुल बच्चे की तरह उस हुक्के को छाती से लगाकर फूट-फूटकर रोने लगा। क्यों? इसकी वजह मुझे नहीं मालूम।

फिर मुझे उस मकान में रहना अच्छा नहीं लगा। शाम को घूमने के बाद एक बार रसोई में जाता और दूसरे रसोइया को खाना बनाते देख चुपचाप लौट आता। फिर अपने कमरे में आकर किताब खोलकर पढ़ने लगता। कभी-कभी मुझे मँझले भाई भी नहीं सुहाते। मुझे रोटी तक कड़वी मालूम होने लगती।

बहुत दिनों बाद एक रोज मैंने भइया से कहा, "बड़े भैया! ये क्या किया तुमने?"

"किसका क्या किया?"

"गदा ने तुम्हारे रुपए नहीं चुराए थे। सभी जानते हैं, मैं गदाधर महाराज को बहुत चाहता था।"

भइया ने मुझसे कहा, "हाँ, काम तो अच्छा नहीं हुआ सुकुमार, पर अब तो जो होना था सो हो चुका, लेकिन रामा को तूने इतना मारा क्यों था?"

"अगर मारा था, तो मुझे भी निकाल दोगे?"

भइया ने मेरे मुँह से पहले कभी ऐसी बात नहीं सुनी।

मैंने फिर पूछा, "तुम्हारे कितने रुपए वसूल हो गए?"

भइया बड़े दु:खित होकर बोले, "काम ठीक नहीं हुआ। तनख्वाह के ढाई रुपए हुए थे, सो सब काट लिये। मेरी ऐसी इच्छा नहीं थी।"

मैं जब तब सड़कों पर घूमा करता। दूर से अगर किसी को मैली चादर ओढ़े और फटी चट्टी चमकाते हुए देखता तो फौरन दौड़ा-दौड़ा उसके पास पहुँच जाता, पर मेरे मन का अरमान पूरा नहीं होता, मेरी आशा रोज निराशा में परिणत होने लगी। मैं अपने मन की बात किससे कहता?

करीब पाँच महीने के बाद भइया के नाम एक मनीऑर्डर आया, डेढ़ रुपए का। भइया को मैंने उसी रोज आँसू पोंछते देखा था। उसका कूपन अभी तक मेरे पास मौजूद है।

कितने वर्ष बीत गए, कोई ठीक है! मगर आज भी गदाधर महाराज मेरे दिल में आधी जगह घेरे बैठे हैं।

□

राम की सुमति

रामलाल की उमर तो कम थी, मगर दुष्ट बुद्धि कम न थी। गाँव के सभी लोग उससे डरते थे। उसका अत्याचार कब, किधर से, किस रूप में टूट पड़ेगा, इस बात का अंदाज लगाना मुश्किल था। उसके सौतेले बड़े भाई श्यामलाल को भी ठीक शांत प्रवृत्ति का आदमी नहीं कहा जा सकता था। मगर हाँ, इतना जरूर था कि वह छोटे से कसूर पर भी भारी सजा न देता था। गाँव के जमींदार के यहाँ वह काम करता और अपनी जमीन-जायदाद की भी देखभाल रखता। घर की हालत अच्छी थी। कुआँ, बगीचा, खेत, दस-बीस घर बाग्दी (बंगाल की एक नीच जाति जो लड़ने-मरने में प्रसिद्ध है) प्रजा और कुछ नगद रुपया भी उनके पास था। श्यामलाल की पत्नी नारायणी जब पहले-पहल इस घर में आई, यह करीब तेरह-चौदह वर्ष पहले की बात है, तब उसी साल राम की विधवा माँ का देहांत हुआ था। मरते वक्त वे ढाई साल के दूधपीते बच्चे राम को और अपनी सारी गृहस्थी अपनी तेरह साल की बालिका पतोहू नारायणी के हाथ सौंप गईं।

इस साल चारों तरफ बुखार का बोलबाला था। नारायणी को भी बुखार आ गया। तीन-चार गाँवों के बीच नीलमणि बाबू ही एक डॉक्टर थे, वह भी अधकचरे, फिर इस समय उनकी फीस भी एक रुपया से बढ़कर दो रुपया हो गई थी। इसके साथ ही उनकी कुनैन की पुड़िया भी अरारोट और मैदे की मिलावट से जायकेदार बन गई थी। सात दिन बीत गए, पर नारायणी का बुखार थोड़ा भी हलका न पड़ा। श्यामलाल को चिंता हो गई।

घर की नौकरानी नृत्यकली, जो डॉक्टर बुलाने गई थी, वह लौट आई बोली, "डॉक्टर बाबू, आज दूसरे गाँव जाएँगे, चार रुपया पर वह नहीं आ सकते।"

श्यामलाल को गुस्सा आ गया, बोले, "अरे कमबख्त को हम भी चार रुपए

दे देते, आता तो सही, रुपया बड़ा है कि जान? जा तू, बुला ला चमार को।"

नारायणी ने कमरे के भीतर से बात सुन ली। कमजोर काँपते हुए स्वर में वह बोली, "सुनो, जरा यहाँ आओ, तुम इतने घबरा क्यों रहे हो? डॉक्टर आज नहीं आते तो कल सही, एक दिन में क्या बिगड़ जाता है।"

रामलाल, जो आँगन के एक कोने में अमरूद के पेड़ के नीचे बैठा चिड़ियों के लिए पिंजरा बना रहा था, उठकर आया और बोला, "तू रहने दे नित्तो, मैं जा रहा हूँ।"

देवर की आवाज सुनते ही नारायणी घबराकर उठ बैठी और बोली, "सुनते हो, राम को रोको। ओ राम, मेरे सिर की कसम है, जाना मत भैया, तू मेरा राजा भैया, किसी से लड़ते नहीं हैं।"

राम ने सुना ही नहीं, वह बाहर चला गया। उसका पाँच साल का भतीजा जो अब तक सींकें हाथ में लिये जैसे-का-तैसा बैठा था, वह बोला, "पिंजरा नहीं बनाओगे, चाचा।"

"बना लेंगे।" कहकर राम चल दिया।

नारायणी ने माथा ठोंककर रोने के स्वर में पति से कहा, "तुमने उसे जाने ही क्यों दिया। देखो, अब वह क्या उपद्रव करके आता है।"

श्यामलाल गुस्से में तो थे ही, और भी झुँझलाकर बोले, "मैं क्या करूँ? तुम्हारे रोकने पर भी नहीं रुका। मेरे कहने से कैसे रुक जाता?"

"हाथ क्यों नहीं पकड़ लिया। इस अभागे के मारे तो घड़ी भर भी चैन नहीं मिलता, मर जाऊँ तो अच्छा! नित्तो, जा तो बेटी, खड़ी मत रह, भोला को भेज, समझा-बुझाकर उसे मेरे पास लौटा लाए, शायद वह अभी गाय चराने नहीं गया है।"

नृत्यकली भोला की तलाश में निकल पड़ी।

राम नीलमणि डॉक्टर के घर जा पहुँचा। डॉक्टर अपनी डिस्पेंसरी में बैठे थे, यानी एक टूटी अलमारी के सामने एक टूटी कुरसी-टेबल लगाए काँटा हाथ में लिये वह दवा तौल रहे थे और चार-पाँच रोगी मुँह बाए उसी को देख रहे थे। डॉक्टर तिरछी निगाह से राम को देखकर अपने काम में लग गए।

राम पलभर चुपचाप खड़ा रहा, फिर बोला, "भाभी का बुखार क्यों नहीं अच्छा होता?"

डॉक्टर ने काँटे पर ही निगाह जमाए हुए कहा, "नहीं होता तो मैं क्या करूँ? दवा तो देता हूँ।"

"खाक देते हो! सड़ी मैदा के चूरे से कहीं बुखार उतरता है?"

सुनते ही डॉक्टर काँटा, बाट, दवा आदि सब चीजों को एक तरफ हटाकर लाल-लाल आँखें निकालकर राम की तरफ देखते रह गए। इतनी बड़ी हिमाकत की बात उनके सामने कोई भी जबान पर ला सकता है, उन्हें यह मालूम नहीं था।

क्षण भर के बाद ही वे गरज उठे, "सड़ी मैदा का चूरा है! तो फिर लेने क्यों आता है रे! और तेरा भैया मुझे पैरों पड़कर बुलाने क्यों भेजता है रे?"

राम ने कहा, "इस तरफ कोई और डॉक्टर नहीं है, इसलिए तुम्हें बुलाने भेजा है। अगर होता तो नहीं भेजते।"

कमरे में बैठे हुए लोग दंग होकर सुन रहे थे, उनकी तरफ देखकर राम ने फिर कहा, "तुम छोटी जाति के हो इसी से कह बैठे, पैरों में पड़कर बुलाने भेजते हैं। भैया किसी के पैरों नहीं पड़ते। आते वक्त भाभी ने कसम दिला दी है, नहीं तो तुम्हारे सभी दाँत तो अभी तोड़ देता। मगर सुनो, अच्छी दवा लेकर अभी तुरंत आओ, देर मत करो। आज अगर बुखार अच्छा नहीं हुआ तो सामने जो कलमी आम के झाड़ लगा रखे हैं, अभी तो ज्यादा बढ़े भी नहीं हैं, रात तक एक कुल्हाड़ी की चोट पर उनमें से कोई भी न बचेगा और कल आकर तुम्हारी ये शीशी-बोतलें सब चकनाचूर कर जाऊँगा।" इतना कहकर वह फौरन ही वहाँ से चला गया।

डॉक्टर हाथ में काँटा लिये बैठा ही रह गए।

एक बूढ़े ने कुछ हिम्मत बाँधकर कहा, "डॉक्टर साहब! अब आप और देर न करें। अच्छी दवाई अगर कहीं छिपाकर रखी हो तो उसे जल्दी लेकर चले जाओ। उसका नाम है राम—जो वह कह गया है, वही करके छोड़ेगा।"

डॉक्टर ने काँटा रखते हुए कहा, "मैं अभी थाने में दारोगा के पास जाता हूँ, तुम सब इस बात के गवाह हो।"

जो बूढ़ा सलाह दे रहा था, वह बोला, "गवाह! गवाही कौन देगा बाबू? कुनैन खाने से मेरे तो कान भन-भन कर रहे हैं। राम ठाकुर क्या कह गए, मुझे तो कुछ सुनाई नहीं दिया और दारोगा क्या करेगा बाबू? ये लड़का देखने में तो छोटा है, पर उसके साथी बाग्दी लड़कों का झुंड तो छोटा नहीं है। अगर आग लगाकर घर में बंद करके जला डालें तो न थाने के लोग देखने आएँगे और न दारोगा साहब ही एक मुट्ठी पुआल देकर उपकार करेंगे। गवाही-अवाही हम से नहीं होगी, उससे सब ही डरते हैं। इससे अच्छा तो यही है कि वह जो करने को कह गया है, वही कीजिए। जरा

मेरी नाड़ी तो देखिए आप, आज कुछ रोटी-ओटी खाऊँ?"

डॉक्टर भीतर-ही-भीतर जले जा रहे थे। बूढ़े के नाड़ी देखने के प्रस्ताव ने उन्हें भड़का दिया। डपटकर बोले, "गवाही नहीं देगा! चलो निकलो यहाँ से, मैं किसी की नाड़ी-आड़ी नहीं देखूँगा। कोई मरता भी होगा तो भी दवा नहीं दूँगा। देखूँ, तुम लोगों की क्या दशा होती है?"

बूढ़ा लाठी उठाकर खड़ा हो गया और कहने लगा, "दोष किसी का नहीं डॉक्टर साहब, उनको आप पहचानते नहीं हैं। बड़े जालिम हैं वे लोग। हाँ, उन्हें भी तो खबर देने जाना पड़ेगा, नहीं तो समझ बैठेंगे कि थाने जाने की सलाह हम लोगों ने ही दी होगी। बीघे भर बैंगन लगाए हैं, बड़े भी हो चुके हैं, शायद आज रात को ही वे सब साफ कर दें। बाग्दियों के लड़के तो रात को सोते भी नहीं हैं बाबू, थाने में आप फिर कभी चले जाइएगा, पहले एक शीशी असली दवा ले जाकर उन्हें ठंडा कर आइए।"

बूढ़ा चला गया और लोग जो भी थे, वे भी धीरे-धीरे खिसकने लगे। नीलमणि बाबू ने एक गहरी साँस ली और मानव जीवन का अंतिम अनुभव 'संसार के सर्वोत्तम ज्ञान का सूत्र' कहते हुए मकान के अंदर चले गए कि 'दुनिया में किसी साले का भला नहीं करना चाहिए।'

नारायणी जंगले में से बाहर की ओर देखती हुई पड़पड़ा रही थी। इतने में राम लौट आया। कहा, "गोविंदा! चल पिंजरा बनाएँ।"

नारायणी ने बुलाया, "ओ राम! जरा इधर तो आ!"

राम खपची के छेद में सावधानी से सींक पिरोता हुआ बोला, "अभी नहीं। काम कर रहा हूँ।"

नारायणी ने धमकाते हुए कहा, "चल जल्दी आ, कहती हूँ न।"

राम सब छोड़-छाड़कर तुरंत ही उठ बैठा और धीरे से भाभी के कमरे में आकर तख्तपोश के एक ओर पायताने बैठ गया।

नारायणी ने पूछा, "डॉक्टर मिले थे घर पर?"

"हाँ।"

"क्या कहा उनसे?"

"आने को कहा।"

नारायणी को विश्वास नहीं हुआ, बोली, "सिर्फ आने को कहा, और कुछ नहीं कहा?"

राम चुप हो गया।

नारायणी ने कहा, "बता तो सही, क्या-क्या कहा है?"

"नहीं बताऊँगा।"

नृत्यकली ने आकर कहा, "डॉक्टर बाबू आ रहे हैं।"

नारायणी मोटी चादर खींचकर करवट बदलकर लेटी रही। राम भाग गया। थोड़ी देर में डॉक्टर को साथ लिये श्यामलाल आए। डॉक्टर ने अपना काम पूरा करके अंत में नारायणी से कहा, "बहूरानी! बुखार का अच्छा होना न होना क्या डॉक्टर के हाथ की बात है? तुम्हारे देवर ने तो मुझे दो दिन का समय दिया है। इस बीच अच्छा हो गया तो ठीक है, नहीं तो वह हमारे मकान में आग लगा देगा।"

मारे शरम के तो नारायणी का मरना हो गया, बोली, "उसकी सब बातें ऐसी ही होती हैं, आप किसी तरह की चिंता न करें।"

डॉक्टर ने कहा, "सब लोग कहते हैं कि उसका एक गिरोह है। उस गिरोह की बात और काम में कोई फरक नहीं पड़ता। इसी से बड़ी आशंका हो रही है बहू, हम तो दवा ही दे सकते हैं, प्राण तो नहीं दे सकते?"

नारायणी चुप रह गई। श्यामलाल ने नाराज होकर कहा, "यह तो हम जानते ही हैं कि वह लड़का किसी-न-किसी दिन जेल जाएगा, पर साथ में कहीं हम लोगों को भी न जाना पड़े, यही फिकर है।"

आज नीलमणि बाबू अपने खास कमरे का संदूक खोलकर असली कुनैन और ताजी दवा लाए थे। उसे देकर, सब समझा-बुझाकर वे चलने लगे तो श्यामलाल उन्हें चार रुपया फीस भी देने लगे। डॉक्टर ने दाँतों तले जीभ दबाकर कहा, "सर्वनाश! मेरी फीस एक रुपया है, उससे ज्यादा हरगिज नहीं ले सकता, मेरी ऐसी आदत नहीं। श्यामबाबू, रुपया दो दिन की चीज है, मगर धर्म हमेशा का है।"

दो दिन पहले यहीं से उन्होंने एक की जगह दो रुपए लिए थे, इस बात को भी आज वे भूल गए। मगर श्यामलाल सब बातें समझ गए। खैर, छोड़ो कुछ भी हो, नारायणी अच्छी हो गई और घर के काम-काज पहले की ही तरह चलने लगे।

करीब दो महीने बीत गए। एक दिन नारायणी नदी में नहाकर लौटते ही पानी का घड़ा उतारते हुए बोली, "नित्तो, वह बंदर कहाँ गया?"

'बंदर' कौन है, इसे घर के सभी लोग जानते थे।

नृत्यकली ने कहा, " छोटे बाबू अभी तो थे यहाँ, वह वहाँ बैठे पतंग बना रहे हैं।"

नारायणी ने राम को देखते ही बुलाया, "इधर तो आ अभागे, तू इधर

आ! तेरे लिए मैं क्या कुएँ-पोखर में डूब मरूँ?"

रामलाल आधे बेल के गूदे को लकड़ी से खुरचता हुआ नारायणी के सामने आकर खड़ा हो गया।

नारायणी ने कहा, "सांतरा के बगीचे की खीरे की बेल क्यों उखाड़ आया, बता?"

"उस बुढ़िया राँड़ ने मुझे गाली क्यों दी?"

नारायणी ने जल-भुनकर कहा, "गाली की बात तो पीछे सुनूँगी, पहले यह बता कि तू चोरी करने क्यों गया था?"

रामलाल अचंभे और गुस्से में आकर बोला, "चोरी कर रहा था? हरगिज नहीं। जरा सा खीरा ले लिया, तो क्या वह चोरी हो गई?"

नारायणी और भी भड़क उठी। बोली, "हाँ बंदर, होती है, ये चोरी होती है! सौ बार होती है! चोरी किसे कहते हैं, जरा सा बच्चा भी जानता है! धींगरा तो हो गया, पर तू अब भी यह नहीं जानता! खड़ा रह एक पैर से! बदमाश कहीं का, खड़ा हो, उठा पैर!"

इस घर में छोटा बच्चा गोविंद था, राम का वाहन। चौबीस घंटे वह राम के पास रहता और सब काम में उसकी सहायता करता। राम के हुक्म के मुताबिक अब तक वह पतंग पकड़े बैठा था, गड़बड़ी देख, उसे छोड़कर वह माँ के पास आकर खड़ा हो गया।

राम को इधर-उधर करते देख चट से, 'चाचा खड़े रहो एक पैर से', ऐसे कहकर स्वयं उसने खड़े होकर एक पैर पर खड़े होने की तरकीब बता दी।

राम ने तड़ से उसके गाल पर एक तमाचा जड़ दिया और फिर पीछे की ओर मुड़कर वह एक पैर से खड़ा हो गया।

नारायणी ने किसी कदर हँसी रोककर बच्चे को गोद में उठा लिया और रसोईघर में चली गई। दो मिनट बाद बाहर लौटकर उसने देखा, राम वैसे ही एक पैर से खड़ा है और धोती के छोर से बार-बार आँख पोंछ रहा है।

नारायणी ने कहा, "अच्छा चल हो गया। अब ऐसी बदमाशी मत करना।"

राम ने बात नहीं मानी। गुस्से में उसी तरह एक पैर पर खड़े-खड़े आँख पोंछता रहा।

नारायणी पास जाकर उसकी बाँह खींचने लगी, पर वह कड़ा होकर खड़ा ही रहा और जोर से झटका देकर उसने उसका हाथ हटा दिया। नारायणी ने हँसकर फिर एक बार हाथ खींचने की कोशिश की, मगर अबकी बार वह

पहले ही की तरह जोर के झटके से हाथ हटाकर भाग गया।

घंटे भर बाद नृत्यकली जब राम को बुलाने आई तो देखती है कि चंडीमंडप के उस बाजू के बरामदे में पैर लटकाए वह चुपचाप मुँह फुलाए बैठा है।

दासी ने कहा, "स्कूल का वक्त हो गया छोटे बाबू, माँजी बुला रही हैं।"

राम ने कुछ जवाब नहीं दिया। इस तरह बैठा रहा, जैसे उसने सुना ही नहीं।

नित्तो ने सामने जाकर कहा, "माँजी नहा-धोकर खाने को कह रही हैं।"

राम आँखें घुमाता हुआ गरजकर बोला, "जा तू यहाँ से। दूर हो।"

"मगर माँजी ने क्या कहा, सुन लिया?"

"नहीं सुना, जा। मैं नहीं नहाऊँगा, नहीं खाऊँगा, कुछ भी नहीं खाऊँगा, कुछ नहीं करूँगा, तू जा यहाँ से।"

"अच्छा तो जाकर कहे देती हूँ।" कहकर दासी जाने लगी।

राम उसी वक्त उठकर तेजी से पिछवाड़े के गंदे तालाब में डुबकी लगा आया और भीगे सिर, भीगे कपड़े पहने, उसी तरह फिर आकर बैठ गया।

नारायणी खबर लगते ही घबराकर दौड़ी आई और बोली, "अरे ओ भूत! यह क्या किया तूने? उस तालाब में तो मारे डर के कोई पैर तक नहीं डुबोता और तू मजे से डुबकी लगा आया!"

उन्होंने अपने आँचल से अच्छी तरह उसकी देह पोंछी, सिर पोंछा, अपने हाथ से कपड़े बदले और फिर घर ले जाकर खाना परोसा। राम थाली के सामने मुँह फुलाए खूँटे की तरह बैठा रहा।

नारायणी उसके मन की बात समझ गई, पास आकर सिर पर हाथ फेरती हुई बोली, "राजा भइया है न तू, इस वक्त अपने आप खा ले, रात को मैं खिला दूँगी। अभी तो देख, पूरा खाना भी नहीं बना। राजा भइया, खा ले!"

तब राम चुपचाप खाकर और कपड़े पहनकर स्कूल चल दिया।

दासी ने कहा, "तुम्हारी ही वजह से इसकी सब आदतें बिगड़ती जा रही हैं माँजी! इतने बड़े लड़के को गोद में बिठाकर खिलाया जाता है क्या? जरा सा रूठ गया तो गोद में बिठाकर हाथ से खिलाओ, यह कैसी बात है?"

नारायणी कुछ मुसकराकर बोली, "नहीं तो खाता नहीं। जो रात को खिलाने का लोभ न दिखाती तो वहीं मुँह फुलाए बैठा रहता, खाता थोड़े ही।"

दासी ने कहा, "खाता कैसे नहीं? भूख लगती तो अपने आप ही खाता। इतना बड़ा हो गया।"

नारायणी भीतर-ही-भीतर नाराज सी होकर बोली, "तुम लोग तो उसकी उमर ही देखा करती हो। अरे बड़ा होगा, होश सँभालेगा तो उसे अपने आप लाज आएगी। वह खुद ही तब न गोद में बैठेगा और न मुझे खिलाने को कहेगा।"

दासी दु:खित होकर बोली, "मैं तो अच्छे के लिए ही कह रही हूँ माँजी, नहीं तो मुझे क्या पड़ी है? सोलह-सत्रह साल का हो चला, अब भी अगर उसे अक्ल न आई तो फिर कब आएगी?"

नारायणी को अब गुस्सा आ गया। बोली, "अक्ल आने के लिए कोई उमर नहीं होती नित्तो, किसी को दो साल पहले आती है, किसी को दो साल बाद। आए चाहे न आए, तुम लोगों को इतनी फिकर क्यों है?"

दासी ने कहा, "यही तो तुम में दोष है, माँजी! वह कितना शरारती हो गया है, तो क्या तुम से कुछ छिपा है? मुहल्ला भर यही कहता है कि तुम्हारे ही लाड़-प्यार ने उसे¨।"

नारायणी ने उसे रूखे स्वर में कहा, "मुहल्ले के लोग लाड़-प्यार ही देखते हैं, डाँटती-डपटती हूँ वो कोई नहीं देखता, पर तू मुहल्ले की नहीं है, सवेरे से एक पैर पर खड़ा रोता रहा, तालाब के सड़े पानी में नहा आया, भगवान् जाने, बीमार पड़ेगा या क्या होगा? उसके बाद तेरी क्या यह चाह थी कि उसे भूखा ही स्कूल भेज देती। घर और बाहर का रात-दिन का यह लांछन तो मुझसे नहीं सहा जाता, नित्तो!" कहते-कहते उसका स्वर रुँध सा गया, आँखें डबडबा आईं, आँचल से उसने अपनी आँखें पोंछ लीं।

दासी नहीं जानती थी कि इसी बात पर कल रात को पति से भी मामूली कलह हो चुकी है। बेहद लज्जित और दु:खित होकर उसने कहा, "रोती क्यों हो माँजी। मैंने कोई बुरी बात कही नहीं। लोग कहते हैं, इसी से जरा सँभल जाने के लिए मैंने कहा था।"

नारायणी ने आँखें पोंछकर कहा, "भगवान् सब आदमियों को एक सा नहीं बनाते। वह जरा शरारती है, इसीलिए तो मुझे लोगों की बात चुपचाप सुननी पड़ती है, लेकिन जब-तब लाड़-प्यार करने का उलाहना लोग क्यों देते हैं। लोग क्या चाहते हैं कि मैं उसे काटकर नदी में बहा दूँ, तभी सबके कलेजे ठंडे होंगे!" इतना कहकर वह उत्तर की प्रतीक्षा किए बिना ही जल्दी से उठकर चल दी।

दासी का मुँह जरा सा हो गया। मन-ही-मन कहने लगी, 'भगवान् जाने क्या बात है! हर बात में जिसकी इतनी बुद्धि, इतना धीरज है, वह

इतनी सी बात क्यों नहीं समझती। और वाह री डाँट-डपट! लड़का पल भर एक पैर से खड़ा रोता रहा तो मानो दुनिया रसातल में चली गई!'

राम को भाई के साथ बैठना बिलकुल पसंद न था। आज रात को जान-बूझकर ही नारायणी ने दोनों भाइयों की थाली पास लगाई और स्वयं बगल में जा बैठी। राम रसोई में घुसते ही उछल पड़ा। बोला, "जाओ, मैं खाना नहीं खाता, मैं आज खाऊँगा ही नहीं।"

नारायणी ने कहा, "तो जा, सो जा।"

नारायणी के गंभीर कंठ-स्वर से राम की उछलकूद बंद हो गई, मगर वह खाने नहीं बैठा, चुपचाप खड़ा रहा।

रसोईघर के दूसरे दरवाजे से श्यामलाल के आते ही राम आँधी की तरह बाहर चला गया। श्यामलाल इत्मिनान से खाने बैठे, बोले, "राम ने खाना नहीं खाया क्या?"

नारायणी ने संक्षेप में उत्तर दिया, "वह मेरे साथ खाएगा।"

खाना खाकर जैसे ही श्यामलाल बाहर गए वैसे ही राम मुट्ठी में राख लिए हुए भीतर आया और बोला, "मैं किसी को खाने नहीं दूँगा, सबकी थाली में राख डाल दूँगा, डालूँ?"

नारायणी ने मुँह उठाकर कहा, "डाल के देख न, कैसी सजा मिलती है!"

राम ने मुट्ठी में राख दबाए हुए ही स्वर बदलकर कहा, "बड़ी आई सजा देने वाली, सवेरे मुझे ठगकर रात का नाम लेकर खिला दिया, अब सजा बताती है!"

"तूने क्या खाया था?"

"तुमने जो कहा कि रात को…।"

"धींगरा कहीं का, पराए हाथ से खाने में तुझे शरम नहीं आती?"

राम आश्चर्य में आ गया बोला, "पराया हाथ कहाँ? तुम्हीं ने तो कहा था।"

नारायणी ने फिर बहस नहीं की, कहा, "अच्छा चल, राख फेंककर हाथ धोके आ, मगर फिर कभी किसी दिन खिलाने को कहेगा तो देखना!"

खिलाना अब तक जारी था, इतने में दासी बिना जरूरत एक बार दरवाजे के सामने से भीतर की ओर देखती हुई उधर के बरामदे की तरफ निकल गई!

नारायणी ने यह देखकर राम से कहा, "राम! तुझे क्या अक्ल कभी नहीं आएगी? भगवान् क्या कभी तुझे बुद्धि न देंगे? लोगों के ताने तो अब

मुझसे सहे नहीं जाते।"

राम मुँह का निवाला निगलकर बोला, "कौन हैं वो लोग, उनका नाम बताओ।"

नारायणी ने एक गहरी साँस लेकर कहा, "बस", क्या बताऊँ!"

परंतु कुछ ही महीनों बाद नारायणी को सचमुच असह्य हो गया। उनकी विधवा माँ दिगंबरी अपनी दस वर्ष की लड़की सुरधुनी के साथ अब किसी तरह अपने भाई के घर दिन काट रही थी। लेकिन उस भाई की मृत्यु हो जाने के बाद उसके लिए वहाँ रहने का स्थान नहीं रह गया। नारायणी ने पति को राजी करके आदमी भेजकर उसे अपने यहाँ बुलाया। वह आई और आने के साथ ही अपनी लड़की को लाँघ गई। फिर लगे हाथ राम पर भी अधिकार जमाने के लिए पैर फैलाना चाहा। शुरू से ही वह राम को विद्वेष की दृष्टि से देखने लगी।

आज सवेरे राम दो-तीन हाथ लंबा एक पीपल का पौधा ले आया और उसने उसे आँगन के बीचो-बीच गाड़ना शुरू कर दिया। रसोईघर के दरवाजे में बैठी हुई दिगंबरी माला फेरती-फेरती सब देखती हुई तीखी आवाज में बोली, "राम! यह क्या हो रहा है?"

राम ने उसकी ओर देखकर कहा, "पीपल बड़ा हो जाएगा तो खूब छाँह रहेगी। मास्टर साहब ने कहा है पीपल की छाँह बहुत अच्छी होती है। गोविंदा! जा तो एक लोटा पानी लेकर आ। भोला! मोटा सा एक बाँस ले आ, बेड़ा लगाना होगा, नहीं तो गाय-बछड़ा खा जाएँगे।"

दिगंबरी के आग सी लग गई, बोली, "आँगन में पीपल का पेड़! ये तो दुनिया से निराली बात है, घर में पीपल लगाते मैंने नहीं देखा।"

राम ने उसकी बात सुनी-अनसुनी कर दी।

गोविंदा अपनी सामर्थ्य के अनुसार एक छोटी सी लुटिया में पानी भर लाया। राम ने उसके हाथ से लुटिया लेकर प्रेम से हँसते हुए कहा, "इतने से पानी से क्या होगा पगले! तू यहाँ खड़ा रह, मैं अभी पानी लाता हूँ।"

इसके बाद घड़ों पानी उड़ेलकर सारे आँगन में कीचड़ करके जब तक राम ने वृक्षारोपण कर्म समाप्त किया, तब तक नदी में नहाकर नारायणी भी लौट आई थी। अब तक दिगंबरी भूसे की आग की तरह अपने आप में जल रही थी। कारण, उसकी आँखों के सामने ही यह हितकारी विराट् अनुष्ठान आरंभ होकर लगभग समाप्त हो रहा था। अब तो लड़की को देखते ही वह चिल्ला पड़ी, "देख नारायणी देख! अपने देवर की करतूत अपनी आँखों से

देख! आँगन के बीच में पीपल गाड़कर कहता है, छाँह होगी! और उधर देख पीछे हरामजादे भोला का काम! पूरे-के-पूरे बाँस के झाड़ घसीटे ला रहा है, बेड़ा लगेगा।"

नारायणी ने जैसे ही पीछे मुड़कर देखा, सचमुच वह ढेर-के-ढेर बाँस और खपच्चियाँ लिये आ रहा है। भोला और राम की उमर लगभग बराबर की है। नारायणी हँसने लगी, उधर माँ का क्रोधपूर्ण घबराहट का व्यस्त भाव और इधर राम का यह पागलपन, सारा-का-सारा दृश्य उसको परम हास्यकर मालूम हुआ। हँसकर बोली, "आँगन में पीपल के पेड़ का क्या होगा रे!"

राम आश्चर्य में आकर बोला, "होगा क्या भाभी, वैसी ठंडी छाँह होगी और यह जो छोटी-सी डाली देख रही हो, बड़ी होने पर…। ए गोविंदा, अंगुली मत दिखा, बढ़ेगा नहीं, बड़ी होने पर, इस पर झूला डालेंगे और गोविंदा को खूब झुलाया करेंगे। भोला! जरा गँडासा उठाकर लाना, तुझसे नहीं होगा। बेड़ा ऊँचा लगाना पड़ेगा नहीं तो काली बछिया गरदन डालकर खा जाएगी।" इतना कहकर वह जल्दी से बाँस काटने लगा।

नारायणी हँसती हुई भरा हुआ कलसा रखने रसोईघर में चली गई।

मारे गुस्से के दिगंबरी की आँखें जलने लगीं। लड़की की तरफ क्रोधपूर्ण दृष्टि से देखती हुई बोली, "तूने इन्हें कुछ नहीं कहा? तो यहीं पीपल लगेगा, क्यों?"

नारायणी ने हँसते हुए कहा, "माँ! तुम घबराती क्यों हो, इतना बड़ा पेड़ लगेगा थोड़े ही। उसमें जड़-वड़ कहाँ हैं जो घड़ों पानी डालने से जम जाएगा और बढ़ने लगेगा। यह तो कल ही सूख-साखकर अलग हो जाएगा।"

दिगंबरी जरा भी शांत न हुई, बोली, "सूखेगा क्या खाक। भला चाहती है तो इसे उखाड़कर फेंक दे।"

नारायणी ने चौंककर कहा, "बाप रे! तब तो मेरा घर में रहना मुश्किल हो जाएगा।"

दिगंबरी ने कहा, "क्यों, घर क्या उसका अकेले का है कि मन में आया तो आँगन में पीपल लगा दिया। तू क्या कुछ होती ही नहीं। मेरा गोविंदा कोई नहीं है क्या? हे भगवान्! पीपल पर दुनिया भर के कौए, चील, गिद्ध आकर बसेरा करेंगे, हड्डी-गोश्त डालकर आँगन बिगाड़ेंगे, मुझसे तो नारायणी यहाँ एक पल नहीं रहा जाएगा। आखिर उससे तू इतनी डरती क्यों है, मालूम भी तो हो! मेरा घर होता तो देखती यह कितना बड़ा शैतान है!

एक दिन में सीधा कर देती!"

नारायणी को माँ के हृदय के भीतर का दृश्य मानो दर्पण की तरह साफ दिखाई दे गया। वह कुछ देर चुप रहकर जोर से हँस पड़ी, बोली, "अभी तो बच्चा है माँ, उसमें इतनी अक्ल कहाँ! अक्ल होती तो क्या अपने घर के आँगन में पीपल लगाता? दो दिन रहने दो, फिर तो वह अपने आप ही उखाड़कर फेंक देगा।"

दिगंबरी ने कहा, "फेंक देगा! वह क्यों फेंकेगा, मैं खुद ही फेंक दूँगी।"

नारायणी ने कहा, "नहीं माँ, ऐसा काम मत करना, पहले से ही कहे देती हूँ। उसे तुम पहचानती नहीं हो। मेरे सिवा उसके दादा भी उसे छेड़ने की हिम्मत नहीं करते। माँ, आज के दिन तो लगा रहने दो, फिर देखा जाएगा।"

दिगंबरी नाराज होकर बोली, "अच्छा-अच्छा, तू जा, कपड़े पहन!"

दोपहर को नारायणी अपने कमरे में बैठी तकिए का गिलाफ सी रही थी, तभी इतने में दासी ने आकर खबर दी, "माँजी! सत्यानाश हो गया! नानीजी ने छोटे बाबू का पेड़ उखाड़कर बाहर फेंक दिया। अब स्कूल से आते ही वे खा जाएँगे, किसी को छोड़ेंगे थोड़े ही।"

नारायणी तुरंत सिलाई छोड़कर बाहर आ गई, देखा सचमुच पेड़ नहीं है।

माँ से पूछा, "माँ! राम के पेड़ को क्या हुआ?"

दिगंबरी ने हँड़िया सा मुँह बनाकर अंगुली से दिखाते हुए कहा, "वह पड़ा है!"

नारायणी ने पास जाकर देखा, उसे सिर्फ उखाड़कर ही नहीं फेंका गया, बल्कि तोड़-मरोड़कर नष्ट कर डाला गया था। नारायणी ने चुपचाप उठाकर उसी वक्त उसे दूर फिंकवा दिया और धीरे से वह अपने कमरे में चली गई।

स्कूल से लौटते ही राम ने सबसे पहले अपना पेड़ देखा, देखते ही उछल पड़ा। किताब-कॉपी सब फेंक दीं, चिल्ला उठा, "भाभी! मेरा पेड़?"

नारायणी रसोई में से निकल आई, बोली, "अरे बताती हूँ, इधर आ।"

"नहीं, नहीं आता, पहले बता, मेरा पेड़ कहाँ है!"

"इधर मेरे पास आ तो सही, बताती हूँ।"

राम के पास पहुँचकर वह हाथ पकड़कर उसे कमरे में ले गई और गोद में बिठाकर पीठ पर हाथ फेरती हुई बोली, "मंगल को कहीं पीपल लगाया जाता है रे पागल!"

राम ने शांत होकर पूछा, "क्यों, क्या होता है?"

नारायणी ने कहा, "घर की बड़ी बहू मर जाती है, मंगल को नहीं लगाते!"

राम का चेहरा क्षण भर के लिए उतर गया। बोला, "धत्! तुम झूठ बोलती हो।"

नारायणी ने उसी तरह हँसते हुए कहा, "नहीं रे, झूठ नहीं है। पत्रा में लिखा है। क्या यह झूठ है?"

"कहाँ है, देखूँ पत्रा?"

नारायणी मन-ही-मन घबराई, चट से गंभीर आश्चर्य का भाव दिखाती हुई बोली, "तू कैसा लड़का है! मंगल को पत्रा का नाम भी कहीं लेते हैं, तू देखेगा कैसे रे? इतना तो भोला भी जानता है, अच्छा, बुला तो उसे!"

इतनी बड़ी मूर्खता भोला के सामने प्रकट हो जाएगी, इस भय से स्तब्ध हो उसने मातृसम बड़ी बहू के गले में दोनों बाँहें डालकर छाती में मुँह दुबकाते हुए कहा, "मालूम है, यह तो मुझे भी मालूम है, मगर फेंक देने से फिर तो कोई दोष नहीं रहता ना भाभी?"

नारायणी ने उसका सिर छाती से चिपकाते हुए कहा, "नहीं, अब कोई दोष नहीं है।" उसकी आँखें डबडबा आईं। मीठे स्वर में बोली, "क्यों रे राम, मैं मर जाऊँ तो तू क्या करेगा?"

राम ने जोर से सिर हिलाकर कहा, "धत्, ऐसा नहीं कहते।"

नारायणी ने छिपाकर आँसू पोंछकर कहा, "बूढ़ी हो गई, अब मरूँगी नहीं?"

अब राम की समझ में आया कि हँसी में कह रही है। हँसता हुआ बोला, "तुम बूढ़ी हो गई? एक भी तो दाँत नहीं टूटा तुम्हारा, एक भी तो बाल नहीं पका!"

नारायणी ने कहा, "बाल न पके तो क्या, मैं किसी दिन नदी में डूब मरूँगी। नहाने जाऊँगी, तो लौटूँगी ही नहीं।"

"क्यों भाभी?"

"तेरे मारे! मेरी माँ को तू देख नहीं सकता, रात-दिन झगड़ा किया करता है। उस दिन मालूम पड़ेगा, जब मैं लौटकर नहीं आऊँगी।"

इस बात पर राम ने विश्वास तो नहीं किया, लेकिन उसके मन में खटका बैठ गया। बोला, "अच्छा, अब मैं कुछ नहीं कहूँगा, पर वह क्यों मुझे छेड़ती रहती हैं?"

"छेड़ने दे। वे मेरी माँ हैं, वे भी गुरुजन हैं। जैसे तू मुझे प्यार करता है, उसी तरह उन्हें भी प्यार किया कर। करेगा न?"

राम ने फिर भाभी की छाती में मुँह छिपा लिया। यहीं मुँह रखकर उसने लंबे तेरह वर्ष बिताए हैं, इतना बड़ा हुआ है। फिर भला कैसे वह इतना झूठ बोल सकता था। यह तो उसके लिए बिलकुल ही असाध्य बात है।

नारायणी ने रुँधे हुए कंठ से कहा, "मुँह छिपाने से क्या होगा, बता?"

ठीक इसी समय दिगंबरी आ धमकी। कंठ-स्वर में मिठास घोलकर बोली, "तुझे काम-धंधा भी नहीं है, नारायणी। यहाँ देवर को लेकर दुलार हो रहा है और वहाँ तेरे लड़के की दुर्दशा हो रही है।"

राम ने तुरंत ही मुँह उठाकर देखा। उसकी आँखें भूखे कुत्तों की तरह चमक उठीं।

नारायणी ने जबरदस्ती उसका सिर अपनी छाती की तरफ खींच लिया और कहा, "लड़के की दुर्दशा कैसे हो रही है?"

"कैसे? अच्छी बात है!" कहकर दिगंबरी चलती बनी।

बनाकर कहने लायक कोई झूठी बात भी उससे कहते न बनी। राम ने जबरन सिर उठाकर कहा, "उस डायन का मैं टेंटुआ दबा दूँगा।"

नारायणी ने उसका मुँह दबाकर कहा, "चुप रह पाजी, वे मेरी माँ हैं!"

चार-पाँच दिन बाद एक दिन राम भात खाते-खाते जोरों से सिसकारी भरने लगा। वह दो-तीन बार पानी पीकर थाली फेंक-फाँककर उठ खड़ा हुआ और फिर नाचने लगा, "इस डायन के हाथ का भोजन मैं नहीं खाऊँगा, मिरचों के मारे मेरा मुँह जल गया। भाभी, ओ भाभी!"

नारायणी बैठी माला फेर रही थी, शोर सुनकर जल्दी से उठ आई, बोली, "क्या हुआ रे?"

मारे गुस्से के राम रोने लगा, "मैं कभी नहीं खाऊँगा, उसको निकाल दो।" कहता हुआ वह तेजी से बाहर भाग गया।

नारायणी दंग रहकर कुछ देर तक खड़ी रही, फिर माँ से बोली, "माँ बार-बार तुमसे कह दिया, तरकारी में इतनी मिरचें मत डाला करो, इतनी मिरचें खाने की यहाँ किसी को भी आदत नहीं है।"

दिगंबरी आगबबूला हो उठी, बोली, "तीता है कहाँ? दो मिरचें छौंक में डाल भी दीं तो क्या हो गया! इतना हाय-तौबा मच गया!"

नारायणी ने झुँझलाकर कहा, "न सही दो मिरचें, कुछ अटका है, जब कोई खाता ही नहीं।"

"चुप रह नारायणी, चुप रह! चली है मुझे रसोई सिखाने! बनाते-बनाते मेरे बाल सफेद हो गए, अब पेट की लड़की से मुझे रसोई सीखना होगा! धिक्कार है मुझे!"

नारायणी ने कुछ जवाब न देकर सीधे रसोईघर में जाकर, फिर से सामान जुटाना शुरू किया।

दिगंबरी दरवाजे पर पैर पसारकर माथा ठोंककर बैठ गई और लगी चिल्लाने, "हाय भैया! कहाँ है तू, मुझे भी अपने पास बुला ले! अब तो मुझसे सहा नहीं जाता! जिसके मुँह में आता है, वो ही गाली दे देता है। मैं बुढ़िया हूँ, मैं डायन हूँ, मुझे निकाल दो। मैं दामाद-लड़की के टुकड़े खाने आई हूँ। मुझे फाँसी लगाने को रस्सी भी नहीं जुटती! इससे तो गली-गली भीख माँगकर पेट भरना लाख गुना अच्छा था! सुरो, चल बिटिया, निकल चलें। अब इस घर का अन्न-पानी तक नहीं छुऊँगी।"

सुरधुनी रोनी सी सूरत बनाकर माँ के पास आकर खड़ी हो गई। दिगंबरी उसका हाथ पकड़कर चलने को तैयार हो गई।

नारायणी तरकारी बना रही थी। हँड़िया रखकर उठ आई और सामने रास्ता रोककर खड़ी हो गई।

दिगंबरी ने रोते हुए कहा, "हमें रोक मत नारायणी, जाने दे अब। पेड़ के नीचे भूखों मरना अच्छा, पर यहाँ का न भात खाऊँगी और न तेरे यहाँ रहूँगी।"

नारायणी ने हाथ जोड़कर कहा, "किस पर गुस्सा करके जाती हो माँ! हम से कोई कसूर हुआ हो तो बताओ?"

दिगंबरी के रोने में और भी उफान आ गया, नाक से बोली, "मैं नन्ही सी छोकरी नहीं हूँ नारायणी, सब समझती हूँ। बिना तेरे शह पाए उसकी क्या मजाल है जो इतना बढ़-चढ़कर बोले? मैं डायन हूँ! मुझे यहाँ से निकाल दो! अच्छी बात है, मैं खुद जाती हूँ। हम लोगों के गले की ग्रह आफत हैं, सामने से हट, जाने दे!"

नारायणी ने माँ के पैर छूकर कहा, "माँ! आज के दिन माफ कर दो। अच्छा, उन्हें आ जाने दो, फिर जैसा समझ में आए, करना।" इतना कह, हाथ पकड़कर वह उन्हें भीतर ले गई। दोनों पैरों पर पानी डाला, आँचल से उन्हें पोंछा, एक पीढ़े पर बिठाकर एक पंखा लेकर हवा करने लगी।

उस समय तो उसका क्रोध शांत हो गया, पर दोपहर को श्यामलाल के जीमने बैठते ही किवाड़ की आड़ में बैठकर वह उफन-उफनकर रोने

लगी। पहले तो श्यामलाल देखते ही रह गए। कुछ समझ ही न सके कि माजरा क्या है, फिर धीरे-धीरे सारा हाल उनकी समझ में आ गया और वे खाना खाए बिना ही उठ गए।

नारायणी समझ गई कि यह गुस्सा किस पर है। दासी से सहा नहीं गया। घर में वह जरा साफ कहने वाली थी, चट से कह बैठी, "नानीजी ने जान-बूझकर बाबूजी को खाने नहीं दिया। आँखों का पानी सूख थोड़े ही जाता था, नानीजी दो मिनट बाद ही उसे बाहर निकालतीं!"

दिगंबरी के मुँह पर जैसे स्याही पुत गई और वह बिना कोई उत्तर दिए गुम होकर बैठी रही।

दोपहर को राम न जाने कहाँ-कहाँ से घूम-फिरकर घर आया। इधर-उधर झाँक-झाँककर भाभी के कमरे में जाकर देखा कि वे गोविंदा को लिये सो रही हैं। रंग-ढंग उसे अच्छे नहीं मालूम हुए। फिर भी धीरे से बोला, "मुझे भूख लगी है।"

भाभी ने कोई जवाब नहीं दिया।

उसने जरा और जोर से कहा, "मैं क्या खाऊँ?"

नारायणी ने पड़े-पड़े ही जवाब दिया, "मैं नहीं जानती, जा यहाँ से।"

"नहीं जाऊँगा, मुझे क्या भूख नहीं लगती?"

नारायणी ने करवट बदलकर दु:ख भरे स्वर में कहा, "मुझे परेशान मत कर, नित्तो होगी, उससे माँग।"

राम और कुछ न कहकर चुपचाप बाहर चला गया और दासी को खोजने लगा। मिलते ही बोला, "मुझे खाने को दे!"

दासी शायद तैयार ही थी, तुरंत कटोरा भरा दूध, थोड़े लाई और नारियल के लड्डू ले आई।

राम को गुस्सा आ गया, बोला, "यही है?"

दासी ने कहा, "छोटे बाबू, भला चाहते हो तो चुपचाप खा लो, ज्यादा ऊधम मत करो। बाबू! बिना खाए ही कचहरी चले गए हैं, बहूजी उपवास किए पड़ी हैं। शोर-गुल सुनकर अभी निकल आएँगी तो तुम्हारी खैर नहीं, समझ लेना!"

राम सब देख ही आया था, चुपचाप थोड़ा सा दूध पीकर, लाई और नारियल के लड्डू जेब में डालकर तालाब के किनारे जाकर पेड़ के नीचे बैठ गया। खाने में उसकी रुचि नहीं रही थी। उसे बार-बार खयाल आता था कि भाभी उपवास किए पड़ी हैं।

वह अन्यमनस्क होकर लाई चबाता हुआ सोचने लगा, 'अगर उसे प्राचीन ऋषि-मुनियों जैसा मंत्र आता होता तो उससे वहीं बैठा हुआ वह भाभी का पेट भोजन से भर देता, मगर मंत्र तो मालूम नहीं, अब क्या उपाय करना चाहिए?' कुछ तय नहीं कर सका। घर लौटकर खाने के लिए अनुरोध करने में उसे शरम मालूम होने लगी। इसके अलावा वे खाएँगी भी कैसे, दादा ने तो खाया ही नहीं! अनुरोध करने से भी क्या होगा! उसने जेब के लाई धीरे-धीरे तालाब में फेंक दिए और वहीं चक्कर काटने लगा। बार-बार उसके मन में केवल यही खयाल आने लगा 'भाभी' भूखी पड़ी हैं। इस बात को वह मन-ही-मन जितनी तरह से कहने लगा, उतनी ही बार उसके मन में सुइयाँ सी चुभने लगीं।

रात को श्यामलाल ने पत्नी से कहा, "अब तो मुझसे सहा नहीं जाता। उसके साथ रहना अब बहुत ही मुश्किल है।"

नारायणी दंग रह गई, पूछा, "किसकी बात कर रहे हो?"

"राम की। तुम्हारी माँ चार-पाँच रोज से बराबर कह रही है, राम उनका नाहक अपमान करता है। मैं तो पाँच पंचों को बुलाकर उसके सामने सब बँटवारा करके उसे ही अलग कर दूँगा। अब मुझसे सहा नहीं जाता।"

नारायणी सन्नाटे में आ गई, कुछ देर खामोश रहकर बोली, "राम को अलग कर दोगे, यह बात जबान पर भी न लाना। वह दूध-पीता बच्चा है, जमीन-जायदाद, रुपए-पैसे लेकर क्या करेगा?"

श्यामलाल ने व्यंग्य करते हुए कहा, "दूध-पीता बच्चा तो है! जमीन-जायदाद का वह क्या करेगा, इसका वही जाने।"

नारायणी ने कहा, "वह कुछ नहीं जानता, मैं सब जानती हूँ। अब समझी, माँ तुम्हें चार-पाँच रोज से यही कहती फिरती है, क्यों?"

श्यामलाल पहले तो अप्रतिभ होकर बगलें झाँकने लगे, फिर बोले, "नहीं तो, उन्होंने नहीं कहा। लोगों के भी तो आँखें हैं। मुझे क्या तुमने निरा भोंदू ही समझ रखा है, मैं क्या कुछ देख ही नहीं सकता?"

नारायणी ने कहा, "नहीं, मैं तो ऐसा नहीं समझती, मगर पूछती हूँ उसका है कौन, किसे लेकर वह अलग होगा? न माँ है, न बहन, न मौसी है, कौन है? उसे खाना बनाकर खिलाएगा कौन?"

श्यामलाल झुँझलाकर बोले, "मैं यह सबकुछ नहीं जानता।"

मुँह से कहा तो यही कि 'नहीं जानता' मगर भीतर से जानते सब थे। इतना बड़ा सत्य जाने बिना रास्ता ही क्या था। नारायणी कुछ कहना चाहती

थी, पर उसके होंठ काँप उठे। इसी से, कुछ देर चुप रहकर, अपने को सँभालती हुई रुँधे गले से बोली, "देखो, तेरह साल की उमर में लड़कियाँ जब गुड़ियाँ खेला करती हैं, तब माँ मेरे सिर पर यह सब गृहस्थी छोड़कर स्वर्ग सिधारी थीं। वे देख रही होंगी कि उनके दिए हुए वचन को मैं ढो सकती हूँ या नहीं। राँधकर खिलाया-पिलाया है, बच्चे को पाला है, कुटुंब-बिरादरी की रस्म अकेले सिर ढोते-ढोते मैं छब्बीस वर्ष की अधबूढ़ी हो चुकी हूँ। अब अगर तुम मेरी गृहस्थी में दखल दोगे तो सच कहती हूँ, नदी में डूबकर मर जाऊँगी। तब दूसरा ब्याह करना और राम को अलग करके जो जी में आए करना। न मैं देखने आऊँगी, न कुछ कहूँगी-सुनूँगी, मगर मेरे सामने नहीं।"

श्यामलाल भीतर-ही-भीतर पत्नी से डरते थे, इसके बाद फिर वे आगे कुछ नहीं बोले। रात की बात यहीं तक होकर रह गई। दूसरे दिन नारायणी ने राम को पास बिठाकर अत्यंत स्नेह से उसकी पीठ पर हाथ फेरते हुए कहा, "राम! तू अब यहाँ मत रह भइया। तू अलग और कहीं जाकर रह, रह सकेगा?"

राम उसी वक्त राजी हो भर-भर मुँह हँसकर बोला, "हाँ, रह सकूँगा भाभी। तुम, मैं, गोविंदा और भोला। अच्छा तो कब चलोगी भाभी?"

नारायणी ने कोई जवाब नहीं दिया। इसके बाद वह कहती भी क्या! पर राम कब मानने वाला था? वह उत्साहित हो उठा था, बोला, "बताओ न कब चलोगी भाभी?"

नारायणी से रहा नहीं गया, उत्तर में उसे छाती से लगाकर बोली, "भाभी को छोड़कर तू और कहीं नहीं रह सकता?"

राम ने सिर हिलाकर कहा, "नहीं।"

"और भाभी अगर मर जाए तो?"

"धत्।"

"धत् नहीं! अभी तू भाभी की बात नहीं सुनता, मगर तब देखना!"

राम ने प्रतिवाद करते हुए कहा, "कब तुम्हारी बात नहीं सुनी?"

नारायणी ने कहा, "कब सुनी है बता? कब से मैं कह रही हूँ, मेरी माँ का तू अपमान न किया कर, तो भी तू उन्हें जो मन में आता है कहता ही रहता है। कल भी तूने उनका अपमान किया है। अब की बार जहाँ मेरे मन में आएगी, चली जाऊँगी।"

"मैं भी तुम्हारे संग चलूँगा।"

"तुझे मालूम ही नहीं होगा, मैं कहाँ जाऊँगी। मैं छिपकर चली जाऊँगी।"

"और गोविंदा?"

"वह तेरे पास रहेगा, अब तू ही उसे पालना-पोसना।"

"नहीं, मुझसे नहीं होगा, भाभी।"

नारायणी को हँसी आ गई, बोली, "होगा कैसे नहीं? तुझे ही उसे पालना-पोसना पड़ेगा।"

इससे राम को अविश्वास हो गया, हो-हो करके हँस पड़ा, बोला, "सब झूठी बात है। तुम नहीं जाओगी।"

"झूठी नहीं, सच कहती हूँ। देख मैं चली जाऊँगी।"

राम अनुतप्त हुआ, बोला, "और अगर तुम्हारी सब बातें मानूँ तो?"

नारायणी ने मुसकराकर कहा, "तो नहीं जाऊँगी और तुझे गोविंदा को भी नहीं पालना होगा।"

राम बहुत खुश हुआ, बोला, "अच्छी बात है, आज से तुम देख लेना।"

आठ-दस दिन बड़ी शांति से कटे, कोई उपद्रव न हुआ। दिगंबरी की तरफ से कटाक्ष होते ही न हों, यह बात नहीं थी, पर राम गुस्सा नहीं होता था। एक दिन भी भाभी की बात पर उसे पूरा विश्वास तो नहीं हुआ, मगर फिर भी उसे डर हो गया था, परंतु भगवान् विरूप थे, फिर एक दुर्घटना हो गई। आज दिगंबरी ने अपने स्वर्गीय पिता की बरसी करने के लिए बारह ब्राह्मणों को भोजन कराने का संकल्प किया था। पिता की प्रेतात्मा अब तक पुत्र के घर पर चुपचाप बैठी थी, अब नत-जमाई के घर उसका आवागमन होने लगा! प्रत्यक्ष नहीं, सपने में। फिर उसे संतुष्ट तो करना ही चाहिए।

सवेरे राम गणित कर रहा था। भोला ने आकर चुपके-चुपके खबर दी, "भइयाजी, भगा बाग्दी तुम्हारे कार्तिक और गणेश को पकड़ने के लिए जाल लाया है, जल्दी चलकर देखो तो सही।"

यहाँ जरा समझाना पड़ेगा। बहुत दिनों से दो रोहू मछली घाट के किनारे हमेशा चक्कर लगाया करती थीं। आदमियों से तो वे बिलकुल डरती ही नहीं थीं। राम कहा करता था, 'ये उसकी पाली हुई मछलियाँ हैं।' उनके नाम रखे थे 'कार्तिक' और 'गणेश'। उनमें क्या विशेषता है, यह सिर्फ वही जानता था और कौन सा कार्तिक है और कौन सा गणेश, इसकी पहचान भी सिवा उसके और कोई नहीं कर सकता था। भोला भी कभी-कभी घपले में पड़ जाता और इसी भारी गलती के लिए राम से कनेठी खाता।

नारायणी कभी-कभी हँसकर कहती, "राम के कार्तिक-गणेश मेरी तेरही में काम आएँगे।"

भोला की खबर ने राम को रंचमात्र भी विचलित नहीं किया। उसने स्लेट पर और भी झुककर कहा, "जाल डालकर देखें तो जरा! जाल तोड़कर के निकल जाएँगे।"

भोला ने कहा, "नहीं भइयाजी, हमारे यहाँ का जाल नहीं है। भगा मल्लाहों के यहाँ से मोटा जाल माँग लाया है, वे उसे नहीं तोड़ सकेंगे।"

राम ने स्लेट रखकर कहा, "चल तो जरा देखूँ।"

तालाब किनारे जाकर देखा, उसके कार्तिक-गणेश के विरुद्ध सचमुच ही षड्यंत्र चल रहा है। भगा घाट के पास थोड़ी सी लाई डालकर जाल लिए तैयार खड़ा है।

राम ने आकर उसे जोर का एक धक्का दिया, बोला, "बदमाश कहीं का, लाई डालकर मेरी मछलियों को फँसा रहा है!"

भगा रोनी सूरत बनाकर डरता हुआ बोला, "बड़े बाबू हुक्म दे गए हैं। और कोई मछली मिली नहीं, भइयाजी।"

राम ने झटका देकर उसके हाथ से जाल छीनकर फेंक दिया और बोला, "जा भाग जा यहाँ से।"

भगा जाल उठाकर धीरे से चल दिया।

राम लौटकर फिर स्लेट-पेंसिल लेकर बैठ गया। उसने प्रतिज्ञा की थी, किसी पर गुस्सा न करेगा।

दिगंबरी आज जल्दी-जल्दी संध्या करके निपट जाना चाहती थी। दासी ने आकर खबर दी, "मछली तो नहीं मिली नानीजी, छोटे बाबू ने भगा को मारकर भगा दिया।"

इन दोनों मछलियों पर दिगंबरी की बहुत दिनों से लुब्ध दृष्टि थी। बड़ी मछली के बारे में विधवा के मनोभाव का अनुमान नहीं करना चाहिए। असल में लोभ उसका ठीक अपने लिए था। यहाँ कहना ठीक नहीं होगा, बल्कि अपने किसी काम में, अपने हाथ से राँधकर, सद्ब्राह्मणों की पत्तल में परोसकर पुण्य और ख्याति प्राप्त करने की वासना उसके मन में बहुत दिनों से पनप रही थी। कल दामाद की राय लेकर अर्थात् कार्तिक-गणेश का आभास तक न देकर, मल्लाहों के यहाँ से मोटा मजबूत जाल मँगवाकर भगा बाग्दी को चार आना इनाम देने का वादा करके उसने सारी तैयारी करीब-करीब पूरी कर रखी थी। आज सवेरे भी उन दोनों मछलियों को घाट

के किनारे केलि करते देख, आकर प्रसन्नचित्त से वह माला फेर रही थी। इतने में यह दु:खद समाचार पहुँचा, सुनते ही वह हिताहित ज्ञानशून्य होकर मारे क्रोध के आगबबूला हो उठी। दाँत पीसने की उसे आदत पड़ गई थी। सहसा दाँत पीसते हुए माला ऊँचे को उठाकर कहने लगी, "अरे कौन है ये मेरा दुश्मन! वह धींगरा न जाने कब मरेगा! तभी मेरी आत्मा ठंडी होगी! बासी मुँह में अभी तक पानी नहीं डाला। भगवान्! अगर मैं सच्ची होऊँ, तो तीसरा सवेरा न आए।"

पास ही नारायणी बैठी तरकारी बना रही थी। बिजली की तरह तड़पकर उठ खड़ी हुई और चिल्ला उठकर बोली, "माँ!"

सुना है, संतान के मुँह से मातृ-संबोधन की संसार में तुलना नहीं। नारायणी के मुँह से निकले हुए मातृ-संबोधन की भी आज शायद तुलना नहीं थी। उस एक अक्षर की पुकार से दिगंबरी के हृदय का खून बरफ हो गया, किंतु नारायणी किसी भी तरह शांत न रह सकी। देखते-देखते उसके दोनों गालों पर से टप-टप आँसू बरसने लगे। थोड़ी देर बाद आँखें पोंछकर जहाँ राम पढ़ रहा था, वहाँ जाकर खड़ी हो गई।

कठोर स्वर में राम से पूछा, "तूने भगा बाग्दी को मार-पीटकर भगाया है?"

राम चौंक पड़ा, स्लेट पर से सिर उठाकर क्षण भर उसने उसके मुँह की ओर देखा और जवाब देने की जरा भी कोशिश न करके, दूसरे दरवाजे से सिर पर पैर रखकर भाग खड़ा हुआ।

नारायणी को भीतर की बात कुछ नहीं मालूम पड़ी, वापस आकर भगा को बुला भेजा। वह आया और नारायणी ने स्वयं उसे मछली पकड़ लाने का हुक्म दे दिया।

बहूजी का हुक्म पाकर भगा जाल लेकर चल दिया और थोड़ी ही देर बाद उसने एक बड़ी भारी मछली लाकर धम् से आँगन में जोर से पटक दी।

नारायणी रसोई के दरवाजे पर खड़ी थी, मछली देखते ही चौंक पड़ी। शंकित होकर बोली, "क्यों रे, इसे अपने घाट पर तो नहीं पकड़ा? यह राम के कार्तिक-गणेश में से तो नहीं है?"

भगा चार आने पैसे के लोभ से जो जाल माँग लाया था, यहाँ के रंग-ढंग देखकर वह नगद इनाम की आशा छोड़कर चुपके से चलता बना।

फिर दिगंबरी की ओर अंगुली उठाकर बोला, "उन माँजी ने इसी को लाने के लिए कहा था।"

नारायणी आश्चर्यचकित होकर खड़ी रही। दासी यद्यपि राम पर बहुत ज्यादा खुश न थी, फिर भी मछली देखकर उसे गुस्सा आ गया। वह दिगंबरी से बोली, "अच्छा नानीजी, छोटे बाबू के कार्तिक-गणेश की बात मुहल्ले के लोग तक जानते हैं, फिर तुमने क्या सोचकर इस मछली को पकड़ने का हुक्म दे दिया। और भी तो तीन तालाब थे, क्या उनमें मछलियाँ नहीं थीं? दस तो आदमी खाएँगे, उन दस आदमियों के लिए इस आधे मन की मछली का क्या होगा? अभी तुरंत कहीं छिपा दो इसे, छोटे बाबू कहीं गए हैं, अभी आ जाएँगे।"

दिगंबरी ने मुँह फुलाकर कहा, "मुझे नहीं मालूम था इतना छलमंद। एक मछली को पकड़ लिया तो कौन सा जुल्म हो गया, जो कुनबा का कुनबा उछल रहा है। इसे छिपा दो कहीं, आई बड़ी छिपाने वाली! ब्राह्मण क्या खाएँगे? तेरा सिर।"

दासी ने कहा, "तुम्हारे ब्राह्मण खाएँगे, दो-ढाई बजे बहुत समय है। तब तक एक छोड़ दस मछलियाँ आ जाएँगी। छोटे बाबू को पहले स्कूल चले जाने दो, नहीं तो जीना दूभर हो जाएगा। भोला अभी तो यहीं खड़ा था, गया कहाँ वह। चला गया मालूम होता है खबर देने। अब खैर नहीं बहूजी, जो कुछ करना हो वो जल्दी कर डालो, अब और खड़ी मत रहो।"

जरूरत पड़ने पर कब कहाँ राम मिल सकता है, भोला इस बात को जानता था। वह दौड़ा-दौड़ा बगीचे के पिछवाड़े में उत्तर की तरफ अमरूद के पेड़ के नीचे पहुँच गया। राम एक डाली पर पैर लटकाए बैठा हुआ कच्चे अमरूद चबा रहा था। भोला ने हाँफते हुए आकर बताया, "जल्दी देखने चलो भइयाजी, भगा ने तुम्हारे कार्तिक को मार डाला।"

राम ने अमरूद कुतरना बंद कर दिया, कहा, "झूठ!"

"सच्ची भइयाजी! माँजी ने पकड़ने का हुक्म दिया था, अभी तक आँगन में पड़ा है। तुम देखो न चलकर।"

राम धड़ाम से नीचे कूद पड़ा और आँधी की तरह उड़ता हुआ आँगन में पहुँचा। पहुँचते ही वहाँ ठिठककर खड़ा हो गया। मछली को देखते ही एकाएक बड़े जोर से चिल्ला पड़ा, "यही तो मेरा गणेश है। भाभी! तुमने हुक्म देकर मेरे गणेश को पकड़वाया!" कहता हुआ जमीन पर औंधा पड़ गया और बलि पर चढ़े हुए सिरकटे बकरे की तरह पैर पटकने लगा। उसका यह शोक कितना सत्य है, कैसा दुर्दम्य है, इस विषय में शायद दिगंबरी को भी संशय न रहा।

उसे खिलाने के लिए रात को नारायणी ने काफी मनाया, खुशामद की पर राम टस-से-मस नहीं हुआ। बाँह पकड़कर उठाया तो उसने झटका देकर हाथ अलग कर दिया और सारे दिन लंघन करने के बाद रात को दो-चार दाने भात मुँह में देकर उठ गया।

दिगंबरी ओट में खड़ी-खड़ी दामाद से कहने लगी, "तुम एक बार कहो, नहीं तो नारायणी खाएगी नहीं, दिन भर से उपवास किए पड़ी है।"

श्यामलाल ने पूछा, "क्यों, उपवास क्यों किया है?"

दिगंबरी से रोया नहीं गया, इसलिए वह कंठ को जरा करुण बनाकर बोली, "मेरा ही कसूर हुआ है बाबा, माफ करो। मुझे क्या मालूम था कि तालाब से ब्राह्मण भोज के लिए एक मछली पकड़वा मँगाने से घर में ऐसा महाभारत हो जाएगा!"

श्यामलाल समझ न सके, उन्होंने दासी को बुलाकर पूछा, "क्या हुआ, नित्तो?"

दासी ने सामने न आकर जहाँ थी, वहीं से कहा, "वह छोटे बाबू का गणेश था।"

श्यामलाल चौंक पड़े, पूछा, "वह राम के कार्तिक-गणेश में से एक था क्या?"

दासी ने जवाब दिया, "हाँ।"

अब ज्यादा कहने की जरूरत ही न थी। वे सब समझ गए, बोले, "राम ने भी कुछ न खाया होगा?"

दासी ने कहा, "नहीं।"

श्यामलाल ने कहा, "तो फिर कहना ही फिजूल है। उसने नहीं खाया तो वह थोड़े ही खाएगी!"

दिगंबरी कहने लगी, "ऐसा कांड होगा, जानती तो मैं ब्राह्मण भोजन की बात भूलकर भी अपनी जबान पर न लाती, बेटा! उसने खुद हुक्म देकर क्यों तो मछली पकड़वाई और अब ऐसा क्यों कर रही है, वही जाने। मैं चुप्पी ही साध गई थी तो भी सब दोष मेरा ही है तो हम दोनों को वहीं भेज दो बेटा, यहाँ तो अब एक घड़ी भी रहना मुश्किल होगा।"

थोड़ी देर चुप रहकर बिलकुल रोने की सी आवाज में फिर कहा, "मेरी फूटी तकदीर अगर ऐसी न होती तो क्यों मेरा भाई मरता और क्यों मुझे झाड़ू, लात खाने को यहाँ आना पड़ता, बेटा! हम बिलकुल ही मोहताज हैं, इसी से हाथ जोड़कर कहती हूँ, हमारे लिए तुम्हें गुजर का कोई और

ठौर-ठिकाना कर देना होगा।"

श्यामलाल त्रस्त हो उठे, मगर 'हाँ-ना' कुछ नहीं कह सके।

नारायणी ओट में खड़ी सब सुन रही थी और अपनी माँ की इस निर्लज्ज मायाचारी से लज्जा के मारे मरी जा रही थी। सीधे राम के कमरे के सामने जाकर दरवाजा खटखटाया, बोली, "राजा! कैसा है तू, भाभी की बात नहीं सुनेगा? दरवाजा खोल दे।"

राम जाग रहा था, पर उसने जवाब नहीं दिया।

नारायणी ने फिर पुकारा, "उठ तो सही, उठ-उठ, जरा किवाड़ खोल, भइया!"

अबकी बार वह चिल्लाकर बोला, "नहीं, नहीं खोलूँगा। नहीं, तुम जाओ, तुम सब मेरे दुश्मन हो।"

"अच्छा ये ही सही, तू किवाड़ तो खोल!"

"नहीं-नहीं, मैं नहीं खोलूँगा।"

सचमुच ही उसने उस रात किवाड़ नहीं खोले।

श्यामलाल अपने कमरे में से सब सुन रहे थे। नारायणी के भीतर आते ही उन्होंने कहा, "या तो कोई रास्ता निकालो, नहीं तो मैं सब छोड़कर जहाँ दिल में आएगा, चला जाऊँगा। इतना उपद्रव अब मुझसे बरदाश्त नहीं होता।"

नारायणी कुछ जवाब न देकर सोचने लगी।

इसके बाद दो-तीन दिन और बीत जाने पर भी राम का गुस्सा कम न हुआ तो नारायणी भीतर-ही-भीतर क्षुब्ध और नाराज हो उठी। आज शाम हो जाने पर भी राम स्कूल से घर वापस न लौटा तो वह उत्कंठित हो, क्रोध से अधीर हो गई। इतने में दिगंबरी नदी से नहाकर दुनिया भर की खबर-सुध लेती, राम के अमंगल की कामना करती, अपनी बड़ी लड़की की दुनिया में न्यारी मति-गति के अवश्यंभावी दुष्परिणाम की अड़ोस-पड़ोस में घोषणा करती, शोक-तापादि से असमय में बाल सफेद होने का कारण दरशाती, अपने को बड़ी लड़की नारायणी के लगभग बताती तथा भाई की गृहस्थी में अपने एकच्छत्र प्रभुत्व का विश्वास योग्य इतिहास सुनाती हुई, इत्मीनान से घर लौट रही थी; लेकिन बीच में एक घटना सुनकर उड़ती हुई आ पहुँची। आँगन में पैर रखते ही ऊँचे स्वर में कहने लगी, "अपने दुलारे, गुणी देवर की करतूत सुन ली, नारायणी?"

मारे डर और आशंका से नारायणी का चेहरा फक पड़ गया। उसने पूछा, "कैसी करतूत?"

दिगंबरी ने कहा, "वे लोग थाने गए हैं, और जाएँगे नहीं तो क्या करेंगे? ऐसा बदजात लड़का तो मैंने सात जन्मों में भी नहीं देखा। अब जाए जेल!"

उसके चेहरे से खुशी मानो टपकी पड़ती थी। नारायणी ने उसकी बात का कुछ जवाब न देकर दासी को बुलाकर पूछा, "राम अभी तक आया क्यों नहीं, भोला को तो भेज जरा, जाकर ढूँढ़ लाए।"

दिगंबरी ने कहा, "मैं तो सब जान-सुन आई हूँ।"

नृत्यकली सुनने के इंतजार में मुँह बाए खड़ी रह गई। नारायणी ने घुड़ककर कहा, "खड़ी है यहीं, जाती क्यों नहीं? कान से सुनाई नहीं पड़ता क्या?"

दासी सिटपिटाकर उसी वक्त चली गई। दिगंबरी ने अपने स्वर में उद्वेग इकट्ठा करके कहा, "क्या हुआ, सुना है तूने?"

"पहले तुम कपड़े पहन लो माँ, पीछे न हो तो कहना।" कहती हुई नारायणी वहाँ से चल दी।

दिगंबरी दंग रह गई और मन-ही-मन बोली, "ओ हो, लड़की का गुस्सा तो देखो!" ऐसे दिलचस्प कांड का धारावाहिक पूरा वर्णन न करने के कारण उसका पेट फूलने लगा।

राम की करतूत का संक्षिप्त सार यह था, गाँव के स्कूल में जमींदार का भी एक लड़का पड़ता है। आज टिफिन के वक्त उसके साथ राम की बहस हो गई। विषय जरा जटिल था, इसलिए उसकी मीमांसा न हो सकी और मारपीट शुरू हो गई। जमींदार के लड़के ने कहा, "शास्त्र में लिखा है कि श्मशान-काली रक्षा-काली की अपेक्षा अधिक जाग्रत् है, क्योंकि उसकी जीभ बड़ी है!"

राम ने प्रतिवाद किया, "बिलकुल नहीं, श्मशान-काली की जीभ कुछ चौड़ी जरूर है, किंतु बहुत बड़ी नहीं है और ऐसी लाल भी नहीं है।" कुछ दिन पहले मुहल्ले में सार्वजनिक रक्षा-काली की पूजा हुई थी, उसकी स्मृति राम के मन में स्पष्ट विद्यमान थी।

जमींदार के लड़के ने राम की बात न मानकर और अपनी हथेली बजाकर कहा, "रक्षा-काली की जीभ तो इतनी सी है!"

राम को गुस्सा आ गया, बोला, "क्या इतनी सी! कभी नहीं, वह इतनी बड़ी है। इतनी सी जीभ होती, तो क्या कभी वह पृथ्वी की रक्षा कर सकती। पृथ्वी की रक्षा करती है, इसलिए तो रक्षा-काली नाम है!"

इसके बाद दो-चार बातें हुई और फिर अंत में घुस्सम-घुस्सा। जमींदार का लड़का कमजोर था, इसलिए उसने ही ज्यादा मार खाई। उसकी नाक से दो-एक बूँद खून भी गिरा। इस स्कूल के छोटे से जीवन में इतनी बड़ी दुर्घटना पहले कभी न हुई थी। जिस जमींदार का स्कूल है, उसी के लड़के की नाक से खून! फिर क्या था, हेडमास्टर खुद स्कूल बंद करके सभी लड़कों को लेकर दरबार में जा पहुँचे। राम के बारे में तो यह कहने की जरूरत ही नहीं कि वह पहले ही वहाँ से गायब हो गया था।

भोला ने आकर कहा, "भइयाजी कहीं मिलते ही नहीं हैं।"

थोड़ी देर में श्यामलाल मुँह लटकाए घर आए। आँगन में से ही बोले, "सुनती हो? गाँव में रहना तो अब मुश्किल हो गया। नौकरी करके दो पैसे कमा रहा था, वह भी अब गई समझो।"

नारायणी ने भंडार-घर से निकलकर और चौखट के सहारे खड़े होकर सूखे हुए कंठ से पूछा, "थाने में खबर कर दी है क्या उन लोगों ने?"

श्यामलाल ने सिर हिलाकर कहा, "बड़े बाबू देवता आदमी हैं, इसी से माफ कर दिया, मगर और भी तो पाँच लोग हैं। आए दिन उसका एक-न-एक उपद्रव लगा ही रहता है, ऐसी हालत में गाँव में कैसे रहा जा सकता है, बताओ? राम है कहाँ?"

नारायणी ने कहा, "अभी तक घर नहीं आया? शायद डर के मारे कहीं भाग गया होगा।"

श्यामलाल ने गंभीर होकर कहा, "भागे चाहे रहे, अब उससे हमारा कोई मतलब नहीं। सौतेला भाई जो ठहरा। लोग नाम धरते, इसी से इतने दिनों तक निभाता रहा, मगर अब अपनी जान भी तो बचानी है!"

दिगंबरी ने रसोई के बरामदे में से कहा, "अपने लड़के का भी तो मुँह देखना है!"

श्यामलाल उत्साह पाकर बोले, "देखना नहीं है, जरूर देखना है! इसलिए कल ही पाँच पंच बुलाकर धन-संपत्ति का बँटवारा कर देना है और तुमसे भी कहे देता हूँ, इस मामले में अब उसे डाँटने की जरूरत नहीं। वह जो अच्छा समझेगा वही करेगा। उसने कुछ समझकर ही तो मालिक के लड़के पर हाथ उठाया है।"

दिगंबरी मन-ही-मन खुश हो रही थी, बोली, "नारायणी को क्या जाने क्या पड़ी है, जो उसे मारती-पीटती है। मेरी तो उसे देखकर रूह काँप जाती है। बड़ा ही गँवार लड़का है, उसका क्या भरोसा! जब मेरा ही अपमान

करता है, तो नारायणी का अपमान कर बैठना उसके लिए कौन सी बड़ी बात है। मैं तो यही कहूँगी बेटी कि इज्जत अपने हाथ में है।

श्यामलाल बोले, "खैर कुछ भी हो, उसे दंड देने की अब जरूरत ही नहीं है।"

नारायणी पत्थर की मूर्ति की तरह निर्वाक्-निश्चल होकर सब सुनती रही, किसी भी बात का जवाब नहीं दिया। उसके बाद धीरे से अपने काम में लग गई।

करीब घंटे भर बाद दासी ने आकर चुपके से कहा, "बहूजी! छोटे बाबू आए हैं।"

नारायणी धीरे से उठकर राम के कमरे में घुस गई और भीतर से कुंडी बंद कर ली। राम खाट पर चुपचाप बैठा हुआ न जाने क्या सोच रहा था, कुंडी की आवाज सुनकर चौंक पड़ा। मुँह उठाया तो देखा, भाभी ने दरवाजा बंद कर लिया है और कोने में उसी का लाया हुआ जो पतला सा बेंत पड़ा था, उसे उठा लिया है। यह देखते ही वह चट से उछलकर खाट के उस तरफ खड़ा हो गया। नारायणी ने बुलाया, "इधर आ!"

राम हाथ जोड़कर मिन्नत के स्वर में बोला, "अब नहीं करुँगा भाभी, अब की बार छोड़ दो।"

नारायणी ने कठोर होकर कहा, "आ जाएगा तो कम मारूँगी, नहीं तो मारते-मारते इसी बेंत को तेरी पीठ पर ही तोड़ दूँगी।"

राम फिर टस-से-मस नहीं हुआ, वहीं खड़ा-खड़ा विनती करने लगा, "मैं कसम खाता हूँ भाभी, अब नहीं करूँगा, कान पकड़ता हूँ भाभी।"

नारायणी ने खाट पर झुककर सड़ से एक बेंत उसकी पीठ पर जमा दिया और फिर सड़ासड़ बेंत-पर-बेंत पड़ने लगे। पहले तो उसने किवाड़ खोलकर भाग जाने की कोशिश की, मगर फिर आत्मरक्षा के लिए सारे कमरे में भागता फिरा और अंत में पैरों में पड़कर चिल्लाने लगा। नृत्यकली पीछे खड़ी जंगले की आड़ में से सब देख रही थी। वह रो पड़ी, बोली, "बहूजी, छोड़ दो बहूजी! तुम्हारे पैरों पड़ती हूँ।"

दिगंबरी मुँह बिगाड़कर खिसियानी सी होकर बोली, "तू इन बातों में दखल क्यों दिया करती है?"

श्यामलाल ने कमरे के भीतर से पुकारकर कहा, "यह सब क्या हो रहा है? रात भर पीटती ही रहोगी क्या?"

नारायणी ने बेंत फेंक दिया और कहा, "याद रखना!"

□

राम भात खाने बैठा था। दिगंबरी ने किवाड़ के पीछे से सुर बाँधकर कहा,"इतने बड़े लड़के को कहीं इस तरह मारा जाता है? उसके बड़े भैया तो उस पर हाथ तक नहीं उठाते।"

नृत्यकली ने काम करते-करते कहा, "तुम भी कम नहीं हो नानीजी, तुम्हीं तो सब बातें बहूजी से लगाया करती हो। राम को इतना अधिक मारना उसे कभी पसंद नहीं आया था।"

राम ने सुनकर आँखें तिरछी करके कहा, "डायन बुढ़िया! हम सब को खाने आई है।"

दिगंबरी चिल्ला उठी, "सुन नारायणी, सुन तू अपने देवर की बात!"

नारायणी नहाने जा रही थी, लौट आई। परेशान सी होकर बोली, "मुझ में अब और बात सुनने की शक्ति नहीं है माँ, सच कहती हूँ, नित्तो, मर जाऊँ तो मुझे शांति मिले, अब मुझसे सहा नहीं जाता। अरे ओ रे बंदर, अभी तेरी पीठ के दाग भी नहीं मिटे, इतनी जल्दी सब भूल गया?"

राम ने कोई जवाब नहीं दिया, खाना खाता रहा। नारायणी ने और कुछ न कहा, नहाने चली गई। आँगन के एक कोने में एक अमरूद का पेड़ था। खाना खाकर राम उस पर चढ़ गया और बड़ी लापरवाही के साथ कच्चे-पक्के अमरूद तोड़कर कुतर-कुतरकर खाने लगा। किसी का कुछ हिस्सा खाया, किसी को थोड़ा-सा कुतरकर फेंक दिया और जो बिलकुल ही कच्चे थे, उन्हें भी निरर्थक तोड़-तोड़कर इधर-उधर फेंकने लगा। यह सब देख-भालकर दिगंबरी भीतर-ही-भीतर जल-भुनकर खाक हुई जा रही थी। नारायणी घर में थी ही नहीं। उससे उठा नहीं गया तो बोली, "तुम्हारे मारे तो बेटा, पके अमरूदों का मुँह में जाना ही दूभर हो गया है। कच्चे अमरूद तोड़-तोड़कर यह क्या कर रहे हो?"

राम किसी भी हालत में उसकी बात नहीं सह सकता था। खासकर अभी जब कि नृत्यकली के मुँह से वह सुन चुका था कि उसके मार खाने में मूल कारण यही बुढ़िया है। गुस्से में वह आपे से बाहर हो रहा था। वह पेड़ पर से चिल्लाकर बोला, "अच्छा करता हूँ, खूब करूँगा बुढ़िया!"

यह विशेषण दिगंबरी को बिलकुल ही पसंद न था, मुँह बिचकाकर बोली,"बुढ़िया! खूब करेगा! अच्छा, आने दे उसे। जैसा कुत्ता है वैसा ही डंडा चाहिए। कैसा बेशर्म लड़का है! मारते-मारते पीठ की चमड़ी उधेड़ दी गई, फिर भी जरा हया-शर्म नहीं!"

राम ऊपर से ही बोला, "डायन बुढ़िया!"

"छोटे मुँह बड़ी बात! पाजी, हरामजादा कहीं का! कहती हूँ कि उतर अभी?"

राम ने जवाब दिया, "क्यों उतरूँ, नहीं उतरूँगा! तेरे बाप का पेड़ है क्या!"

दिगंबरी पागल हो उठी, खूब जोर से चिल्लाकर बोली, "ऐ! बाप तक जाता है, सुन लिया नित्तो, तूने सुन लिया।"

ठीक इसी समय नारायणी नहाकर वापस आई। पेड़ पर निगाह पड़ते ही बोली, "तू स्कूल नहीं गया रे, पेड़ पर ही बैठा है?"

राम ने सोच रखा था कि पेड़ पर से दूर से ही वह भाभी को आते देख लेगा और उतरकर भाग जाएगा, मगर इस झगड़े में पड़ जाने से भाभी का उसे ध्यान ही नहीं रहा कि भाभी तो आँगन में आकर खड़ी है। उसने डरते हुए कहा, "अमरूद खा रहा हूँ।"

"खा तो रहा है, पर स्कूल क्यों नहीं गया, यह बता?"

"पेट में दर्द हो रहा है।"

नारायणी के आग सी लग गई, बोली, "इसलिए भात न खाकर कच्चे अमरूद खा रहा है, क्यों?"

दिगंबरी लड़की की बात सुनकर दौड़ी आई और कहने लगी, "हरामजादे को देख तो सही, मेरे बाप तक जाता है। कहता है कि क्यों उतरूँ, क्या तेरे बाप का पेड़ है।"

नारायणी ने आँख उठाकर पूछा, "क्यों रे, क्या कहा तूने?"

राम ने मुँह सिकोड़कर कहा, "नहीं भाभी, मैंने नहीं कहा।"

दिगंबरी चिल्ला उठी, "नहीं कहा हरामजादा, नहीं कहा? अभी तो नित्तो मौजूद है।" उसके बाद मुँह बिगाड़कर आनुनासिक स्वर बनाकर कहने लगी, "उस दिन जब बेंत पर बेंत पड़ रहे थे, तब कहता था 'अब नहीं करूँगा भाभी'। पकड़े जाने पर चीं-चीं करता है और छोड़ देने पर उछलता है, हरामजादा कहीं का!"

राम से सहा नहीं गया। उसके हाथ में एक बड़ा-सा कच्चा अमरूद था, खींचकर मारा जोर से, पर दिगंबरी को उसने छुआ भी नहीं, नारायणी की दाहिनी भौंह पर जाकर पूरी ताकत से लगा। बेचारी की आँख के आगे क्षण भर के लिए अँधेरा छा गया और वह वहीं बैठ गई। दिगंबरी बुरी तरह से शोर मचाने लगी, दासी हाथ का काम छोड़कर दौड़ आई, राम पेड़ से

कूदकर बेतहाशा भाग खड़ा हुआ।

दोपहर को जब श्यामलाल नहाने-खाने घर पर आए, तो सब हाल सुना। नारायणी निर्जीव की तरह बिछौने पर पड़ी है, उसकी दाहिनी आँख फूलकर ढक गई है। उस पर भीगे कपड़े की पट्टी बाँधकर नृत्यकली पंखे से हवा कर रही है। दिगंबरी ने आज किवाड़ की शरण नहीं ली, सामने ही आकर जोर से रोते हुए बोली, "राम ने नारायणी को आज तार डाला!"

श्यामलाल मारे आशंका के चौंक पड़े। पास जाकर चोट की परीक्षा करके कठोरता के साथ पत्नी से बोले, "आज मैं तुम्हें कसम देता हूँ कि अगर तुम उसे कुछ खाने को दो, अगर किसी दिन उससे बोलो, उसकी किसी भी बात में पड़ो तो उस दिन मेरा सिर खाओ।"

नारायणी काँप उठी और बोली, "चुप रहो, चुप रहो, ऐसी बात मुँह से मत निकालो।"

श्यामलाल ने कहा, "मेरी इतनी बड़ी कसम अगर तुम न मानोगी तो भगवान् करे उसी दिन तुम्हें मेरा मरा मुँह देखना पड़े!" यह कहकर वे स्वयं डॉक्टर बुलाने चले गए।

राम तमाम दिन नदी किनारे घूम-फिरकर, बैठकर, खड़े होकर, संभव-असंभव सब तरह की कल्पना करके शाम के बाद अँधेरे में घर लौटा। आकर देखा, आँगन के बीच में खपच्चियों का बेड़ा लगाकर मकान को दो भागों में विभाजित कर दिया गया है। हिलाकर देखा, खूब मजबूत है, तोड़ा नहीं जा सकता था। रसोईघर में दीया जल रहा था, चुपके से मुँह बढ़ाकर देखा, वहाँ भी यही बात है। कोई है नहीं, सिर्फ बरतनों का ढेर जमीन पर पड़ा है। क्या बात है, कुछ समझ में न आने पर भी, सवेरे की दुर्घटना के साथ इसका संबंध है, यह अनुमान करके उसकी छाती सूख गई। तब वह चुपचाप अपने कमरे में जाकर मकान के दूसरे हिस्से की गतिविधि जानने के लिए कान लगाकर आहट सुनने लगा। इससे पहले उसे जो बड़े जोर की भूख लग रही थी, अब उसे भी वह भूल गया था। करीब नौ बजे होंगे। घूमकर पिछवाड़े की ओर जाकर उसने पीछे का दरवाजा खटखटाया, तो दासी ने किवाड़ खोल दिए और खुद अलग जाकर खड़ी हो गई।

राम ने पूछा, "भाभी कहाँ हैं?"

"कमरे में अंदर सो रही हैं।"

राम ने कमरे में जाकर देखा, भाभी खाट पर सो रही हैं और नीचे

चटाई बिछाकर दिगंबरी अपनी छोटी लड़की के साथ बैठी है। गोविंदा खेल रहा था, राम को देखते ही दौड़कर आया, चाचा का हाथ पकड़कर उस पर झूल गया और बोला, "चाचा! तुम्हारा घर उधर है, इधर हम लोगों का घर है। बाबूजी ने कहा है, इधर आने से वह तुम्हारी टाँग तोड़ देंगे!"

जैसे ही राम खाट पर जाकर पाँयते के पास बैठा वैसे ही, नारायणी ने अपने पैर समेट लिये, मगर राम चुपचाप बैठा रहा। दिगंबरी ने अपनी लल्ली को धक्का देकर कहा, "कहती क्यों नहीं सुरो, तेरे जीजाजी ने क्या कहा है इसके लिए?"

सुरधुनी रटे हुए सबक की तरह जल्दी-जल्दी कहने लगी, "जीजाजी ने कहा है, तुम इधर बिलकुल मत आना, कल सवेरे…। आगे और क्या अम्मा!"

दिगंबरी ने कहा, "जमीन जायदाद…।"

सुरधुनी ने कहा, "जमीन-जायदाद सबका बँटवारा हो जाएगा।"

दिगंबरी बोल उठी, "कसम की बात क्यों नहीं कहती बुरबक लड़की।"

सुरधुनी ने कहा, "जीजाजी ने कसम दे दी है जीजी को कि खाने को भी कुछ मत देना, बात भी मत करना, जीजाजी ने कहा है…।" नारायणी ने बिस्तर पर से ही झिड़क दिया, "अच्छा-अच्छा हो गया, तू अब चुप रह।"

फिर दिगंबरी कहने लगी, "ठीक ही तो है बेटा! तुम कभी किसी का खून कर डालो, कोई ठीक थोड़ा ही है, वे कसम न दें तो क्या करें! मैं तो भाई उनको किसी भी बात में दोष नहीं दे सकती, चाहे कोई कहे। इस घर में तुम्हारा आना-जाना, खाना-पीना अब बिलकुल नहीं हो सकता। इसे भी तो अपने पति की सर की कसम माननी पड़ेगी।"

सुरधुनी ने कहा, "अम्मा! भूख लगी है, खाने चलो न।"

दिगंबरी ने जरा खीझकर कहा, "अभी ठहर जरा बेटी!"

राम घर में बैठा है, ऐसी अवस्था में तो वह घर में आग लग जाने पर भी नहीं उठ सकती। राम की छाती के भीतर का दबा हुआ रोना भीतर-ही-भीतर सिर पटकने लगा! लेकिन दिगंबरी के सवेरे के उस मुँह बनाकर बिराने ने उसकी छाती पर पत्थर रखकर रास्ता रोक दिया। वह रो नहीं सका, एक बार कह भी नहीं सका, 'अब कभी नहीं करूँगा, भाभी!' इस एक ही वाक्य ने बहुत सी आपद-विपदों में उसकी रक्षा की है, मगर आज वह उसे भी मुँह से कह नहीं सका, इसी से उसका दम घुटने लगा।

इतने में नारायणी ने थके हुए स्वर में कहा, "सुरो! चले जाने के लिए कह दे इसे।"

अब वह रोना रोककर कह उठा, "हाँ, चले जाने को कह दे इसे। मुझे भूख थोड़े ही लगती है! तभी से तो नहीं खाया है।"

नारायणी ने जरा उत्तेजित होकर कहा, "एकदम मार क्यों नहीं डाला, तब दस-दस हाथों से खाता। मैं कुछ नहीं जानती, जाए नृत्यकली के पास।"

"नहीं जाता उसके पास! किसी के पास नहीं जाता! मैं बिना खाए भूखा सो रहूँगा।" कहता हुआ राम धम्-धम् पैर पटकता हुआ, घर को कँपाता हुआ बाहर निकल गया और चुपचाप अपने घर जाकर खाट पर पड़ा रहा। दासी थोड़ा सा खाना लेकर आई और बोली, "छोटे बाबू! उठो, खा लो।"

राम उछलकर गरज उठा, "जा यहाँ से कलमुँही, चली जा यहाँ से।"

नृत्यकली खाना रखकर चली गई, राम ने थाली-गिलास उठाकर आँगन में फेंक दिया।

सवेरे श्यामलाल जब अपने काम पर चले गए तो राम अपने आँगन में टहलता हुआ गरजने लगा, "कसम-वसम मैं नहीं मानता। ओह, बड़ी कसम दी है! कौन होते हैं वो जो कसम दिलाते हैं। वे क्या मेरे सगे भइया हैं? वे मेरे कोई भी नहीं हैं, उनकी बात मैं नहीं मानता। मैंने क्या भाभी को मारा था? बुढ़िया डायन को मारा था और लग गया था भाभी को, फिर वे कसम देने क्यों आए?"

उसकी इन सब बातों का किसी ने भी जवाब नहीं दिया। थोड़ी देर बाद वह स्वर बदलकर कहने लगा, "अच्छी बात है! अच्छा ही तो है! मत बोलो, मत खाने को दो! मैं अपने आप खूब मजे से खाना बनाऊँगा। भात, दाल, अच्छी-अच्छी तरकारी, मछली आदि अकेला खूब पेट भरकर खाऊँगा। मेरा कुछ नहीं बिगड़ेगा!"

इस बात का किसी ने जवाब नहीं दिया। तब वह रसोई में जाकर खनाखन, झनाझन थाली, गिलास, लोटा, चम्मच इधर से उधर उठा, रखकर काम करने लगा। शोरगुल के साथ भोला को चावल-दाल धोने और तरकारी बनाने की भी आज्ञा दी। नृत्यकली सबकुछ रसोईघर में रख गई थी। भोला को हुक्म दिया, "आज से तू मेरा नौकर है, उस तरफ मत जाना। उस घर का कोई अगर इधर आए तो उसकी टाँग तोड़ देना, अच्छा! समझा ना भोला! नृत्यकली आए तो जरा इधर!"

नारायणी रसोई वाले बरामदे में बैठी सबकुछ सुन रही थी। दिगंबरी कुतूहलवश बीच-बीच में छेद में से उस तरफ झाँक लिया करती थी। थोड़ी देर बाद बड़ी लड़की के पास आकर हँसी रोकती हुई, फिस-फिस करती हुई कहने लगी, "ओहो, बेटा की जरा अकल तो देखो! अपने आप बढ़िया तरकारी बनाकर खाएगा! पीतल की पतीली में चावल गले तक भर दिए हैं और जरा सा पानी डाला है। भात बन रहा है। अकेला तो खाने वाला है, परंतु चावल बढ़ा दिए हैं दस के लिए। भला यह तो पूछो कि वे गलेंगे कैसे? जलकर खाक न हो जाएँगे! इस पतीली में क्या इतने सारे चावल आ सकते हैं, यह तो उन्हें बरबाद करना है और घमंड है कि हम बनाकर खाएँगे! राँधते तो हम लोग भी हैं, किंतु दिमाग हमारा कभी नहीं चढ़ा! भात राँधूगी तो इतना पानी नहीं रखूँगी कि फिर देखना ही नहीं पड़े, आँख मूँदकर उतार लो, बस तैयार हो जाएगा! कोई बनाए मेरे मुकाबले में! देखूँ, लोग किसका अच्छा बताते हैं!"

नारायणी ने मुँह फेर लिया।

नृत्यकली पास ही बैठी थी, बोली, "नानीजी भी खूब कहती हैं। भला उसने कभी किसी दिन एक गिलास पानी भी अपने हाथ से लेकर पीया है जो आज वह रसोई बनाकर खाएगा।"

वह बहुत दिनों की पुरानी दासी है, उसे यह सब बातें अच्छी नहीं लग रही थीं।

माँ की देखा-देखी सुरधुनी भी बीच-बीच में छेद में से उधर देख रही थी। वह घंटे भर बाद दौड़ी और जीजी का हाथ खींचती हुई बोली, "ओ जीजी, जीजी री! चल के जरा देखो ना, छोटे जीजा बिलकुल कच्चा भात रूखा ही खा रहे हैं। दाल-तरकारी कुछ नहीं, सिर्फ भात! अच्छा जीजी, कच्चा भात खाने से पेट में दर्द नहीं होगा?"

नारायणी ने झटका देकर उसका हाथ अलग कर दिया और बिछौने पर जाकर पड़ गई। आज वह कितने दुःख, कितनी भूख की ताड़ना से यह सब खाने बैठा है, यह सारी बात नारायणी से छिपी नहीं रही।

दोपहर को श्यामलाल के खा चुकने पर दिगंबरी नारायणी को बुलाने लगी, "आ बेटी! दो ग्रास खा ले न! बुखार थोड़े ही है, चोट से तुझे हरारत हो गई है, सो इसमें तो खाया जा सकता है। मैं कहती हूँ न, खाना नुकसान नहीं करेगा।"

नारायणी नीचे से ऊपर तक मोटी चद्दर ओढ़कर अच्छी तरह लेटकर

बोली, "मुझे परेशान मत करो माँ! तुम लोग खाओ-पीओ।"

दिगंबरी ने कहा, "भात न खाना हो तो तुम्हारे लिए दो फुलके बना दूँ? न हो···।"

नारायणी ने कहा, "नहीं, मुझे कुछ नहीं खाना।"

दिगंबरी ने आश्चर्य के साथ कहा, "ऐसी कौन सी बात है, कल से भूखी पड़ी हुई है। आज भी न खाएगी तो शरीर कैसे चलेगा।"

नारायणी ने कोई जवाब नहीं दिया। नृत्यकली ने आकर कहा, "तुम झूठ-मूठ क्यों कह रही हो नानीजी? सिर पर खड़े-खड़े शाम तक चिल्लाने से भी वे नहीं खाएँगी। बुखार है, अच्छी तरह सो लेने दो।"

दिगंबरी उठकर चली गई, कहती गई, "भगवान् जाने क्या बात है। चोट लगने से थोड़ी हरारत होती है, उसमें कोई खाना-पीना थोड़े ही छोड़ा जाता है। हमसे तो यह नहीं होता।"

शाम के समय नारायणी फिर रसोई वाले बरामदे में आ बैठी। जितनी बार नृत्यकली से उसकी आँखें चार हुईं, उतनी ही बार कुछ कहने के लिए उसके होंठ खुले और कुछ कहे बिना बंद हो गए।

राम ने स्कूल से लौटकर हाथ-मुँह धोया और जाकर दुकान से लाई, चना आदि ले आया। खाते-खाते ऊँचे स्वर में बोला, "मेरा कुछ नहीं बिगड़ा! भात खाकर मजे से स्कूल गया, अब आकर मजे से फिर खा रहा हूँ!"

बेड़े के उस तरफ सभी होंगे, इतना तो उसको मालूम था, पर सवेरे की तरह अब भी किसी ने कुछ जवाब नहीं दिया। इससे वह और भी घबरा गया। चिल्लाकर बोला, "इधर हमारी हद है! किसी दिन नृत्यकली या और कोई हमारी हद में आया तो मैं उसकी टाँगें तोड़ दूँगा।"

टाँग तोड़ने की यह धमकी वह पहले भी दे चुका था, जैसे पहले उसका कोई नतीजा नहीं निकला था, इस बार भी वैसा ही हुआ। कोई डरा या नहीं, उसे कुछ मालूम नहीं हुआ।

शाम के बाद दीया जलाकर वह रसोईघर में पहुँचा और फिर शोरगुल करने लगा, "हमारी लकड़ियाँ कहाँ हैं, मैं बनाऊँगा कैसे? हमारा सिल-लोढ़ा कहाँ है, मसाला कैसे पीसूँ?"

उस घर से दासी ने कहा, "बहूजी ने कहा है, कल बाजार से सिल-लोढ़ा मँगा देंगी।"

"नहीं, मैं खरीदा हुआ सिल-लोढ़ा नहीं चाहता।" कहकर वह रोता हुआ रसोईघर से बाहर निकल गया।

कुछ देर बाद फिर लौट आया और कहने लगा, "क्यों मेरे गणेश मच्छ को पकड़वाया? क्यों बुढ़िया ने मुझे चिढ़ाया? अच्छी तरह गाली दूँगा, खूब दूँगा, बुढ़िया मरकर दूसरे जनम में चुड़ैल बनेगी!"

दिगंबरी ने आँखें निकालकर कहा, "सुन ले नारायणी, सुन ले! यह जबरदस्ती लड़ना है या और कुछ?"

नारायणी चुपचाप दूसरी ओर देख रही थी, उसी को देखती रही।

सारे दिन सवेरे ही से राम की बातचीत का ढंग बदल गया। पूरे दो दिन हो गए, भाभी ने बुलाया तक नहीं, डाँटा-डपटा भी नहीं, मारा नहीं, खाने को नहीं दिया। ऐसा तो उसने अपने होश में कभी नहीं देखा! अब वह वास्तव में ही डर गया। पहले तो वह अपने रसोई वाले बरामदे में बैठकर तरह-तरह की उलटी-सीधी कैफियत सी देने लगा। बोला, "बिल्ली को मारने के लिए अमरूद फेंका था।" एक बार कहा, "मैं तो कच्चा अमरूद फेंक रहा था, किसी को मारा थोड़े ही था।" फिर कहने लगा, "किसी को मैंने गाली भी नहीं दी।" परंतु कोई भी कैफियत काम नहीं आई। उधर से किसी ने भी जवाब नहीं दिया, प्रतिवाद नहीं किया, 'हाँ', 'ना' कुछ भी नहीं कहा। एक बार बड़ी मुश्किल से, शरम-झिझक सब त्यागकर 'अब कभी नहीं करूँगा' कह गया, मगर फिर भी जब कोई नतीजा नहीं निकला, तब चुपचाप रोने लगा। अब वह किस तरकीब से, किस चीज से, किस तरह भाभी को संतुष्ट करे? भाभी ने उसे बिलकुल अलग कर दिया है, अब वह खाएगा कहाँ? किसके पास कैसे रहेगा? कहीं भी कोई उपाय नहीं सूझ रहा था। आज उसने रसोई बनाने की भी कोशिश नहीं की और न पढ़ने ही गया, कमरे में जाकर सो गया।

छिप-छिपकर रोते रहने से ही शायद कल रात को नारायणी को बुखार आ गया था। दोपहर को दिगंबरी ने कटोरा भर दूध लाकर कहा, "पीना ही पड़ेगा। बिना खाए-पीए मरेगी क्या?"

नारायणी ने विरोध न करके दूध का कटोरा हाथ में ले लिया और थोड़ा सा पीकर नीचे रख दिया, फिर वह करवट बदलकर सो गई। उसे नहीं-नहीं कहने में भी घृणा सी मालूम होने लगी।

रात के नौ बज चुके हैं। नृत्यकली ने आकर धीरे से कहा, "बहूजी! छोटे बाबू की तो आवाज भी नहीं सुनाई देती, इतनी रात हो गई।"

नारायणी घबराकर उठ बैठी, आँखों से टप-टप आँसू टपकने लगे, फिर रोती हुई बोली, "जा मेरी लक्ष्मी बेटी, देख आ, घर में है भी या नहीं।"

नृत्यकली की भी आँखें डबडबा आईं। हाथ से आँसू पोंछती हुई, "जाने की हिम्मत नहीं पड़ती, माँजी।" कहकर बाहर चली गई और भोला को बुलाकर लाई।

भोला ने समाचार दिया, "भइयाजी घर में हैं, सो रहे हैं।"

नारायणी दोनों हाथ जोड़कर, सिर से लगाकर, चादर ओढ़कर फिर पड़ गई। दूसरे दिन, सवेरा होने से पहले, अँधेरे ही नहा-धोकर उसने रसोई चढ़ा दी।

जब आँधी आई, रसोई बन चुकी तो दिगंबरी जागी और बेटी की यह करतूत देखकर मारे आश्चर्य के दंग रह गई। कर्कश स्वर में प्रश्न किया, "तुझे तो बुखार चढ़ा था न, नारायणी? तीन दिन से तो तूने कुछ भी खाया नहीं है। अँधेरे ही नहा-धोकर, यह क्या हो रहा है, सुनूँ तो सही?"

नारायणी ने स्वाभाविक सरलता से जवाब दिया, "देख तो रही हो, रसोई बना रही हूँ।"

"यह तो देख रही हूँ, मगर क्यों? मालूम भी तो पड़े? तू क्या मेरे हाथ का नहीं खाएगी?"

नारायणी ने कुछ जवाब नहीं दिया, अपने काम में लगी रही।

कल दिन भर राम सोचता रहा, भाभी के न जाने कितनी चोट लगी होगी। वह एक कच्चा अमरूद लाकर बार-बार अपने कपोल पर ठोककर उस चोट के दुख को आजमाने की कोशिश करता रहा। फिर सोचने लगा, 'ऐसा करने से इस कुकर्म का प्रायश्चित्त हो सकता है।' सोचते-सोचते उसको याद आ गया कि कुछ दिन पहले भाभी ने उसे यहाँ रहने को मना किया था। फिर उसने तय कर लिया कि वह और कहीं चला जाएगा तो भाभी खुश हो सकती हैं। उसकी ननिहाल तारकेश्वर से और आगे है, मगर ठीक कहाँ है, उसे नहीं मालूम था। वहाँ जाकर ढूँढ़ लेगा, यह संकल्प करके उसने एक छोटी सी पोटली बाँधी और बैठकर सवेरा होने की प्रतीक्षा करने लगा।

नारायणी पूरी रसोई बना चुकने के बाद एक थाली में सब चीजें खूब अच्छी तरह तरतीब से परोस रही थी। इतने में दरवाजे के पास भोला ने आकर पुकारा, "माँ!"

नारायणी ने मुड़कर भोला को देखकर पूछा, "क्या बात है रे भोला!"

पिछले कई दिन से वह गाय की देखभाल जरूर करता रहा है, लेकिन राम के डर के मारे भीतर नहीं आया।

भोला ने धीमे से कहा, "कान में एक बात कहनी है, माँ!"

नारायणी के पास आकर उसने फुसफुसाते हुए कहा, "तुमने जो कहा था, वही होगा, अगर तुम मुझे दो रुपया दे दो।"

नारायणी समझ न सकी, बोली, "क्या होगा? किसे रुपया देना होगा?"

भोला अचरज में पड़ गया, बोला, "तुमने राम भइयाजी से कहा था न जाने को। वे जाने को तैयार हैं। अच्छा, दो नहीं तो एक रुपया दे दो!"

नारायणी अकुलाकर बोली, "कहाँ जाने को तैयार है रे! कहाँ है वह?"

भोला ने कहा, "बाहर पीपल के नीचे खड़े हैं। कहीं उस तरफ उनकी ननिहाल है न?"

"जा भोला! तू जल्दी बुला ला, कहना, मैं बुला रही हूँ।"

भोला भागता हुआ चला गया। नारायणी पत्थर बनी वहीं खड़ी रही। थोड़ी देर बाद राम एक छोटी सी पोटली हाथ में दबाए सामने आकर खड़ा हो गया। नारायणी चुपचाप हाथ पकड़कर उसे घर के भीतर खींच ले गई।

दूर से दिगंबरी ने जो राम को रसोईघर में घुसते देखा तो उसके होश उड़ गए। मारे आशंका के वह दौड़ी-दौड़ी रसोईघर में पहुँची। वहाँ देखती है, सजी हुई थाली के सामने नारायणी राम को अपनी गोद में लिये बैठी है, राम उसकी छाती में मुँह छिपाए हुए है और उसके सिर पर, पीठ पर नारायणी के टप-टप आँसू टपक रहे हैं।

हैरान होकर कुछ देर दिगंबरी देखती रही, फिर बोली, "मैं क्या नहीं जानती थी, इसीलिए इतने सुबह से उठकर यह सब हो रहा था। भोजन कराया जाएगा, जान पड़ता है! और मेरे दामाद ने जो इतनी बड़ी कसम दी थी, वह भाड़ में चली गई।"

नारायणी ने मुँह उठाकर कहा, "भाड़ में क्यों जाएगी माँ! उनकी बात मैंने अमान्य नहीं की है, तीन दिन न तो मैंने खुद कुछ खाया और न ही इसे खिलाया।"

दिगंबरी तीखे स्वर में बोली, "इसी को कहते होंगे अमान्य नहीं की! तो फिर यह क्या हो रहा है? जिसने कसम दी है, उससे एक बार पूछ तो लेती!"

नारायणी ने मानो एक कड़ी चोट सहते हुए संक्षेप में कहा, "मैंने पूछ लिया है।"

दिगंबरी को विश्वास नहीं हुआ। वह और भी ज्यादा क्रोधित होकर

बोली, "मैं दूधपीती बच्ची नहीं हूँ नारायणी! तूने पूछ लिया और मुझे मालूम भी न हो सका!"

अब नारायणी से न सहा गया। वह भी कठोर होकर बोली, "तुम्हें कैसे मालूम होगा माँ, किससे कब, कैसे मैंने पूछा? माँ! जिसके जबान है वह कसम तो दे सकता है, मगर…।" इतना कहकर वह रुक गई और गहरे स्नेह से राम का लज्जित मुँह जबरदस्ती छाती पर से उठाकर उसका ललाट चूमकर बोली, "मगर जिसे अपनी छाती से लगाकर इतने से इतना बड़ा करना पड़ता है, वह जानती है कि कैसे पूछा जाता है और कैसे इजाजत मिलती है! तुम्हें फिकर करने की जरूरत नहीं, माँ! अभी जरा सामने से चली जाओ, इसे थोड़ा कुछ खिला दूँ। मेरे बच्चे ने तीन दिन से कुछ नहीं खाया है।" कहते-कहते उसकी आँखों से फिर आँसुओं की धार बह चली।

दिगंबरी ने क्षण भर ठहरकर कहा, "भला अब मैं यहाँ किस तरह रह सकती हूँ? इस घर में अब मेरा रहना नहीं हो सकता, तुमसे साफ कहे देती हूँ।"

नारायणी ने कहा, "मैं भी यही बात तुमसे कहना चाहती थी, लेकिन मुँह खोलकर कह नहीं सकी थी, सचमुच माँ, अब तुम्हारा यहाँ रहना नहीं हो सकेगा। तुम्हारी आँखों ही आँखों से मेरा इतना बड़ा लड़का आधा रह गया। चाहे दुष्ट है, चाहे कैसा भी है, मेरे घर में, मेरी आँखों के आगे किसी को इसे सजा नहीं देने दूँगी। आज तो तुम यहीं रहो, लेकिन कल तक तुम अपने घर जरूर चली जाना। तुम्हारे लिए मैं बराबर खर्चा भेजती रहूँगी, लेकिन यहाँ अब तुम्हारा रहना नहीं हो सकेगा।"

दिगंबरी काठ हो गई और कुछ देर खड़ी रहकर धीरे से बाहर निकल गई। राम उसी तरह छाती में मुँह छिपाए हुए धीरे-धीरे बोला, "नहीं भाभी, उन्हें यहीं रहने दो, अब मैं अच्छा हो गया हूँ, अब मुझे अक्ल आ गई है, अबकी बार तुम और देख लो!"

नारायणी ने और एक बार उसका मुँह उठाकर ललाट पर होंठ छुआ दिए और आँसुओं के भीतर से मुसकराते हुए कहा, "अभी तू भात खा ले।"

□

बलि का बकरा

लोग उसे लालू के नाम से पुकारते थे, लेकिन उसका घर का नाम कुछ और भी था। तुम्हें यह पता होगा कि 'लाल' शब्द का अर्थ प्रिय होता है। यह नाम उसका किसने रखा था, यह मैं नहीं जानता; लेकिन देखा ऐसा गया है कि कोई-कोई व्यक्ति यों ही सबके प्रिय बन जाते हैं। लालू भी ऐसा ही व्यक्ति था।

स्कूल से पास होकर हम कॉलेज में दाखिल हो गए। लालू ने कहा, "भाई! अब मैं रोजगार करूँगा।"

इसके बाद अपनी माँ से दस रुपए माँगकर उसने ठेकेदारी का काम करना शुरू कर दिया। हम लोगों ने हँसकर उसका मजाक उड़ाते हुए कहा, "दस रुपए से भला कहीं रोजगार होता है। अगर इतनी पूँजी से रोजगार होता तो सब कर लेते।"

लालू ने कहा, "मेरे लिए इतना ही काफी है।"

वह सबके लिए प्रिय था, इसलिए उसे काम मिलते देर न लगी। कॉलेज से लौटते वक्त रोजाना हम उसे रास्ते में सिर पर छाता लगाए हुए कुछ मजदूरों के बीच अपने काम में संलग्न पाते थे। हम लोगों को देखते ही चिढ़ाते हुए वह कह उठता था, "अरे जल्दी-जल्दी कदम बढ़ाकर जाओ, वरना 'परसेंटेज' में कमी आ जाएगी!"

गाँव की पाठशाला में जब हम एक साथ पढ़ते थे, तभी से वह मिस्त्री का काम करने में चतुर था। उसके बस्ते में एक नहनी, एक छुरी, एक छोटी हथौड़ी, एक घोड़े की नाल और एक छैनी हर वक्त रखी रहती थी। इन चीजों का संग्रह उसने कब और कैसे किया, यह मैं नहीं जानता; लेकिन ऐसा कोई कार्य नहीं बचा था, जिसे वह इन सामग्रियों से न कर सके। स्कूल के सभी साथियों का छाता मरम्मत, स्लेट का फ्रेम ठीक

करना, खेलकूद के समय पाजामा या कमीज को सी देना, इसी तरह वह बहुत से काम किया करता था। किसी भी कार्य के लिए 'इनकार' उसने कभी नहीं किया। इसके अतिरिक्त भी नाना प्रकार की चीजें बनाया करता था। एक बार 'छठ' के मेले के समय दो आने का रंगीन कागज और मिट्टी के प्याले खरीदकर न जाने क्या-क्या बनाकर उसने गंगा के किनारे बैठकर उन खिलौनों को ढाई रुपए में बेचा था। उस मुनाफे की रकम में से उसने हम लोगों को 'चिनिया बादाम' खिलाया था।

इसी तरह दिन गुजरते गए और हम क्रमशः बड़े होते गए। जिमनास्टिक खेल लालू सबसे अधिक तेज खेलता था। उसके बदन में जैसी ताकत थी वैसा ही साहस था। डरने का नाम उसने कभी नहीं सुना था। कोई भी आकर बुलाए, उसके यहाँ चला जाता था। प्रत्येक की विपदा के समय सबसे पहले वह जाकर हाजिर होता था। अगर उसमें कोई ऐब था तो एक यही था कि मौका पाने पर डराया करता था। चाहे कोई भी क्यों न हो, बच्चा-बूढ़ा, उसके लिए सब बराबर थे। हम तो सोच ही नहीं पाते थे; लेकिन वह न जाने कैसे ऐसे विचित्र उपायों को खोज डालता था। आज उसकी एक कहानी सुना ही दूँ।

पड़ोस के मनोहर चटर्जी के यहाँ काली की पूजा हो रही थी। ठीक अर्द्धरात्रि के समय बकरा-बलिदान होना था, लेकिन बलि देने वाले लोहार का कहीं भी पता नहीं था। देर होते देख कई व्यक्ति उसके यहाँ गए तो देखा, लोहार के पेट में काफी दर्द है और आने में बिलकुल असमर्थ है। लौटकर आकर लोगों ने खबर दी। खबर पाते ही सब के सब सिर पर हाथ रखकर बैठ गए। इधर बिना बलिदान किए पूजा अधूरी रह जाएगी। अब इतनी रात को दूसरे आदमी की तलाश कहाँ की जाए। इस साल अब देवी-पूजा ठीक ढंग से नहीं हो पाएगी। तभी किसी ने कहा, "अरे भाई, लालू यह काम कर सकता है। इस तरह न जाने कितने बकरों को वह काट चुका है।"

इतना कहना था कि कुछ लोग लालू के घर उसे बुलाने के लिए दौड़ पड़े। लालू उस समय सो रहा था। उठकर बोला, "नहीं।"

"नहीं? अरे बेटा, मना मत करो। चले चलो, वरना देवी की पूजा संपन्न न होने से गाँव का सत्यानाश हो जाएगा।"

लालू ने कहा, "होने दो। बलिदान कार्य बचपन में मैंने किया था, लेकिन अब नहीं करूँगा।"

जो लोग बुलाने आए, काफी मान-मनौवल करने लगे, क्योंकि बलिदान के मुहूर्त में अब केवल 15 मिनट बाकी थे। इसके बाद बलिदान देना, न देना बराबर होगा। महाकाली के प्रकोप से सर्वनाश हो जाएगा।

तभी लालू के पिता ने आकर कहा, "ये चारों तरफ से निराश होकर आए हैं। गाँव के कल्याण के लिए तुम्हें जाना चाहिए, जाओ।" इस आदेश को अस्वीकार कर दे, इतनी हिम्मत लालू में नहीं थी। फिर उसे चटर्जी साहब के यहाँ जाना पड़ा।

लालू को अपने यहाँ देखकर चटर्जी महाशय प्रसन्न हो उठे। इधर बलिदान का समय नजदीक आता जा रहा था। जल्दी से बकरा लाकर उसे माला-सिंदूर पहनाया गया, फिर कठघरे में उसका सिर रख दिया गया। पूजा देखने के लिए आई हुई भीड़ 'जय काली माता की जय' का नारा लगाने लगी। उसी के बीच में देखते-ही-देखते खच्च से आवाज हुई और एक निरीह-बेजान जीव का धड़ सिर से अलग होकर नीचे गिर पड़ा। खून के धार से धरती लाल हो उठी। लालू ने कुछ देर के लिए अपनी आँखें बंद कर लीं। पुनः कुछ देर के लिए शंख-ध्वनि, घंटे की आवाज रुक गई। दूसरा बकरा आया, उसे भी पहले की तरह माला-फूल और सिंदूर लगाया गया। इसके बाद भक्तों द्वारा 'जय काली माता की' आवाज गूँजी और लालू का दाव एक बार पुनः ऊपर उठा और फिर एक बार आखिरी बार तड़फड़ाते हुए बकरा समस्त भक्तों के विरुद्ध न जाने कौन सी फरियाद करते हुए शांत हो गया। उसके खून से लाल मिट्टी फिर भीग उठी।

बाहर शहनाई बज रही थी, आँगन में बहुत से व्यक्ति जमा थे। सामने गलीचों के ऊपर मनोहर चटर्जी आँखें बंद करके इष्टनाम जप रहे थे। तभी लालू एकाएक भयंकर रूप से गरज उठा—कोलाहल वाद्य ध्वनि सबकुछ एकबारगी रुक गई। सब की कौतूहल भरी निगाहें लालू की तरफ घूम गईं।

लालू ने बड़ी-बड़ी आँखें नचाते हुए कहा, "और बकरा कहाँ है?"

घर के भीतर से किसी ने डरते हुए पूछा, "और बकरा? दो ही का तो बलिदान होने वाला था।"

लालू ने खून से लथपथ दाव को ऊपर की ओर तीन-चार बार घुमाते हुए भीषण गर्जन करते हुए कहा, "और बकरा नहीं है? यह नहीं

हो सकता। मेरे सिर पर खून चढ़ गया है, लाओ बकरा, वरना मैं आज जिसे देखूँगा, उसी का बलिदान करूँगा, नर बलि–जय भवानी की! जय माता काली !" कहता हुआ इधर-से-उधर उछलने लगा। इधर उसके हाथ का दाव लाठी की तरह भनाभन घूम रहा था। उस समय लालू का रंग-ढंग देखकर वहाँ की जो हालत हुई, उसका वर्णन करना मुश्किल है, सभी एक साथ बाहर को दौड़ पड़े। कहीं लालू उन्हें पकड़कर बलि पर न चढ़ा दे। इस भगदड़ के कारण वहाँ की हालत बहुत ज्यादा खराब हो गई। कोई इधर गिरा तो कोई उधर। कोई मुँह के बल गिरा तो कोई सिर के बल। कोई किसी के हाथ के नीचे से भाग रहा है तो कोई किसी की टाँग के नीचे से, यह सब कांड कुछ देर तक होता रहा, फिर सब शांत हो गया।

लालू गरज उठा, "मनोहर चटर्जी कहाँ हैं? पुरोहित कहाँ गया?"

पुरोहित महाशय दुबले-पतले थे और इसी भगदड़ के समय काली देवी की प्रतिमा के पीछे जाकर छिप गए। गुरुदेव महाशय कुशासन पर बैठे माला जप रहे थे, हालात देखकर वे भी एक बड़े खंभे की आड़ में जा छिपे, लेकिन मनोहर चटर्जी अपनी भारी-भरकम तोंद लेकर भागने से लाचार रहे। लालू ने आगे बढ़कर उनका एक हाथ कसकर पकड़ते हुए कहा, "चलो, अब तुम्हारी बलि दूँ!"

एक तो कसकर उसने हाथ पकड़ रखा था, दूसरे हाथ में दाव देखकर चटर्जी के प्राण सूख गए। रोते हुए विनती करते हुए बोले, "लालू बेटा! जरा शांत होकर देख, मैं बकरा नहीं हूँ, आदमी हूँ। रिश्ते के नाते में मैं तेरा ताऊ लगता हूँ। तेरे पिताजी मेरे छोटे भाई की तरह हैं।"

"यह सब मैं नहीं जानता, इस वक्त मुझे खून चाहिए। चलो, तुम्हारा बलिदान करूँगा। जगदंबा की यही इच्छा है।"

चटर्जी फफककर रोते हुए बोले, "नहीं बेटा! माँ की यह इच्छा नहीं है। वे तो जग जननी हैं।"

"वे जगज्जननी हैं, इसका पता है तुम्हें? अब फिर बकरा बलिदान करोगे? मुझे बलिदान देने के लिए अब बुलाओगे?"

चटर्जी ने रोते-रोते कहा, "नहीं बेटा! अब बलिदान कभी नहीं कराऊँगा, मैं काली माता के सामने कसम खाता हूँ, आज से मेरे यहाँ कभी बलिदान नहीं होगा।"

"ठीक कह रहे हो न?"

"हाँ बेटा! ठीक कह रहा हूँ। अब कभी नहीं कराऊँगा, मेरा हाथ छोड़ दे बेटा, पाखाने जाऊँगा।"

लालू ने हाथ छोड़ते हुए कहा, "अच्छा जाओ, तुम्हें छोड़े दे रहा हूँ, लेकिन पुरोहित कहाँ गया? और गुरुदेव? वह कहाँ गया?" कहता हुआ वह एक बार फिर गरज उठा। फिर कमरे में से इधर-उधर टहलते हुए बरामदे के करीब आ गया।

उसका भयंकर रूप देखकर खंभे की आड़ से गुरुदेव और प्रतिमा की आड़ से पुरोहितजी दोनों एक साथ करुण स्वर में दो प्रकार की आवाजों में चीख उठे। दोनों का स्वर दो ढंग का ऐसा बेसुरा हो गया कि लालू अपने को सँभाल नहीं पाया। हो-होकर हँसते हुए दाव एक ओर फेंककर भाग खड़ा हुआ।

तब यह किसी को समझते देर न लगी कि लालू ने यह सब ढोंग किया था, सचमुच उसके ऊपर काली माता सवार नहीं हुई थीं। यह कांड लोगों को डराने के लिए ही उसने किया। थोड़ी देर बाद पुनः भक्तों की भीड़ जुट गई। अभी पूजा पूरी नहीं हुई थी। थोड़ी देर में महाकलरव के साथ पूजा समारोह शुरू हो गया।

मनोहर चटर्जी ने नाराज होकर कहा, "कल ही कमबख्त ललुवा को पचास जूते उसके बाप से लगवाऊँगा।"

लेकिन उसे जूते नहीं खाने पड़े। सवेरा होने के पहले ही वह गाँव से गायब हो गया। एक हफ्ते के बाद वह एक दिन शाम के समय मनोहर चटर्जी के यहाँ जाकर उनसे माफी माँग आया। बाप की नाराजगी भी दूर हो गई; लेकिन इससे एक फायदा यह हुआ कि उस घटना के बाद मनोहर चटर्जी के यहाँ फिर कभी बलिदान नहीं हुआ।

□

लकड़सुँघवा

बिजली की तरह चारों तरफ यह समाचार फैल गया कि बलिदान पाए बिना इस बार रूपनारायण के ऊपर पुल नहीं बन पा रहा है। दो जीवित बच्चे पुल के नीचे गाड़ दिए हैं, अब केवल एक की कमी है। वह प्राप्त होते ही जोर-शोर के साथ पुल का निर्माण-कार्य आरंभ हो जाएगा। साथ ही यह समाचार भी सुनने में आया कि रेलवे कंपनी की तरफ से कुछ एजेंट बच्चा पकड़ने के लिए शहर और गाँवों में घूम रहे हैं। उनमें किसी की सूरत साधु की तरह तो किसी की डाकू की तरह है। विभिन्न रूप में लोग चारों तरफ फैल गए हैं। अफवाहों का प्रसार इतना बढ़ गया कि गाँव के लोग समझने लगे—शायद मेरे लड़के को ही पुल के नीचे बलिदान देने के लिए न ले जाएँ।

हर एक परिवार में, प्रत्येक घर में इसकी जोरदार चर्चा होने लगी। सभी डरे-डरे से रहने लगे। इसके ऊपर समाचार-पत्रों ने और भी रंग चढ़ा दिया। कलकत्ता से आने वाले चश्मदीद गवाहों ने बयान दिया, अभी कल ही बहू बाजार में एक व्यक्ति हाथो-हाथ पकड़ लिया गया। तलाशी लेने पर उसके झोले में एक बच्चा बरामद हो गया। बड़ा बाजार में भी एक बच्चे को पकड़ते समय एक आदमी गिरफ्तार हो गया। इसी तरह के विभिन्न समाचार विशेष रूप से कलकत्ता में होने वाली घटनाओं पर रंग चढ़ाकर हमारे गाँवों में हवा के साथ फैल गए। उसी दिन समय हमारे गाँव में भी एक मजेदार घटना हो गई।

सड़क के किनारे एक बगीचेदार मकान में मुखर्जी बाबू परिवार सहित रहते हैं। निस्संतान होने पर भी गृहस्थी के प्रति अठारह आने आसक्ति है। अलगा-गुजारी करते समय उन्होंने अपने भतीजे को एक कानी कौड़ी भी नहीं दी। अब भी देना पड़ेगा, इसकी कल्पना तक नहीं

करते। उधर भतीजा कभी-कभी आकर अपना हक उनसे माँगता रहता था। इस पर मुखर्जी की पत्नी शोर मचाती हुई मुहल्ले वालों को इकट्ठा कर लेती थी और उलाहनेपूर्ण शब्दों में कहती, "हीरू मुझे मारने आया था।" इस सफेद झूठ से चिढ़कर हीरू भी कह उठता, "अच्छी बात है, एक दिन मारकर ही अपना हक वसूल लूँगा।"

इसी तरह दिन गुजरते चले गए।

उस दिन इस घटना ने भयावह रूप धारण कर लिया। हीरू ने आँगन में आकर कहा,"चाचा! आज आखिरी बार चेतावनी दे रहा हूँ। मेरा हिस्सा मुझे दे दो।"

"मेरे पास तेरा कुछ भी नहीं है।"

"नहीं है?"

"नहीं।"

"मैं लेकर रहूँगा।"

चाची रसोईघर से बाहर निकलकर बोल उठी, "अच्छी बात है। जा, अपने बाप को बुला ला।"

हीरू ने जबाव दिया, "मेरे पिताजी स्वर्ग चले गए हैं, वे तो अब नहीं आ सकते। कहो तो जाकर तुम्हारे बाप को बुला लाऊँ। अगर तुम्हारे वंश में कोई जीवित हो, तो वह आकर मेरा अधिकार दे दे।"

उसके बाद दोनों ओर से जिस भाषा का प्रयोग होने लगा, उसे लिखना बेकार है। जाने के पहले हीरू चेतावनी देता गया, "आज ही इसका फैसला करके रहूँगा, सावधान रहना।"

रसोईघर से चाची बोलीं, "जा-जा, जो करते बने, कर लेना।"

हीरू वहाँ से सीधे रामपुर में आया। इस गाँव में अधिकतर गरीब मुसलमान रहते थे। वे मुहर्रम और ताजिया के दिनों तलवार, लाठी का खेल दिखाया करते हैं। उनकी लाठियाँ तेल से तर और प्रत्येक गाँठ में पीतल की फुलियाँ जड़ी रहती हैं। इधर के इलाके में यह बात प्रसिद्ध है कि आस-पास के गाँवों में इन लोगों की तरह लाठी खेलने वाला कोई नहीं है। शायद ही ऐसा कोई काम है, जिसे ये लोग न कर सकते हों। सिर्फ पुलिस के भय के कारण चुप रहते हैं।

हीरू ने कहा, "बड़े मियाँ! यह लो दो रुपया, पेशगी के रूप में रख लो। एक तुम्हारे लिए, दूसरा भाई के लिए है। काम पूरा हो जाने पर और पुरस्कार दूँगा।"

रुपए लेने के बाद हँसते हुए लतीफ मियाँ ने कहा, "काम क्या है, बाबूजी?"

"एक मैं ही नहीं, इधर का सारा इलाका यह बात जानता है कि तुम दोनों बड़े अच्छे लठैत हो। अपनी लाठी के जोर से जमींदार विश्वास बाबू की संपत्ति पर अधिकार जमा लिया है। अगर तुम लोग चाहो तो क्या नहीं हो सकता?"

बड़े मियाँ ने आँख दबाते हुए कहा, "जरा धीरे बोलिए बाबूजी! थाने के दरोगा साहब सुन लेंगे तो गजब हो जाएगा। वीरनगर के इस गाँव में अपना राज है, वह तो कहो किसी ने देखा नहीं और काम सिद्ध हो गया।"

हीरू ने कहा, "क्या कहते हो? तुम्हें कोई पहचान नहीं सका?"

लतीफ मियाँ ने हँसते हुए कहा, "कैसे कोई पहचानेगा? सिर पर बड़ी पगड़ी, गर्राट नकली दाढ़ी-मूँछ बनाकर, सारे बदन में तेल-सिंदूर पोतकर हाथों में छह फीट की लाठी लेकर गया था। इस वेश में देखते ही लोगों ने समझा—हम दोनों सीधे यमराज के यहाँ से चले आ रहे हैं। उस समय किसी को इतना होश नहीं रहा कि हमें पहचानते। देखते-ही-देखते सभी न जाने किधर भाग गए?"

हीरू ने लतीफ मियाँ का हाथ अपने हाथों में लेते हुए बड़े प्यार के साथ कहा, "बड़े मियाँ! एक बार इसी पोशाक में मेरा एक काम कर दो। मेरे चाचा मेरा अधिकार देने के लिए कुछ तैयार भी हो जाते हैं, लेकिन वह शैतान की खाला चाची कानी कौड़ी तक नहीं देना चाहती। एक बार वही पगड़ी और नकली दाढ़ी-मूँछ लगाकर उनके आँगन में चले जाओ, इसके बाद जो कुछ करना है, मैं वसूल कर लूँगा। एकादशी के दिन शाम के वक्त, ठीक है।"

लतीफ मियाँ तैयार हो गए। यह तय हो गया कि लतीफ और महमूद दोनों भाई उस दिन शाम के समय अजीब पोशाक में हीरू के चाचाजी के घर चढ़ेंगे और हीरू पास ही छिपा रहेगा।

आज एकादशी है, दिन भर उपवास रहने के बाद मुखर्जी साहब बाहर वाले बरामदे में जलपान की प्रतीक्षा में बैठे हुए थे। गठिया के रोगी होने के कारण एकादशी को अन्नाहार करने की इच्छा नहीं होती। जलपान आने के पहले जैसे ही डाब (कच्चा नारियल के पानी) से भरा हुआ गिलास मुँह से लगा था, वैसे ही दरवाजा ढकेलकर महमूद और

लतीफ मियाँ एक झटके से भीतर आ गए। सिर पर भारी पगड़ी, लंबी दाढ़ी, हाथ में आठ फीट की एक लंबी लाठी लिये हुए मुँह पर सिंदूर पोते हुए थे। इन दोनों की शक्ल देखते ही उनके हाथ से गिलास नीचे गिर पड़ा। जगदंबा चीखती हुई बोल उठी, "अरे, टोले-मुहल्ले वालो! कहाँ हो, जल्दी आओ। मेरे घर में लकड़सुँघवा घुस गया है।"

मुखर्जी बाबू के घर के सामने एक छोटा सा मैदान है। वहीं पर रोज शाम के समय गाँव के बच्चे कबड्डी खेलते थे। उस दिन भी खेल रहे थे। जगदंबा की चीख-पुकार सुनते ही जो जहाँ था, वहीं से चीखते-चिल्लाते घर की ओर दौड़ पड़ा। गाँव में लकड़सुँघवा आया है, लड़कों को पकड़कर ले जा रहा है।

हीरू दोनों भाइयों को घर दिखाने के लिए साथ लाया था। भीतर न आकर वह बाहर दरवाजे के पास छिपा बैठा था। वहीं से उसने दबी जबान में कहा, "बड़े मियाँ! अब मत ठहरो, भागो यहाँ से, वरना जान के लाले पड़ जाएँगे।" इतना कहकर वह नौ-दो-ग्यारह हो गया।

और बातों से भले ही लतीफ मियाँ अनजान रहते हों, लेकिन शहर और गाँवों में लकड़सुँघवा की चर्चा से अनजान नहीं थे। एक मिनट में वह समझ गए कि अगर इस रूप में वह यहाँ पकड़ लिया गया तो खैरियत नहीं। यह सोचकर दोनों वहाँ से भाग खड़े हुए; लेकिन अनजाने गाँव से झटपट भाग जाना हँसी-खेल नहीं है। तब तक चारों तरफ से गाँव वालों की आवाजें आने लगीं, "कहाँ गया? पकड़ो, मारो, जाने न पाए।"

छोटा भाई महमूद न जाने किधर गायब हो गया, पता नहीं चला, लेकिन लतीफ मियाँ चारों तरफ से घिर जाने के कारण पकड़ लिये गए। जान बचाने की गरज से बेचारा पास के एक तालाब में कूद पड़ा। यह देखकर लोग किनारे से उस पर चारों तरफ से ईंट-पत्थर बरसाने लगे।

आखिर तंग आकर उसने कहना शुरू किया, "मैं लकड़सुँघवा नहीं हूँ।" पर कौन सुनता है?

उसकी इस सफाई पर किसी का ध्यान नहीं गया। कुछ लोग तो इस सफाई को झूठ समझकर और भी नाराज हो उठे, वह और जोर से ईंट-पत्थर फेंकने लगे। अगर यह लकड़सुँघवा नहीं है तो सिर पर पगड़ी क्यों है? इतनी लंबी दाढ़ी क्यों? चेहरे पर इतना सिंदूर क्यों पोते हुए है?

पानी में डुबकियाँ लगाने की वजह से उसकी पगड़ी खुल गई थी, चेहरे का सिंदूर चारों तरफ फैल गया था। तब तक कुछ व्यक्ति पानी में

उतरकर उसे घसीटते हुए किनारे पर ले आए। वह बराबर चीखता ही रहा, "मैं लतीफ मियाँ हूँ, महमूद मियाँ का भाई, लकड़सुँघवा नहीं हूँ।"

ठीक इसी वक्त एक आवश्यक काम के लिए मैं तालाब के किनारे वाली पगडंडी से जा रहा था, हंगामा सुनकर तालाब के पास चला आया। मुझे देखते ही जनता और भी भड़क उठी। सभी एक स्वर में कहने लगे, "आज एक लकड़सुँघवा को पकड़ लिया गया है।"

उनकी दशा देखकर मेरी आँखें छलछला आईं। बेचारे को लोगों ने इस कदर पीटा था कि उसके मुँह से ठीक से आवाज भी नहीं निकल रही थी। सिर्फ रह-रहकर अपने हाथ ऊपर उठाकर हाथ जोड़ रहा था।

मैंने पूछा, "इसने किसका लड़का चुराया है?"

"यह पता नहीं।"

"और वह लड़का कौन है?"

"यह भी पता नहीं।"

"तब इसे तुम लोग क्यों मार रहे हो?"

किसी बुद्धिमान् व्यक्ति ने उत्तर दिया, "मुमकिन है, लड़कों को इसने कहीं दलदल में गाड़ दिया हो। रात को निकालकर ले जाएगा, फिर उसका पुल के नीचे बलिदान दे देगा।"

मैंने पूछा, "क्या मृत बालक का बलिदान होता है?"

एक ने कहा, "मृत क्यों, जीवित होगा।"

"दलदल में गाड़कर रखने से कहीं बच्चा जीवित रह सकता है?"

यह तर्क सुनते ही सभी एकबारगी चुप हो गए। अब तक ज्यादा भड़कने की वजह से उन सबका ध्यान इस तरफ नहीं गया था।

"छोड़ दो इसे।" कहते हुए मैंने उस आदमी से पूछा, "क्या बात है बड़े मियाँ। साफ-साफ कहो।"

आश्वासन पाकर लतीफ ने शुरू से अब तक की सारी घटना बताई। मुखर्जी दंपती से गाँव वालों की सहानुभूति नहीं थी। यह किस्सा सुनते ही सभी पश्चात्ताप करने लगे।

मैंने कहा, "बड़े मियाँ! अब आप यहाँ से सीधे घर चले जाइए। भविष्य में भूलकर भी कभी ऐसी गलती न कीजिएगा।"

उसने नाक-कान छूते हुए कहा, "नहीं बाबूजी! अब भूलकर भी ऐसा काम नहीं करूँगा, लेकिन मेरा भाई कहाँ है?"

मैंने कहा, "लतीफ मियाँ! फिलहाल तुम अपनी जान बचाकर घर

चले जाओ।"

लतीफ बात मानकर लँगड़ाता हुआ घर की तरफ रवाना हो गया।

काफी रात गुजरने के बाद उसी दिन प्रचंड कोलाहल से सारा पड़ोस जाग उठा। घोषाल के घर की नौकरानी गाय को चारा देने के लिए गोशाला में गई हुई थी। उस कमरे में कदम रखते ही एक भयंकर मूर्ति देखकर उसकी घिग्घी बँध गई। तब तक उस मूर्ति ने आगे बढ़कर उसके पैरों को कसकर पकड़ लिया।

इधर नौकरानी इतना भयभीत हो उठी कि जोरों से चिल्ला उठी, "दौड़ो, दौड़ो कहाँ हो? मुझे भूत ने पकड़ लिया है।"

तभी भूत ने उसके मुँह पर हाथ रखते हुए बताया, "मैं भूत नहीं हूँ माँ! मुझे बचा लो, मैं आदमी हूँ। बड़ा अहसान मानूँगा।"

चिल्लाहट सुनकर घोषाल महोदय कई व्यक्तियों के साथ गोशाला में आए। अभी शाम के समय ठीक इसी तरह की मूर्ति की दशा इन लोगों ने देखी थी। फलस्वरूप महमूद मियाँ मार खाने से बच गए। लोगों को यह विश्वास हो गया कि हजरत ही लतीफ के भाई महमूद हैं, भूत नहीं।

घोषाल ने उसे घर से बाहर निकालते हुए कहा, "छोटे मियाँ! तुम अपने जीवन में यह घटना कभी न भूल सको, इसलिए यादगार के रूप में तुमसे यह लाठी मैं लिये लेता हूँ। अब अच्छी तरह मुँह-हाथ धोकर सीधे घर चले जाओ!"

महमूद मियाँ सौ बार कोर्निश (सलाम) करने के पश्चात् घर की ओर रवाना हो गए। यह कहानी कोरी गप नहीं है, बल्कि सत्य और अपनी ही आँखों देखी घटना के आधार पर लिख रहा हूँ।

□□□